JN026281

非日常のアメリカ文学

ポスト・コロナの地平を探る

辻 和彦／浜本隆三＝編著

明石書店

目次

第2部　非日常のなかの日常

第3部　非日常のなかの非日常

凡例

・本文の文脈よりどの文献からの引用であるか明らかな場合は引用文末尾に出典ページ数のみ記載した。

・引用文中の［ ］内は引用者による補記・註記である。

はじめに

二〇一九年一二月、中国湖北省武漢市で発生したとされる新型コロナ・ウイルス（COVID-19）は、年が明けた二〇二〇年、南極を含めた地球上のすべての大陸へと伝播し、世界的なパンデミックを引き起こした。

発生から間もない二〇二〇年一月、日本の各テレビ局は中国政府がコロナ専門病院を二週間で建設しようとしている映像を流しながら、ウイルス対策に躍起になる中国の様子を「仰天ニュース」のように報じていた。ところが、横浜港に停泊していた豪華客船ダイヤモンド・プリンセス号の船内で集団感染が発生すると、このウイルスに対する国内の認識は一変する。二か月後の二〇二〇年三月、日本政府がオリンピック延期という前例のない決定を下し、さらに緊急事態宣言を発出したことで、日本人はまさに、自分たちがパンデミックの渦中にいると実感するに至った。

パンデミックの発生から二年半が経過した二〇二二年六月の現時点で、世界の累計感染者数は五億人を超え、死者は七〇〇万人に迫り、現在でも毎日、一〇〇〇人近くの患者がコロナ・ウイルスで命を落とす状況が続いている。[1] 日本でも四度の緊急事態宣言の発出と、複数回のワクチン接種が行われているが、いまだにこのウイルスを制圧するには至らず、われわれはまだ命と経済とを天秤にかける手探りの状況下にある。

コロナ・ウイルスが引き起こしたパンデミックは、二一世紀に入って、地球上の人類が初めて共有した大規模な災厄だといえるが、この事態が人類に与えた影響は、生命を脅かすという点だけにとどまらない。このウイルスは、われわれの働き方や学び方、消費や娯楽といった日常生活のあらゆる局面に影響を及ぼした。

人と人の間に「ソーシャル・ディスタンス」という言葉が入り込み、三密（密集、密接、密閉）を避けることが求められ、リモートワークやオンライン授業が奨励されて、リアルな対面生活からヴァーチャルなオンライン生活へと暮らしは一変した。

消費の形態も根本から覆った。デパートやショッピングモールから人の姿が消える一方、オンライン・ショッピングが過熱した。余暇を過ごす場所はテーマパークからキャンプ場へと移り、自粛生活を快適に過ごすためのＤＩＹが流行した。コロナによって一変した生活や消費のスタイルは、時間の経過とともに、定着するものとそうでないものとに振り分けられて、われわれはいま新しい暮らし方を始めつつある。

もはやコロナ禍以前の日常は過去となり、ウイルスとともに暮らす「ウィズ・コロナ」時代が日常化しつつある。日本ではパンデミック以前の日常を取り戻そうと、ワクチンの接種が奨励されてきたが、ウイルスによって歪められた日常生活がそのまま元の型枠に収まるとはもはや思えない。

それでは、このコロナ禍という経験が人類にとってもつ意味とは何か。街の書店の棚には、コロナに関する「ニュース関連本」や「トンデモ本」があふれているが、いずれも表面的な解釈にとどまる。医学や経済学の分野をはじめ、ようやく社会科学や人類学の専門分野からの考察も出はじめているが、コロナ禍という未曽有の歴史的経験を知的・学術的に消化し尽くすには、まだ時間を要するといえる。

海外に目を向けてみると、二〇二二年五月現在、アメリカの書店では『あの長い一年――二〇二〇年論選集』（*The Long Year: A 2020 Reader*）が注目を集めている。同書は社会科学系の執筆陣によるコロナ禍論の論集である。コロナ・ウイルスが世界的なパンデミックを引き起こした背景に、グローバル化や格差、貧困、差別といった社会問題があった点を指摘しつつ、編者はコロナ禍が社会の抱える諸問題を浮き彫りにしたと結論づけている。

各分野の専門家による、この人類の未曽有の経験を捉える試みは、まだ始まったばかりであり、この災禍と相対するのは容易なことではない。この困難さの根源は、ちょうどアルベール・カミュが『ペスト』において、「天災というものは人間の尺度とは一致しない(2)」と書いたとおり、コロナ禍が人間の想像力をはるかに超えた事態であった、という点にあるといえるだろう。

ところが、カミュが『ペスト』で描く災禍には、市民の行動、内面心理、行政の対応から観光業の崩壊まで、二一世紀のコロナ禍と驚くほど多くの共通点が見られる。つまり、カミュはペストと対峙して、それを描ききることで、その不条理を乗り越えて見せたといえるのではないか。すなわち、文学の想像力は、未曽有の災禍とも対峙しうると、カミュは示して見せたわけである。

パンデミックの渦中、科学の専門家や政府の言説には、コロナ禍という異常事態を、「正常」な日常の地平に回収しようという力学があった。一方、われわれ専門外の人間は、コロナ禍を非日常そのものとして受け止める、素朴な感性、プリミティブな勘とでも呼べるものを働かせていたように思える。このように考えると、コロナ・ウイルスが招いた混乱とは、非日常をめぐり、それを正常と捉えようとするか、異常と捉えようとするかという、相反する理解のせめぎ合いに起因していたとも考えられる。

このような日常の地平が揺らぐ時代に思い出されるのは、ジョージ・オーウェルの『一九八四年』である。同作の主人公は、歪んだ世界観に屈することを強いられる極限状況のなか、「自分が間違っていることはわかっている。だが間違った人間でいたいのだ[3]」と信念を打ち明ける。この「間違っている」感覚とは、先に説明した、われわれ専門家ではない人間がもつ、素朴な感性、あるいはプリミティブな勘と呼べるものと、どこか通じるところがあるように思える。

本書では、コロナ禍という人知を超えた災厄と対峙する知恵を、「正常」の内側に回収しようとする政府や専門家に頼るのではなく、素朴な感性に根差した考察を展開する文学作品に探ってみたい。とりわけヨーロッパから独立を果たしたアメリカには、旧世界の日常とは異なる宗教、政治、社会、民族構成などの特質を有しながら、世界の超大国へと発展してきた経緯がある。このような歴史的背景をもつアメリカ文学には、非日常について考えるうえで示唆的な作品が数多くある。

また、本書がウイルスや感染症ではなく非日常という枠組みを設定している理由は、コロナ・ウイルスが引き起こしたパンデミックが、「感染症と文学」という次元には収まりきらないほどの圧倒的な影響を人類に及ぼしている、という認識に立っているからである。このような理解のもと、「非日常性のアメリカ文学」というテーマが設定された。

このテーマでシンポジウムを組んだとき、登壇者の間で、非日常に相当する英単語が思い当たらない、ということが話題となった。たとえば「日常」を英語で表現する場合には、normal / ordinary / daily / routine / regular といった修飾語や mundane といった語が思いつくが、「非日常」という表現の決まり文句は見当たらない。先に紹介した研究書では、pandemic / corona virous crisis / COVID-ised / inexplicable incident / life on the other side / upheaval / new normal / quarantine days といった語句を「非日常」を言い表す文脈で用いているものの、日本語の「非日常」に相当する語は見当たらない。非日常は文脈によって変わるものであるが、日常と非日常の定義についても然りである。したがって、本書では日常と非日常の定義については、各論考とそこで取り上げる作品に対する執筆陣の解釈にゆだね、この語彙がもつ可能性を最大限に探ることとした。

本書では、このテーマに賛同した一〇人のアメリカ文学研究者が集い、日常／非日常という切り口から、コロナ禍のいまを考えるヒントをアメリカ文学に探っている。文学研究は作品の考察や社会背景の分析を得意とするが、本書はコロナ禍の現代世界を意識しながら各作品の考察を行っている点で、野心的な試みの論集となっている。それゆえ、論考によっては個人的な経験や現代世界との関連など、幅広い考察を含んでいる点をご承知おき願いたい。

それでは、各部とその論考について簡単に紹介しておこう。本書では、取り上げる作品とその考察によって、各論考を三つの部に分け、各部では、論考は主要な作品の発表年順に並んでいる。

第1部「日常のなかの非日常」では、日常をベースにした作品世界に描かれる非日常について考察している。浜本論文（第1章）では、ヘンリー・D・ソローの『ウォールデン』を取り上げ、ソローが森で営んだ非日常の暮らしが文明社会の日常を見直す視座をもたらした点について考察している。新関論文（第2章）では、マーク・トウェインの『王子と乞食』の考察を通して、王子と「乞食」の立場が入れ替わるという非日常が、王権の虚構性を暴くのみならず、作者の複雑な内面心理をも浮き彫りにしている点を論じている。林論文（第3章）では、アラスカ先住民作家のヴェルマ・ウォーリスの『ふたりの老女』を取り上げ、姥捨てという極限状況の非日常を生き抜く物語が、先住民部族の日常が抱える男性支配、アルコール依存、貧困の問題などを暴き出している点について論じている。菅井論文（第4章）では、山火事について描くカリフォルニアのビッグ・サー地域の文学を取り上げ、山火事によって日常が容易に非日常と入れ替わるという地域性が、日常と非日常の境界を崩すだけでなく、非人間主義的で巨視的な自然史の存在を意識させる可能性について論じている。

第2部「非日常のなかの日常」では、非日常をベースにした作品や、非日常的世界を舞台にした空間・社会・時代と、そこに描かれる日常について考察している。辻論文（第5章）では、セレブリティとしての華やかな暮らしぶりを演じる大作家マーク・トウェインの非日常的な表の顔と、人生を冷静かつ巧みに生き抜く素顔の実像について、ユリシーズ・グラント将軍の回顧録出版を手掛かりに考察している。坂根論文（第6章）では、スコット・フィッツジェラルドの『グレート・ギャツビー』と、その舞台である一九二〇年代の非日常世界に垣間見られる、日常と階級差について考察しつつ、自然主義、リアリズムからモダニズムの各文学作品に描かれた日常と非日常へと議論を広げている。高橋論文（第7章）では、アレン・ギンズバーグの『吠える』と二〇一八年に出版されたアンソロジー『アメリカ、君の名を呼ぶ――抵抗としなやかさの詩』を取り上げ、自由と生命が脅かされる「非日常」のアメリカ社会に対する問題提起を読み解いている。日野原論文（第8章）では、ファット／肥満という身体性に注目し、サライ・ウォーカーの『ダイエットランド』、およびモナ・アワドの『ファットガールをめぐる13の物語』を通して、肥満を異常とする医学の理解を退けるファット・リベレーションと呼ばれる運動と、本来の身体とは何かという問いについて考察している。

第3部「非日常のなかの非日常」では、SFという非日常の世界をベースにした作品に描かれる、非日常と日常について考える。平田論文（第9章）では、SF作品の歴史を概説しつつ、日常と非日常の区別に内在するポリティクスを指摘する。そのうえで、カート・ヴォネガットの『タイタンの幼女』と『猫のゆりかご』の考察を通して、ヴォネガットが唱える思考を重ねながら日常を意識することの重要性について論じている。中山論文（第10章）では、同じくカート・ヴォネガットの『タイムクエイク』を通して、日常と非日常は隣り合う存在であること、日常は曖昧で、ありふれた日常とは奇跡であることなど、ヴォネガットの日常観について考察している。

これらの論考より、本書ではアメリカ文学が描いた日常／非日常の世界と、その両者の関係に考察をめぐらせながら、コロナ禍という日常／非日常について考えるヒントを探っている。本書の考察が、現代の世界と日常／非日常を考える一助になることを、編者の一人として切に願っている。

浜本隆三

註

（1）「COVID-19 Map - Johns Hopkins Coronavirus Resource Center」（https://coronavirus.jhu.edu/map.html）の統計に

よる。

（2）アルベール・カミュ『ペスト』宮崎嶺雄訳、新潮文庫、一九六九年、五六頁。

（3）ジョージ・オーウェル『一九八四年［新装版］』高橋和久訳、早川書房、二〇〇九年、四三五頁。

第1部

日常のなかの非日常

第1章

コロナ禍に読む『ウォールデン』の空気

浜本隆三

はじめに

ヘンリー・デイヴィッド・ソロー（Henry David Thoreau, 1817-62）は、自然と文明について思索をめぐらせたアメリカの思想家である。一八四五年七月四日、ソローは師と仰ぐ思想家ラルフ・ワルド・エマソン（Ralph Waldo Emerson, 1803-82）が所有していたウォールデン湖畔の土地に小屋を建て、二年二か月の間、独立独居の暮らしを営んだ。

町から森へと居を移したソローの試みは、いわば自発的に非日常の空間を作り出す実験であった。その狙いは、自然のなかに身を置くことで、自然を観察し、人間、および自己自身を内省し、ひいては文明社会について思索をめぐらせる点にあった。二〇二〇年春よりわれわれは、新型コロナ・ウイルス感染症が引き起こしたパンデミックによって、以前とは異なる日常を経験している。このコロナ禍がもたらした「非日常」という時空間について考えるヒントを、このソローの実験生活とその思索に探ろうというのが本章の狙いである。

われわれはこの非日常の生活で、通勤や通学を控え、不要不急の外出を自粛し、社会的距離を保ちながら、自宅で過ごすことを強いられた。まるでSF小説が現実化したかに思える日常を過ごしながら、この現実をどのように受け止めたらよいのか、そしてウイルスが奪い去った従来の日常生活とは何であったのかについて、考えをめぐらせた人も少なくなかったのではないだろうか。

本章では、ソローが森の生活という非日常から学んだことを明らかにしながら、コロナ・ウイルスがもたらした非日常について考える。まず、ソローが人間と自然を結ぶ交点に音を見出している点を指摘する。そのうえで、ウォールデンの森の表情に変化を与える役割を、音や光、気温などを伝達する空気が担っていた点について考察する。最後に、同じく空気を媒介として感染が拡大するコロナ・ウイルスが、われわれ人類の日常生活を様変わりさせた意味について検討したい。

1. 音を「見る」観察者

偉人による自然の観察記を期待して『ウォールデン』（*Walden; or Life in the Woods*, 1854）の扉を開くと、いきなり「経済」という章から始まるその構成に、面食らったという読者も少なくないのではないだろうか。『ウォールデン』の構成と構造の良し悪しについては、古くから議論の的になってきた。一九世紀から二〇世紀半ばにかけて、ヘンリー・ジェイムズやジェームズ・ラッセル・ローウェルら作家や文芸批評家たちは、ソローが才能や芸術性を欠いていたがゆえに同作の完成度は低いとか、そもそもソローは構造をそれほど重視しなかった、と突き放した理解を示してきた(1)。

しかし、『ウォールデン』を丁寧に読み進めると、その構成がとてもよく練られていることに気づかされる。そもそも、ソローは森での暮らしを、「実験（experiment）」と位置づけていた。その報告書を、実験の結果が記された「経済」の章から始める構成は、たしかに理にかなっているといえる。

実験とは一般に、理論や仮説を実証する試みであり、それは対象の観察によって成立する。ソローの場合、観察の対象はウォールデン湖の自然と文明社会、そして自己自身にあった。『ウォールデン』が単なる自然観察記ではなく実験である理由は、ソローの森に暮らすという試みが、文明社会を異化するという目的のもとにあったからといえるだろう。したがって、ソローの『ウォールデン』は、場所の観察と同時に自己の内省によって成立する文学作品であったといえる。

ソローが建てた小屋は、アメリカ北東部の都市ボストンから二〇キロほど東にあるコンコードという町の外れのウォールデン湖の湖畔にあった。彼は一八四五年七月四日、アメリカの独立記念日に森へと向かい、思索を日誌に書き留めた。その日誌をもとに、ソローは七度の見直しを重ねて『ウォールデン』を完成させた。ソローは森に入った理由を、こう説明する。

思慮深く生き、人生の本質的な事実のみに直面し、人生が教えてくれるものを自分が学び取れるか確かめてみたかったからであり、死ぬときになって、自分が生きてはいなかったことを発見するようなはめにはおちいりたくなかったからである。人生といえないような人生は生きたくなかった。生きるということはそんなにもたいせつなのだから。(2)（98）

ソローは万事、「簡素」を心がけ、生活を切り詰めることで、生きるということそのものと向き合おうとした。ソローはいう。「われわれの言葉で自発的貧困（voluntary poverty）とでも呼ばれるべき有利な基盤に立脚しなければ、だれひとり人間の生活を公平な賢い目で観察することはできないのである」（17）。ソローは森の小屋という異質な視座から、人間の暮らしを相対化しようとしたのである。

この「実験」の結果、ソローは一年間に六週間だけ働けば生活費がまかなえること、衣食住が確保できれば、あとはナイフや斧などの道具、それにランプの明かりや蔵書が少しあれば、暮らすには十分であることを明らかにした。最低限、人間の暮らしに必要なものがわかると、それは反面、不要な贅沢品や文明生活の無駄を浮かび上がらせることに結びつく。ソローが文明社会の贅沢な暮らしに差し向けた皮肉はなかなか辛辣である。

たとえば衣服について、文明人は「美の女神」ではなく「流行の女神」をあがめていると喝破し、「新しい人間がいなければ、新しい服など似合うわけがない」（27）と皮肉をいう。食については、必要な食糧はわずかな労力で手に入るのに、「人間は、必需品が欠けているためではなく、贅沢品が欠けているために、しばしば飢え死にしそうになっている」（67）と見極める。住まいについても、風雨をしのげば足りるものを、あれこれ様式にこだわる様子は、まるで棺桶を作っているようだといってのける。

ソローの洞察は、「自粛生活」という、以前よりも少しだけ簡素な暮らしを経験したわれわれにとっても示唆的であるが、彼が森で暮らした目的は文明社会を批判する点に絞られていたわけではない。ソローにとって人生は、自分の生き方を見つけ出すための「実験」であった。森での暮らしは、すでに誰かが踏み固めた生き方ではなく、まだ誰も経験していない人生を探るための試みであった。

したがって、森に入ったソローがほとんど読書をしなかったことも納得できよう。彼は文字の世界ではなく、現実の世界と向き合うことを重視したのである。読書について、ソローは「音」という章の冒頭でこう記している。(3)「いかに選び抜かれた古典であろうと、書物にのみ没頭し、それ自身が放言や地方語であるにすぎない特定の書き言葉ばかり読んでいると、隠喩なしに語る唯一の豊かで標準となる森羅万象の言葉を忘れてしまう恐れがある」（121）。ここでソローがいう「隠喩なしに語る唯一の豊かで標準となる森羅万象の言葉（the language which all things and events speak without metaphor）」とは、すべて目の前に広がる現実の世界を指す。ソローは、真理や真実、崇高なものは天国などにではなく、すべて「いま、ここ（now and here）」（105）にあるという。書物から顔を上げ、目の前に広がる「森羅万象の言葉」を見ようとしたのである。

この読書に対するソローの考えは、彼が師と仰ぐエマソンの教えに通じる。エマソンは自然と直観的に交わる超絶主義と呼ばれる哲学を打ち立てた思想家として知られる。彼の高名な「自然」（"Naure"）と題したエッセイでは、冒頭、昔の人々は直接、神と自然を見ていたが、現代の人々は彼らの目を通して見ていると語りはじめる。そして、エマソンは「太陽は今日も輝いている」と、書物から顔を上げて現実の世界を見るよう読者に促した。ヨーロッパから独立を果たした、手つかずの自然が広がるアメリカらしい思想といえる。この師の教えに倣い、ソローも目の前の世界に関心を寄せてこう記している。

見るべきものをつねによく見る、という訓練に比べれば、たとえその内容がどれほどみごとに選ばれたものであろうと、歴史、哲学、詩などの講座は取るに足らないし、最高のひとびととの交際、あるいはこのうえなく立派な平素の暮らしぶりなどにしても同様である。諸君は単なる読書家や学究になろうというのか、それとも見者たらんとするのか？　諸君は自己の運命を読み取り、目の前にあるものを見て、未来に向けて歩みを進めなくてはならない。（121）

ソローは、読書家や学究ではなく「見者（seer）」になれという。そして、書物ではなく目の前の世界を見て、未来に歩みを進めよと鼓舞する。

ソローがここで、「見る」ことの重要性を「音」という章で記しているのは興味深い。一見すると、音について記した章で「見者」になれといわれると、ソロー流の皮肉かと疑いたくなる。だが、当時のまだ音を記録して残すことができなかった時代背景を考慮すると、音に「いま、ここ」という現実性が象徴されているものと理解できよう。

ソローの森での暮らしは、この「音」の章から始まるといってよい。夜、森の小屋で独り書物を閉じ、灯りを消すと、部屋は闇に包まれて、身体が拠って立つ感覚器官は視覚から聴覚に取って代わる。遠く、汽笛を鳴らして走る汽車と列車の音が去ると、ソローのもとには孤独が訪れる。夜の闇がソローを包み込み、森の静寂が小屋を支配するかに思える。しかし、それもつかの間。耳をすますと、夜の森には、実にさまざまな音があふれていることに気づかされる。フクロウの鳴き声、ヨタカのさえずり、オンドリの歌、野ウサギやウッドチャックの駆けまわる音、ヒバリやムクドリモドキなどの小鳥のさえずり。自然は「敷居のすぐそばまで迫っている」のである。

遠く文明社会の音が森の小屋に届く様子は、文明社会とウォールデンの森での暮らしとの距離感を物語る。この隔たりを、ちょうどソローは「散歩」（"Walking"）と題したエッセイで視覚的にこう表現している。

丘の上の各所から、文明と人の住処を遠くに見ることができる。農夫とその畑は、ウッドチャックとその巣のようにおぼろげである。人間とその所業、教会と国家と学校、商売と商業、工業と農業、それにあらゆるもののなかで最も憂慮すべき政治でさえも、風景のなかで、いかにわずかな位置しか占めていないかを知って、私は嬉しくなる。(20-21)

文明から自然のなかへと暮らしが移ろい、文明社会を相対的に見つめるソローの視座を垣間見ることができる。

さて、この「音」の章で注目したいのは、ソローが文明と自然の交点を音に見出している点である。たとえば、教会の鐘の音は原生林の木立に「漉され」て届くうちに、「心地よい自然の旋律」となり、若者たちが奏でる音楽も牝ウシの「音楽」のように聞こえてくる。ソローは、これらを「『自然』が発するひとつの声」だと評する。これとは反対に、アメリカオオコノハズクの鳴き声に人間の「陰気な叫び声」を聞き、アメリカフクロウの鳴き声に「人間の断末魔のうめき」を聞き取る。

音は物理的には空気の波動で、人間が発する音も自然が生み出す音も、発信元である音源から離れると、その性質に違いはない。ソローも、遠くから届く教会の鐘の音を耳にして、こう記す。「あらゆる音は、最大限の距離を隔てて聞くと、まったくおんなじ効果を生み、宇宙の竪琴の振動音となる」(134)。森の小屋でソローは、文明と自然の結び目を音に見出したわけである。

音を通して世界を「見る」と、ソローが蒸気機関車に批判的な言葉を向けていない理由が理解できる。一見すると汽車は文明の象徴のようであり、自然を愛するソローはそれを嫌悪するかに思えるが、そうではない。労働者を枕木に喩えはするものの、彼は蒸気機関車それ自体を否定したりはしない。ソローは汽車の汽笛にタカの「鋭い鳴き声」を聞き、日の出を眺める心持ちで朝に通り過ぎる汽車を迎える。

同じくソローは、ウォールデン湖の氷を切り出す作業についても、難じたりはしなかった。これも一見すれば、氷で金儲けをする商売を批判しそうなものであるが、ソローは人の営みを自然の変化と織り交ぜながら捉えている。ソローは、安易に自然と文明を分け隔てることなく、むしろ音のように、両者の結びつきを見出そうとする。「経済」で繰り広げられた文明社会に対する批判は、文明にではなく、あるがままの自己と素直に向き合わない、人間の卑しさを暴く点にあったと見ることもできよう。(4)

ソローは人間と自然の結び目を音に見出したが、彼自身もまた文明と自然とを「不思議な自在さ」で行き来する存在となる。ソローは、文明社会から完全に切り離された森の住民となったわけではなかった。この「不思議な自在さ」の感覚を、ソローはこう表現する。「われわれは『自然』のなかにそっくり取りこまれているわけではない。私は流れにただよう流木にもなれるし、空からそれを見おろすインドラにもなれる」(146)。こうしてソローが、森に根を張っていく様子は、雑草や害虫、ウッドチャックと格闘しながら豆を栽培するエピソードに、比喩的に認めることができるだろう。ソローは文明人の観察眼を失うことなく、森と村とを自在に行き来する観察者となったのである。(5)

2．空気と実在

ウォールデンの森に暮らしたソローは、「いま、ここ」にある「真理（truth）」を見よと呼びかける。この目の前に広がる世界を、ソローは「実在（reality）」という言葉で表現する。ソローは、「生であろうと死であろうと、われわれが求めるのは実在だけである」（106）と実在への関心を強調する。

> いそがず賢明に生きてゆけば、偉大な、価値あるものだけが永遠の全体的存在であり、卑小な不安や快楽は、実在の影にすぎないことをわれわれは知るだろう。実在するものはつねに心楽しく、崇高である。だが、ひとびとは目を閉じて眠りこけ、甘んじて外見にまどわされているために、あらゆるところで型にはまった因襲的な生活をうち建てて固定させている。そうした生活は、やはり純然たる幻想を基盤として築かれているのだ。（104）

ソローが簡素に暮らすよう諭すのも、生きるという実感を求めてのことであった。彼は、実在の世界だけに目を向けるならば、人生は「おとぎ話やアラビアンナイトのようになる」（103）とも語っている。二年二か月森で暮らした、ソローの達観が垣間見られるだろう。

一方、同時代人はいまだに「因襲的な生活（daily life of routine and habit）」に甘んじ、「幻想の基盤（illusory foundations）」の上に暮らしていると批判を向ける。その要因を、ソローは洞察力の欠如に見出す。

> 思うに、われわれニューイングランドの住民たちが、現にこれほどくだらない生活を送っているのは、ものごとの表面をつらぬく洞察力を欠いているからである。われわれは存在するように見えるものを、存在するものと思いこんでいる。ある人間がこの町を通り抜けて、実在の姿だけを見るとしたら、コンコードの中心にある「ミル・ダム商店街」などはどこへ消えてしまうことやら。（104）

同時代人の軽薄さに皮肉をいう、「経済」の章が思い返されるが、ここでは、ソローが「ものごとの表面をつらぬく洞察力」を重視している点に注目したい。ソローは『ウォールデン』で、「底なし沼」とうわさされた湖の湖底の測定を試みるが、これは因襲的な「幻想の基盤」を突き崩す試みの象徴であったと理解できる。

町の人々は、ウォールデン湖について、測りもせずに底なし湖だとうわさして、「地球の反対側まで突き抜けている」と信じていた。ソローはこれにあきれて、ウォールデン湖の湖底を確かめるために、湖面が結氷する冬に測量に乗り出す。そして、最深部でも水深は一〇〇フィート程度であることを突き止める。

じっくりと腰を据え、意見、偏見、伝統、妄想、外見といった泥沼、つまり地球をおおう堆積物をつらぬいて足をふんばり、パリ、ロンドン、ニューヨーク、ボストン、コンコード、それに教会や州はもとより、詩や哲学や宗教にいたるまで遠慮なくつき破り、ついに足が実在と呼ばれる堅い岩盤にうまく届いたら、これだ、まちがいない、と言おうではないか。（105-106）

ウォールデン湖につきまとう「底なし湖」といううわさは、まさにこの「意見、偏見、伝統、妄想、外見といった泥沼」であった。それをソローは「洞察力」で突き崩し、実在の「岩盤（hard bottom）」を見つけ出してみせた[6]。湖底目指して、石をくくりつけた釣り糸を下ろすソローの試みは、幻想を排して実在を求める、森での実験生活を象徴する試みであったといえる。

ところで、この引用文からは、実在はあたかも湖底の岩盤のような、独立、普遍の確固たるものとして存在しているかのような印象を受ける。ちょうどソローは、『コッド岬』（*Cape Cod*, 1865）において、「巨大な本物のケープコッド！」を眼前にして「これぞ物自体だ」と語っているが、実在と聞けば、この「物自体（the things itself）」（85）のような揺るぎない存在を想起しがちである。

ところが、『ウォールデン』の佳境といえる、ウォールデン湖とその自然を描写したページをめくっていくと、このような確固とした揺るぎない存在としての実在の理解に揺らぎが生じはじめる。ソローはウォールデンの湖群について、まずその色から描きはじめる。

わがコンコードの水域には、少なくとも二種類の色がある。ひとつは遠くから見たときの色、もうひとつは近くで見たときの本来の色だ。前者は光線のぐあいにかなり左右され、空模様に応じて変化する。夏の晴れた日に、やや離れたところから見ると、とくに波のあるときなどは青く見えるが、はるか離れて見ると、あらゆる水域が同じ色を呈している。荒れ模様の天気だと、暗い青みを帯びた灰色になることもある。（中略）なかには、青こそ「液体であろうと固体であろうと、純粋な水に特有の色だ」と言うひともいる。だが、ボートからまっすぐに水中を見おろすと、じつにさまざまな色が見えてくる。（191-192）

ウォールデン湖の水は、「神の雫（God's Drop）」とも称えられるほどに透明で、二〇～三〇フィート下にある湖底も目視で確認することができるという。その水をたたえた湖は、あるときは青く、あるときは緑色で、差し込む光線によって、湖はさまざまに表情を変える。ソローは光と水が織り成す色の不思議を描写しつつ、湖の表情には決まった姿がないことを明らかにする。

岸部の形についても同じである。湖には長い時間をかけて水が出入りし、水面は上下する。水位が上がれば湖面は広がり、下がれば狭まる。それに伴い、岸部の輪郭も変わる。水位の変化には、おおむね季節が影響し、冬期は増水し、夏期は減水する。すなわち、気温の変化が湖面の水位を変動させて、岸部の輪郭を生まれ変わらせるのである。

湖面の形状も多彩である。冬に湖面は結氷し、春、ゆっくりと時間をかけて解氷する。穏やかな九月の午後、湖面が鏡になるほどの静寂が訪れる。湖面は眼に刺さるほど鋭く陽光を照り返し、森の姿を完璧に映し出す。そこを風が駆け抜けると、「水自体が（中略）さざ波を立てる。光や縞やきらめきを見れば、風がどこを渡っているかわかる」（205）。湖面は、見えないはずの空気までも映し出す。その様子を、ソローは「大気のなかにただよう精霊の存在を明らかにする」（205）ものと表現する。

ウォールデンの「精霊」は、湖面に光を届けて色を操り、気温に変化をもたらして森の表情を変えてゆく。その様子は、見方を変えれば、ウォールデンの自然が、森に宿る精霊の存在を映し出しているともいえる。もちろんこれは比喩的な表現で、ソローがいう精霊とは、森に光や温度を届ける空気を指している。すなわちウォールデンの森の有機的な表情は、空気によってもたらされていたといえるのである。ソローがウォールデンの自然に見出した「実在」を捉える鍵は、空気にこそあったといえるだろう。

3. 相対化の視座としてのコロナ禍

ソローの空気に対する理解は、コロナ禍の現代を考えるうえで興味深い。ソローは実在を求めて、目の前の世界を見よといった。だが、眼前の世界を捉える鍵は、目に見えない空気にあった。空気は光や温度、音を伝達するが、同じくコロナ・ウイルスは空気によって媒介される存在で、この点に気がつくと、ソローの次の引用はなかなか示唆的である。

なぜわれわれの目にとまるものだけが、ひとつの世界をつくり出しているのだろうか？　目に見えない世界との隙間を埋めてくれるのは、ハツカネズミだけではあるまいに、なぜ人間はそうした種類の動物だけを自分の隣人と考えたがるのだろう？　ピルパイ［動物が人間と対等な存在として登場するアラビア古典文学の寓話集の作者］たちは、いろいろな動物をじつにうまく使って物語を書いているが、思うにそれは動物たちがみな、ある意味で人間の思想の一部を担うように描かれているからであろう。（242）

人間は視覚的に世界を認識し、主観的に世界を想起する。だが、ソローは目に見えない存在にも注意を払うようわれわれに促す。この目に見えない存在に、ペスト菌を運ぶネズミだけでなく、コロナ・ウイルスを運ぶ空気も含めて考えてみるのは面白い試みであろう。このパンデミックを、人類の人間中心主義を相対化する機会として捉えることができるのではないだろうか。

コロナ・ウイルスは南極を含め、地球上のすべての大陸に拡散し、各地の社会生活に影響を及ぼした。いわばウイルスは、空気を媒介にして世界の姿を変えた存在であったといえる。文芸評論家のフランシス・マシーセン（Francis Matthiessen, 1902-50）は、従来の『ウォールデン』批評を覆し、同書の植物の連関や季節の円環の描写に「有機的原理」を認めて、『ウォールデン』の構成と構造を評価した。これに倣うと、人と人との結びつきや、社会的関わりを見直す機会をもたらしたコロナ・ウイルスもまた、「有機的原理」の一つと見ることはできないだろうか。(7)

「コロナとの闘い」は、人類が社会的距離を強く意識する機会をもたらした。通勤や通学を控え、オンライン授業やリモートワークが浸透し、余暇も人混みを避けて過ごす生活が日常化した。パンデミック下で強いられた自粛生活という非日常は、従来の日常を問い直し、それを相対化して捉え直す機会となった。たしかにソローは、当たり前の状況を失うとき、われわれは世界との結びつきを意識し直すことができるといっている。

迷子になってはじめて、つまりこの世界を見失ってはじめて、われわれは自己を発見しはじめるのであり、また、われわれの置かれた位置や、われわれと世界との関係の無限のひろがりを認識するようになるのである。（185）

それでは、「われわれと世界との関係」とはどのようなものであっただろうか。コロナ・ウイルスは目下、人類の敵、文明の脅威と理解されている。このウイルスを征服することは、人類の「勝利」を意味するが、人類がコロナ・ウイルスを敵視して、それを脅威と捉える理由は、われわれがウイルスを制する術をもっていないからである。いまでこそ、有力なワクチンや治療薬の開発が進んでいるが、それでも人類の日常は、いまだにコロナ・ウイルスによって歪められている。したがってコロナ・ウイルスとは、人類が築いた文明の防波堤を乗り越えて、二一世紀の文明社会になだれ込んできた、われわれの意のままにならない脅威であったといえる。

このウイルスの性質を考えるとき、「ウィルダネス（原野／手つかずの自然）（wilderness）」という言葉の語源は参考になる。ロデリック・ナッシュ（Roderick Nash）は『原生自然とアメリカ人の精神』（*Wilderness and American Mind*, 1967）において、ウィルダネスの語源を「その起源はわがままな、頑固な、あるいは、制御不可能なという記述的な意味をもつ『will』にある」（松野監訳 i）と説明する。[8] will は一般に、単純未来を表す助動詞として用いられるが、他にも意志を表す名詞、意思を有する動詞としての用法もある。この will が willed となって変形したウィルダネス（wilderness）は、意志を有した存在、われわれ人類とは別の意志をもつ存在ということになる。

コロナ・ウイルスに、このウィルダネスの性質を重ねると、二一世紀の文明社会が人類の意のままにならない野性に脅かされているという構図が浮かび上がる。この状況は見方を変えると、われわれはいま、ソローが森で暮らしたように、野性に囲まれながら暮らしている状況にあるとはいえないだろうか。

人類は馴致しうる存在を「隣人」とみなし、意のままにならない存在は敵視して排除しようとする。「コロナとの闘い」の陰には、自らに有益な存在だけを隣人とみなしうる、人間中心の思想が横たわっている。森で文明を相対化したソローに倣い、われわれもコロナ・ウイルスに囲まれるなかで行った少しだけ簡素な自粛生活を、これまでの文明生活を見直す機会として考えてみる必要があるのではないだろうか。

おわりに

ソローは、一九世紀前半のアメリカにおいて、初期資本主義が浸透し、人々が軽薄で皮相的な暮らしに没していく様子を観察して、「実在が架空のものとされる一方で、虚偽と妄想が確固たる真理としてもてはやされている」(103)と喝破し、「ものごとの表面をつらぬく洞察力」を重視した。このソローの教えは、現代を生きるわれわれにとっても意義深い。

身の周りの事例に目を向けると、現代社会では「ツイッター」や「インスタグラム」など、他者の眼を意識したソーシャル・メディアが浸透して、見栄えを意識した「幻想(delusions)」がもてはやされている。実際の暮らし向きは厳しさを増すなか、外見と内実とが乖離した生活に皮肉をいう、「贅沢品に囲まれているが、貧しい暮らしをしている」というソローの言葉は、二一世紀の日本を考えるうえでも迫真性がある。

政治の世界に目を向けてみると、ドナルド・トランプ大統領が「フェイク・ニュース」を叫び、安倍晋三政権下で財務省が公文書を改ざんして、事実が「架空(fabulous)」に、嘘が「真実(truths)」に、平気で置き換えられている。このような時代に、コロナ・ウイルスが日常と非日常を入れ替えて、嘘のような日常を現実にしてしまったことは奇妙なめぐり合わせといえる。ついでにいえば、ヨーロッパやアメリカ、南米で自国中心主義、排外主義を掲げる政党が躍進し、候補者が当選していた時代に、ウイルスが世界中に見えない壁を築き上げてしまったことも皮肉な事実であった。

実在が幻想の影にかすむこの時代に、一つ確かなことは、コロナ・ウイルスによって政治、経済、社会、そして科学の、疑わしさ、不確かさ、もろさが浮き彫りにされたという点である。世界に脅威が伝播して以後、ウイルスの性質について、一年半にわたり空気感染はしないと嘘の説明が重ねられ、日本だけ極端に少ない感染者数をめぐっても、さまざまな疑惑が渦巻いていた。[9] 感染対策と経済対策とが天秤にかけられるなかで、科学的事実が歪められたことはなかったか、もしあったとすれば、その力学はなぜ、どのように生じたのか。

このように見ると、コロナ・ウイルスとは、二一世紀の文明社会の皮相な仮象を揺るがす存在であったと理解できる。われわれの「洞察力」がいま、問われているといえよう。ソローが「自己の本性の深さ（the depth of his own nature）」を探るためにウォールデン湖と向き合ったように、われわれは文明社会の実像を映し出す鏡として、コロナ・ウイルスと向き合うことが必要といえるのではないだろうか。

註

＊　外国文献からの引用で、特に訳者を註記していない場合は筆者の訳による。

（1）ヘンリー・ジェイムズはソローについて『ホーソーン』（*Hawthorne*）で、「かれは不完全、未完成、非芸術的で田舎のもの書きよりも出来が悪い」（97）と書いている。

（2）本章における『ウォールデン』の引用文は、飯田実訳の『ウォールデン』（岩波文庫刊）を参考にしているが、原文を参考に修正を加えている箇所もある。なお、ソローの著作物は、初版本を含め"Internet Archive"において全文を参照できる。

（3）読書に対する否定的な見解が、「読書」に続く「音」という章の冒頭で展開されているところにも、『ウォールデン』の構成の巧みさがうかがえる。すなわち、音は現実の世界で「いま、ここ」にある目の前の世界を代表する存在といえる。

（4）人間と自然との結びつきと関連して、ソローがあるがままの自己を「暴露」した「高次の法則」という章は面白い。この章は、ソローが森でウッドチャックと出会ったとき、思わず噛みついて肉をむさぼり食いたい衝動に駆られたというエピソードから始まる。野性に憧れての衝動であったとソローは説明するが、この衝動自体がソローの自己に宿る野性を自覚する瞬間であったとも理解できる。彼は自己の内部に、「精神的な生活への本能と、原始的で下等で野蛮な生活への本能」があると見極めて、「善良なものに劣らず野性的なものを愛している」と書くが、肉体的欲望についても例外ではない。「人間の内部には一匹の動物が住みついており、高次の本性が眠るにつれてそれが目覚めることは、だれでも知っている」と書き、自身の不純さを暴露する。ここに、人間と動物との結びつきを見出すことができるであろう。

（5）「豆」という章は、ソローが森に根を張る様子を比喩的に伝えているものと理解できる。豆を根付かせて森の住人となったソローは、続く「村」という章で、今度は森の住人の眼で村の観察に出かけるのであった。

（6）ちなみにソローは、「ウォールデン湖をのぞき込む者は自己の本性の深さを知ることになる」（202）と語っているが、ここには皮肉も込められているといえる。

（7）マシーセンはこう記している。「本物の美は必然性を明らかにする、というおのが信念の新たな証拠をソローはあちこちに求めたわけだが、そのとき『自然はより偉大で、より完璧な芸術』であることを、そして、自然の働きと人間の働きは取るに足らない細部まで類似していることを見つけた。（中略）『これは明らかに有機的であって、われわれとどこかでつながっている。（中略）』誰も目に留めない植物から、かくも多くの原理を引き出せたソローであるからには、『人々が樹木には目もくれず、コリント様式の柱ばかりを云々するのは奇怪千万』だ、と考えたのも驚くにはあたらない」（*American Renaissance*, 飯野他訳 255-256）。

（8）ナッシュはこう記している。「その言葉〔「原生自然」（wilderness）〕の語源的意味自体は一つの理解方法を提示している。多くの英単語の基になっている古代ゲルマン語とノルウェー語では、その起源はわがままな、頑固な、あるいは、制御不可能なという記述的な意味をもつ『will』にある。『willed』（意思のある）という言葉を起源とする形容詞『wild』（原野の）はかつて取り損なう、手におえない、無秩序な、あるいは、混乱したという意味だった」（松野監訳 1）。

（9）たとえば、コロナ・ウイルスの空気感染の可能性について、大手メディア（毎日新聞および日本経済新聞など）が初めて言及したのは、二〇二一年九月中ごろになってのことであった。それ以前は「エアゾル感染」との表現は一部で用いられていたが、空気感染については否定されていた。

参考資料

Emerson, Ralph Waldo. "Nature." James Munroe and Company, 1836.

James, Henry. *Hawthorne*. Macmillan and Co., 1897.

Mathiessen, F. O., *American Renaissance: Art and Expression in the Age of Emerson and Whitman*. Oxford University Press, 1941.（F・O・マシーセン『アメリカン・ルネサンス――エマソンとホイットマンの時代の芸術と表現』上巻、飯野友幸他訳、上智大学出版、二〇一一年）

Nash, Roderick F., *Wilderness and American Mind*. Yale University Press, 1967.（R・F・ナッシュ『原生自然とアメリカ人の精神』松野弘監訳、ミネルヴァ書房、二〇一五年）

Thoreau, Henry David. *Cape Cod*. Houghton, Mifflin and Company, 1893.

——. *Walden; or Life in the Woods*. Ticknor and Fields, 1854.（H・D・ソロー『森の生活　ウォールデン 上・下』飯

田実訳、岩波文庫、一九九五年）
——. *Walking*. The Riverside Press, 1914.
伊藤詔子『よみがえるソロー——ネイチャーライティングとアメリカ社会』柏書房、一九九八年。
上岡克己『『ウォールデン』研究』旺史社、一九九三年。

第2章

遊びをせんとや生まれけむ
——マーク・トウェイン『王子と乞食』におけるごっこ遊びによる非日常化

新関芳生

はじめに

男の子は並べた積み木を突然電車になぞらえて動かしはじめ、周囲に無造作に置かれていたさまざまなおもちゃを駅に見立てて、お客さんを乗降させる。「駅に着きました。お客さんが乗ったら発車します」とアナウンス付きで……。

これは私が実際に目撃した、息子が二歳のときの様子である。大人の目からは並べられた積み木にしか見えないものが、このときの息子には、たしかにそれは電車に見えていて、乗客が存在し、周囲にたまたま置かれていたおもちゃは駅で、これらの間は見えない線路で結ばれていたようだ。私がこの光景に驚いたのは、このようなフィクション化が、人間の意識の核に埋め込まれた普遍的かつ本能的なものであるということを再認識させられたからである。子どもは誰かに教えられるまでもなく、「ごっこ遊び」によって自らが置かれている状況をフィクション化し、いとも簡単に非日常の世界を自らの周囲に構築することができる。このようなごっこ遊びに類似する行為や認識は、何も子どもに限ったことではなく、大人でも日常的に行っていることである。『フィクションとは何か――ごっこ遊びと芸術』（1990）においてケンダル・ウォルトン（Kendal Walton）は、ごっこ遊びを、子どもに限らず人間が芸術作品に接する際に、鑑賞者と対象との間に生じる相互作用である虚構（フィクション）化の土台であると考え、ここからごっこ遊びを芸術全般を鑑賞する際の統一的な視点構築の基礎に置くという、興味深い試みを行っている。

本章では、ウォルトンが提唱しているこのごっこ遊びの基本的な枠組みを用い、アメリカを代表する作家マーク・トウェイン（Mark Twain, 1835-1910）の『王子と乞食』（*The Prince and the Pauper*, 1881）を再読してみたい。サブタイトルに「あらゆる時代の年少者のためのおはなし」（A Tale for Young People of All Ages）とあることや、作者が父として自身の娘たちにこの物語を捧げる旨の献辞があることから、このテクストは一般的には子ども向けの小説だとみなされている。出版された同時代の評価は決して悪くはないのだが、二〇世紀以降は、同じ作者のやはり子どもが主人公である『トム・ソーヤーの冒険』（*The Adventures of Tom Sawyer*, 1876）や『ハックルベリー・フィンの冒険』（*Adventures of Huckleberry Finn*, 1884）などの有名な小説と比較すると、本作に関する研究はなおざりにされてきたといってもよい。しかし、実在したヘンリー八世（Henry VIII, 1491-1547）やその息子で本作の主人公の一人でもあるエドワード六世（Edward VI, 1537-53）、エドワード六世の伯父にあたり彼の摂政でもあったサマセット公エドワード・シーモア（Edward Seymour, 1506?-52）などが登場するこのテクストにおいては、一六世紀イングランドのテューダー王朝を時代設定とした史実の枠組みのなかでフィクションが展開することにより、事実と虚構との境界が意図的に曖昧にされているという特徴があり、この虚実の混合を引き起こしているのが、身分がまったく異なる二人の子どもによる、王（子）と庶民が入れ替わるごっこ遊びなのである。このテクストは、この「王さまごっこ・庶民ごっこ」による虚構が現実の世界を侵食することで浮かび上がらせる、王政という政治システムのもろさを、子ども向けの歴史小説の体裁の裏で暴露する物語なのだ。しかし、イングランド王政のこうした脆弱性に対して、アメリカ人であるトウェインは、強い反感を抱いているようには決して見えず、一見するとその姿勢はどこか煮えきらない。本章では、『王子と乞食』における現実世界と、ごっこ遊びによって生み出される非日常的な空間であるフィクションとの関係性に着目し、両者の混在が、共和政の国アメリカに生きるマーク・トウェインの王政への複雑な心的態度の表れであることを示したい。

1．ごっこ遊びと現実世界——王子が乞食で乞食が王子で

『王子と乞食』は、偶然にも同年同月同日に生まれたプリンス・オヴ・ウエイルズであるエドワードと、ロンドンの貧民街に住む庶民であるトム・キャンティが出会って互いが入れ替わってしまうことで、それぞれが数週間の非日常的な出来事を経験する物語である。二人が出会う以前にトムは、すでに貧民街の仲間たちとともに、トム自身がのちに「宮廷ごっこ」(181) と呼ぶ典型的なごっこ遊び[1]に興じ、このなかで彼は「王子様の役を演じ」(14) ている。もともとは同じ子どもである仲間たちで始めたこの宮廷ごっこではあるが、いつしか「大人たちまでが、自分たちの困った問題をトムの所

へもってきて解決してもらおうと」(14)し、そのごっこ遊びの世界の外側にいるはずの大人たちをも巻き込むこととなる。このエピソードはのちにトム自身が巻き込まれてしまうエドワード王子との入れ替わり事件の伏線となっており、ごっこ遊びによる虚構世界とその外側にある現実世界とが混合しうる可能性を示している。やがて宮廷ごっこに飽き足らなくなったトムは、本物の王子を一目見ようと宮殿に出かける。運良くエドワード王子の姿を目にし、思わず近づこうとした矢先にトムは、王子のお付きの兵隊によって突き飛ばされてしまうが、これを目にして彼を哀れんだエドワードによって宮廷内に招き入れられ、王子の私室において二人だけで会話をするという機会に恵まれる。エドワードはトムが話す宮殿の外の世界の話を聞き、強くこれに惹かれる。「もし私がその方のような着物をきて、はだしになり、泥のなかで夢中になって楽しむことができたら、一度でよい、たった一度でよいから、そのようなことができたら」(21)。エドワードの宮廷の外の世界への憧れは、「誰ひとり私を非難したり、止めたりする者がいなかったとしたら、王冠などすててもいい」(21)と、のちに実際に王冠を捨てることになりかねない事態に追い込まれるとはつゆ知らずに述べるほどである。この思いに少しでも応えようとトムは、エドワードが求めるままに衣服を交換する。この申し出はトムにとっても夢であり、宮廷ごっこのなかでしか体験することができなかった非日常を実現する、常日頃から望んでいたことでもあった。こうして互いの利害関係が一致することで、通常であれば起こりえないはずの王子と庶民の衣服の交換がたやすく実現する。ここにおいてエドワードは、庶民であるトムとなって「庶民ごっこ」を試み、一方のトムはエドワードの服を着ることで「王（子）さまごっこ」を行うことになる。

服を交換したエドワードとトムは、鏡のなかの自分たちが双子のように似ていることに気づく。「二人は並んで、大きな鏡の前に立ちました。ところが、どうでしょうか。奇蹟がおこりました。衣装替えなどしたなんて、ちっとも思えないのです」(21)。互いがあまりに似ているために、「今こうして、その方がしていたとおりの身なりを私がしてみると、どうやら、あのときその方が味わった感じを、いっそう身近に感じることができるような気がする」(21) というように、エドワードがトムに対する共感を深めているうちに、彼はトムの手に、先ほど護衛の兵士に突き飛ばされたためについた傷を発見し、同情からの義憤に駆られて、この傷をつけた兵士を罰しようと部屋の外へと飛び出す。しかし、部屋の外で護衛の任に就いていたその兵士は、エドワードを、先ほど自分が突き飛ばしたトムだと勘違いしてしまい、王子を宮殿の外へと乱暴に追い出してしまう。さらにエドワードは、宮殿の外にいた群衆たちに嘲(あざけ)られ、いじめられ、彼らに追われるようにして宮殿から遠く離れてしまうのである。

二人が鏡を見る場面では、読者の視点からは、トムの服を着ているエドワード、エドワードの服を着ているトムという二人の実体、そして鏡に映っているそれぞれの姿という二人の虚像の、合計四人の像が見えていることになる。鏡のなかの虚像の二人は、互いに服を交換したことを知らない人々が見る客観的なエドワードとトムの姿となり、トムの服を着ているエドワードはトムとして、そして、エドワードの服を着ているトムはエドワードとして認識される。エドワードを宮殿から追い出した兵士は、まさにこの鏡のなかのエドワードを実体であると勘違いしてしまったのだ。この物語は、単に二人の人間が入れ替わるというだけではなく、彼らが双子的な類似を示すがゆえに、鏡のなかの虚像の二人も含めた計四人の見分けがつかないキャラクターが入り乱れることで起こる実像と虚像の齟齬が、ごっこ遊びの様相を混乱させ、複雑にするのである。

ごっこ遊びによって生み出される非日常的な世界は、非常に不思議な空間である。電車ごっこをやっている子どもたちのそばを大人たちが通り過ぎることもあるだろうし、車とすれ違うこともあるだろう。ごっこ遊びの世界にいる子どもたちも、もちろんごっこの外のこうした要素を感じ取り、心のどこかで意識もしているのだが、彼らが作り出すごっこ遊びのフィクションの世界には、この遊びのルールを知らない、あるいは守らない外の世界の事物は存在しないことになっている。このフィクションの世界は、固有のルールによって、その外側にある現実世界ときわめて厳密に区別されているが、感覚や意識のレベルでは、二つの世界を分ける境界線はきわめて曖昧であり、時には両者は混合さえしている。ごっこ遊びに興じる子どもたちは、ごっこのフィクションの外にある世界の事物を意識しつつも、同時にごっこのルールによってそれらの存在を消去するという相反する精神活動を行っている。

これとは逆に、時には特定の想像を促すようなもの、たとえば刀に擬せられた木の枝、あるいは赤ん坊とみなす人形など、を用いたり、またあるときには、振り下ろす仕草のみで刀を持っている演技をするというかたちで、現実世界にないはずの事物をごっこ遊びの世界に出現させることもできる。ごっこ遊びが生み出す非日常的な虚構世界は、現実世界と接し混合し、相互に干渉も行う。怪獣ごっこをしている子どもたちの横を、野良犬が通り過ぎたときに、彼らがこの犬に向かって「見ろ！　強そうな怪獣が攻めてきた‼」と叫び、ごっこのルールを理解しないはずの野良犬を、自分たちの虚構世界へと引きずり込むことも可能である。いつでもこのごっこ遊びをやめ、本来の日常空間に戻ることも簡単である。このように、ごっこ遊びにおいてはルールを守らなければならないが、この規則そのものは恣意的かつ即興的に追加、改変、執行されうるという柔軟性をもっており、遊びの開始と終了も任意である。ごっこ遊びの参加者たちは、登場人物としてフィクションに没入しつつ、同時にメタフィクションの次元でこの虚構世界を見つめてもいるのである。

しかし『王子と乞食』の場合、エドワードとトムがそれぞれ迷い込んでしまった世界では、彼ら自身の力では、ルールの追加や改変を行うことはできない。彼らにとってはごっこ遊びの延長であるはずの世界なのだが、実際には鏡のなかの世界へ入り込んでしまい、自分たちの意思ではやめることができないごっこ遊びを続けざるをえない。周囲の人間たちにとっては現実そのものである世界においては、これを非現実としか捉えられない人間は、鏡のなかの自身の虚像を演じなければならなくなる。トムの父親であるジョン・キャンティに、息子だと勘違いされて捕まってしまったエドワードは、この鏡のなかの虚像を演じることができない、あるいは演じるという意識が欠如しているために、自身にとってはごっこ遊びの世界であるはずの鏡の世界における彼の言動は、逆に演技だとみなされてしまう。「まあ、待ちねえ！　これからステキなだんまり芝居（mummeries）がはじまるんだ」(51)。おかしくなってしまった息子を気遣うトムの母とエドワードとのやりとりに対してもジョンは、「芝居はそのままつづけろ！」(52) と合いの手を入れており、最後には「このお楽しみ（The entertainment）のおかげで、オレはすっかりくたびれちまった」(53) と、エドワードの言動をお芝居だとみなしている。もちろんエドワードは演技をしているつもりなど毛頭ないのだが、現実の世界での立ち居振る舞いを、ごっこ遊びの鏡の世界でも通そうとする人間は、逆に演技をしていると誤解されてしまうのだ。同じように宮殿にいるトムも、王（子）として演技することを余儀なくされるのだが、彼は自身が演技をしていることを自覚しており、王（子）として振る舞う決意がある。「よしオレはできるだけりっぱに振るまい、王さまの命令どおりにやってやろう」(36)。このように演技は、ごっこ遊びを成立させる重要な要素の一つとして『王子と乞食』のなかでも機能しているのである。

2．ごっこ遊びにおける演技と狂気

鏡のなかの自身の虚像に同化できないエドワード（当初はトムも）の言動は、演技のみならず狂気だともみなされる。トムの父親が、自分をプリンス・オヴ・ウエイルズだと言い張る（トムの服を着ている）エドワードに対して、「完全にイカレちまいやがった。（中略）だが狂っていようが、いまいが、おれと、てめえのキャンティお婆とですぐに見つけてやらあ、てめえの骨の中でどこに柔らけえ場所があるかをな」(26)と述べる一方、（エドワードの服を着ている）トムに面会した国王ヘンリー八世は、「王子は狂っておる。だがわしの息子であり、イングランド王国の継承者じゃ。――狂っておろうが正気であろうが、わしはエドワードを王位に即かせるつもりじゃ！」(32)とつぶやく。どちらの父親も、狂っていようがいまいが関係はない、という同じ論理をもちあわせているのだが、そのルールを理解しない人間たちにとっては、庶民にせよ王侯貴族にせよ、ごっこ遊びは演技であり、周囲が了解しない演技は狂気だとみなされるのである。

庶民の世界でエドワードが出会う下級貴族のマイルズ・ヘンドンもまた、エドワードの言動を狂気から生じる演技であるとみなしているのだが、マイルズはこの狂気を受け入れてエドワードを王として（彼らが出会う直前にヘンリー八世は崩御しているため、王位継承権の順位ではエドワードが次期国王ということになる）扱おうとする。「もしオレが、この気の毒な子供の狂気にどうしても調子を合わせなければならんとしたら、オレはこの子を陛下と呼ばなければならんし、（中略）何事もためらわずに、自分の演じる役をすべてこなしてゆかねばならん」（69）。マイルズは「自分の演じる役（the part I play）」を通して、演技によってエドワードの狂気の王さまごっこにとことん付き合おうという決意をしている。また彼は、エドワードが王（子）という「役（the character）」を勇敢に演じつづけているともみなしている。「病人のタワ言から、自分のことをプリンス・オヴ・ウエイルズだなどと言っておった。そして、みごとにその役を演じつづけておる」（67）。演じる行為によってエドワードのごっこ遊びに誠実に付き合うマイルズは、自身が王（子）であると認識しつづけるエドワードに、彼が属するべき世界に対する感覚を維持させる機能をもっている。

本来トムとエドワードがそれぞれ住む世界の間には、階級という厳密な境界線が引かれているはずである。通常この境界線は、宮殿の内と外という空間的な境界とも一致しており、これが侵犯されないように衛兵たちによって警護が行われているのだが、エドワードの慈悲によって、庶民の世界のトムが宮殿のなかに入り込むことで、この階級的および空間的な境界線に破れ目が生じてしまっている。さらに、互いの衣服の交換によって、二人はこの破れ目を通ってそれぞれにとって非日常である階級の世界へと入っていくことになる。庶民の世界へと追い出されてしまったエドワードの危機を救い、彼を守るマイルズ・ヘンドンは、王侯の世界と庶民の世界とに厳然と存在しているこの境界線上に、物語における位置を占めている。マイルズは自らを准男爵（baronet）の身分だとし、「わたくしどもは貴族のはしくれでございます」（69）と明かすのだが、准男爵は貴族には含まれない世襲位階であるために、彼は、称号を保有しながらも貴族ではないという、王侯の世界と庶民の世界とのはざまに位置していることになる。このような立場に置かれているマイルズは、エドワードを本人が言うままに王（子）として扱うことで、トムとエドワードの入れ替わりによって階級を隔てる境界線に生じてしまった破れ目が閉じてしまうのを防ぎ、エドワードのごっこ遊びの鏡の世界が一時的に失ってしまっている、本来彼がいるべき現実世界とのつながりを保っているのである。

それぞれ数週間の非日常的な経験を経た後に、偽の王を演じていたトムへの戴冠の儀式の寸前にエドワードがその会場に姿を現し、自らが本物の王であることを示して、無事に国王エドワード六世が誕生する。本来であればエドワードが即位することで、このごっこ遊びを始めた当初に鏡のなかに映し出された虚像としてのエドワードとトムの二人は消えるはずであった。しかし、エドワード六世によって、王の被後見人（the Ward of the King）に叙されたことで、トムは数週間前までの彼の日常である貧民街に戻ることはなく、その後も非日常のごっこ遊びは続くことになるのである。エドワードを王さまごっこを演じる少年だとみなし、その狂気の演技においてナイトの地位を与えられて「夢と影の王国の騎士」（73）だと思い込んでいたマイルズも、エドワード六世本人によって正式にケント伯に叙されたことが判明し、現実の貴族となっていることを知る。二人の少年のごっこ遊びによって生じた、日常と非日常とを隔てる階級と空間の境界の破れ目は、完全には閉じられることがないまま物語が終わり、二人の少年の双子的な類似によって生じる流動性は、ごっこ遊びが終わっても残ってしまうのだ。むしろ王の偽物であるトムの方が、エドワードよりも「長生きをして、ずいぶん年とった老人」（205）となり、物語にも登場するジェイン・グレイ（Jane Grey, 1537-54）の九日間の女王在位とその後の処刑、メアリー一世（Mary I, 1516-58）の五年間ほどの統治と、この「血まみれメアリー（ブラッディ・メアリ）」によるプロテスタントの弾圧、やはり物語に登場してトムとも言葉を交わす、テューダー朝最後の君主であるエリザベス一世（Elizabeth I, 1533-1603）によるイングランドの黄金期、そしてひょっとすると、その後のジェイムズ一世（James I, 1566-1625）の統治までも、トムは目撃することになる。この間トムは、かつて数週間だけ王だったことがあった王の偽物としてその立場を保持し、「生きているあいだずっと、だれからも尊敬されていました。そしてまた、崇敬の念をもって迎えられ」（205）るのである。しかも「この服装によってこの者が当人であることを知らしめ、かつ、何人もこれを真似ることを禁ずる」（203）というエドワード六世の命令により、王と同様に唯一無二の存在となることも許される。エドワード六世も、「この世に生きていたあいだずっと、自分のこの冒険談を好んで人に話して聞かせ」（205）る。エドワードのこの話が「冒険談（his adventures）」であることは、彼の話がフィクション性を帯びていること、すなわち、彼の非日常的な庶民ごっこであったことを示している。トムは自らがごっこ遊びの世界に入って一生を送るかたちで、片やエドワードは非日常的な冒険の物語を語るというかたちで、ごっこ遊びは終了されないままで物語は幕を閉じる。

　テクストの冒頭部で作者トウェインは、「このお話は、歴史的な事実なのかもしれません。あるいは言い伝えにすぎないのだ、単なる伝説なのだということなのかもしれません。本当に起こった話かもしれませんし、起こらなかった話かもしれません」(9)と、これから語られる物語の真偽については曖昧なままにしているのだが、物語の終結部においてごっこ遊びによる虚構の方が現実や史実よりも永続することが語られるということは、このテクスト全体の虚構性、すなわち王政がごっこ遊びであることを読者に強く印象づけることになるのである。トムを元の惨めな生活には戻さなかったという点では、この物語は（子ども向けの）ハッピーエンドだと考えてもよいのだろうが、あえて史実における虚構性が強調されるというこの終結部には、ある種の違和感を覚えざるをえない。さらに次節で論じるように、このテクストには作者による歴史的な事実に関する一三か所もの注釈が付されており、史実による裏づけを読者に印象づけようともしているのである。テクストが示す、史実と虚構をめぐる曖昧な姿勢は、どのように解釈すべきなのだろうか。

3．王政への遊びと嫌悪のはざまで揺れ動くトウェイン

従来の研究においては、トウェインの王政への意識は、彼の帝国主義への批判的まなざしに関する議論へとずらされて論じられてきており、王政そのものに対するこの作家の姿勢を扱った研究は少ない。彼の物語において描写される王政や貴族制は、長期にわたるヨーロッパ周遊によって、王政に興味をもったことに由来する、トウェインの中世趣味の表れ、という解釈が主流である。しかし、『王子と乞食』だけではなく、この後に発表したいくつかの作品において、王政や貴族制を主たるテーマとしてトウェインが取り上げていることは、彼の意識のなかに、アメリカの共和政がその敵とみなし

て決別したはずの王政を、アメリカが独立してから一〇〇年以上が経過した後に、執拗に作品内で取り上げる何らかの感情があったと考えるべきではないだろうか。『王子と乞食』で語られているごっこ遊びが、ほかでもない王政に基づくものであるということは、作家トウェインの全体像、あるいは政治意識を論じるうえで、非常に重要な点である。

『自伝』のなかでトウェインは、自身の家の庭にイギリスの王、女王の在位期間を示す杭を娘たちと一緒に打ち、これを眺めて楽しむという「遊び」について述べている。

> 杭と杭との間の空いた部分はよい実例となった。それは次の王への継承の中での王達の地位であった。ジェイムズ一世の治世は１６０３年から１６２５年で、ウィリアム二世は１０８７年から１１００年で、ジョージ三世は１７６０年から１８２０年だと言われても、言及されている王達の治世の長さははっきりとした印象を与えないが、これらの王達の杭と杭との間の長かったり、短かったりする空間は目を通じて脳にははっきりとした印象を与える。目はとても優秀な記憶を備えている。長い年月が流れ、これらの杭は消え去ってしまったが、それらひとつひとつの杭がその元の場所にあるのが私には今までもはっきりと見える。
>
> 杭を一度でも目にし、その王が道に沿って何フィートの空間を占めているかに注目すれば、どの王の名も間違いなく私の耳に聞こえる。[2]（756-757）

一日でそれぞれの王・女王の在位期間がわかるということを、この遊びの利点として挙げるトウェインには、『王子と乞食』に登場するヘンリー八世からエリザベス一世までの在位期間を示す杭と杭の間はかなり詰まっており、ほぼ接するように打たれている動乱の時代であったことが明白に可視化されていたはずである。この異様な時期に、ヘンリー八世によるカトリック教会からの離脱とイングランド国教会の創設に始まり、エリザベス一世の治世へと至る、イングランドが他のヨーロッパ諸国とは異なる独自路線を歩みはじめ、やがて国としての絶頂期を迎える歴史的な変遷が重なっていたことも、彼は十分に理解していたことだろう。また『王子と乞食』は、トウェインの妻オリヴィアによって劇に仕立てられ、彼の自宅を舞台にして近隣の人々の前で何度も演じられており、トウェイン自身がマイルズ・ヘンドンの役を演じたこともあった（自伝 370）。このようにトウェインにとっての王政は、私生活においては遊びと演技の題材であったのだ。

しかしながら、トウェインが公に示していた姿勢における王政の扱われ方はまったく異なっている。『王子と乞食』の二年後に出版された『ミシシッピの生活』（*Life on the Mississippi*, 1883）における、いわゆる「サー・ウォルター病（Sir Walter Disease）」に関する記述では、王政への激しい嫌悪が示されている。

フランス革命とボナパルトは悪事も行ったがそれを埋めあわせる善行二件を認めてもよかろう。革命は旧制度（アンシャン・レジーム）のかせ、教会のかせを打ちこわし、卑屈な奴隷の国を自由の民の国とした。ボナパルトは出自よりも功績の重視を制度化し、王権の神聖性を完膚なきまで剝ぎとった。

（中略）

さるほどに魔法をひっさげたサー・ウォルター・スコットが登場し、独力でこの進歩の波をせきとめ逆流すらさせてのける。夢や幻への志向を世界に植えつける。低級で腐敗した形体の宗教への愛、腐敗堕落した政体への愛、知恵も価値もない、とっくに消えうせた社会の愚かさ、空虚さ、まがいの仰々しさ、まがいの騎士道への愛を植えつける。(中略) 南部では健全でまともな十九世紀文明とウォルター・スコットのまがいの中世文明とが奇妙な具合に入りまじり、実用的な常識、進歩的な考えや仕事が、決闘だの大げさな弁舌だの、とうに死んでいて容赦なく埋葬されてしかるべき愚かしい過去のうんざりするロマンチシズムだのと混在している。もしサー・ウォルター病がなかったら南部人――サー・ウォルターの堅苦しい語法に従えばこれも〈南の方(かた)なる人〉とかいうところだ――もいまのように近代と中世のまぜものではなく、すっかり近代人だったろうし、南部はいまよりも一世代は進んでいたはずだ。(500)[3]

ここでのトウェインの、イギリス作家ウォルター・スコット (Sir Walter Scot, 1771-1832) への強い批判は、一見するとこの作家の代表作である『アイヴァンホー』(*Ivanhoe*, 1819) などの騎士道ロマンスに向けられているようなのだが、実際の批判の矛先は、このようなロマンスの背後にあり、このジャンルを根底で支えている王政に向けられている。トウェインの最高傑作である『ハックルベリー・フィンの冒険』(このなかでトウェインは「ウォルター・スコット号」という難破船を沈没させることで、あたかも「サー・ウォルター病」への怒りを解消しているかのようである) の後半部分では、トムとハックによる黒人奴隷ジムの救出劇が描かれている。この茶番としか見えないジムの救出は、トムによって気まぐれに組み立てられ、恣意的に変更される、旧体制（アンシャン・レジーム）下のヨーロッパの監獄からの囚人の脱出という物語に沿って行われる。トムによるこの救出劇のプロットは、「ふりをする（let on）」ことによって成立している。「ジムを掘り出すのは、ツルハシでやっておいて、それがナイフだ、という『ツモリ』にしなくっちゃ、ならないんだ」（305）[4]。ツルハシを使ってジムを助け出すために急いで掘った穴を、ナイフで三七年間かけて掘った「ふりをする」こと、すなわち演技することによって、トムは現実を王政下の脱獄物語として虚構化し、王政という政治体制の枠組みに基づいた囚人の脱獄というごっこ遊びを行っているのである。

二〇世紀のアメリカを代表する作家アーネスト・ヘミングウェイ（Ernest Hemingway, 1899-1961）は、「すべてのアメリカの現代小説は、『ハックルベリー・フィン』というマーク・トウェインによる一冊の本に由来するのだ」と、この小説をアメリカ現代小説の源として称賛する一方で、物語後半のこのジムの救出劇を「ごまかし（cheating）」と切り捨てているのだが、この言葉こそが、トムのごっこ遊び的な側面を端的に表現しているといえよう。有馬容子はここでのトムの行動にやはりごっこ遊びの要素を見出したうえで、ここに関わるハックの変化を読み解き、この部分が彼の性格造形と認識においてきわめて重要な機能を果たしているというすぐれた解釈を示しているが、有馬が注目するのはトムが用いる文学のジャンルとしてのロマンスであり、その背後にある政治システムである王政を直接論じてはいない（40-49）。もっともトムは、王様そのものを演じるのではなく、王政下を暗黙の了解とするルールとして成立するごっこ遊びを行っているのだが。このごっこ遊びのルールを認識できない大人たちにとっては、これは現実そのものであり、『王子と乞食』と同様に、ごっこ遊びが現実だと誤認されてしまうと、トム、ハック、ジムが命の危険にさらされる状況が生まれてしまい、実際にトムは脚を銃で撃たれている。また、このジムの救出のエピソードの前段階では、『王子と乞食』におけるトムとエドワードに起こった入れ替わりと同様に、ハックがトムになり、トムがシドになっているという入れ替わり、もしくは「ふりをする」ことが行われているのである。ごっこはあくまでも虚構でなければならず、これが現実に接続してしまうことは、生命に関わる危機的な状況を生み出してしまうのだ。

『王子と乞食』には、トウェインが本作を書く際に参照した本に基づく一三か所の注釈が付けられており、この物語に史実と事実に基づくと錯覚させるもっともらしさを付け加えている。これらの注釈に加えて、最後に「物語全体にわたっての注（GENERAL NOTE）」が付され、ここでは唐突に「恐ろしいコネティカット州のブルー・ローズ（hideous Blue Laws of Connecticut）」に関する言及が行われるのだが、この法律の度が過ぎる厳格さも、イギリスの王政下での法律と比較すると、法的残虐性（judicial atrocity）から抜け出そうとした最初のものであると擁護されている（212）。その比較の根拠となるのは、死刑の執行件数である。コネティカット州が一四件を超えない件数であるのに対し、イングランドは、実に二二三件も執行されているということから、イングランドにおける死刑執行が王による恣意的な法の行使であることを、トウェインは暗示しているようである。王による思うがままの法律の執行は、フランスの思想家であるミシェル・フーコー（Michel Foucault, 1926-84）が提唱した、人を殺すための権力である「規律権力」の行使の典型例である。このような記述が物語全体への注釈として付けられているということは、『王子と乞食』が、実のところ王政と法をめぐる物語であることを示すものである。エドワードは、庶民の世界で理不尽ともいえる法の行使によって罰せられ、あるいは処刑される人々を目にしており、自らもマイルズ・ヘンドンとともに投獄されている。このとき、彼は「自分を教育して国王としての職務に役立てるため」、同じ牢にいる囚人たちから罪状を聞き、「そもそも、この世の造りが間違っておるのだ。国王たちは、自分たち自身の法律から教えを受けねばならぬ。時おりはな。そして慈悲を学ばねばならぬのだ」(170)と、その裁定の理不尽さに激しい怒りを示している。一方で王を演じているトムは、ヘンリー八世の崩御後にトマス・ハワードの処刑の差し止めを命じ、「国王の法は、慈悲の法としよう、今日からだ。そして二度と流血の法などにしてはならぬ!」(53)と宣言する。法をめぐるエドワードとトムの言葉には、共通して「慈悲(mercy)」という語が現れていることに気づくだろう。また物語の最後は「エドワード六世の治世は、その当時の残酷な時代にあっては、不思議なほど慈悲深い治世でした」(206)という言葉で締めくくられ、ここにも「慈悲深い(merciful)」という語が現れている。ここにきて初めて、本の冒頭にあるトゥェインによる娘たちへの献辞と、目次との間にさりげなく引用されている、次の一節が意味を帯びはじめるのである。

> 慈悲というもの(The quality of mercy)は(中略)二重に祝福されている。
> それは、まず与える者を祝福し、また受ける者をも祝福する。
> これこそは最も偉大なる者にあって、最も偉大なるもの、
> 玉座を与えられたる君主にとっては、その王冠よりもさらに相応しいもの。(136)[5]

ウィリアム・シェイクスピア（William Shakespeare, 1564-1616）の『ヴェニスの商人』（*The Merchant of Venice*, 1596-99）からのこの引用は、この劇の四幕一場における裁判の場面において、裁判官に扮したポーシャが、貸した金を返せないアントーニオから彼の肉を一ポンド切り取ることを要求するシャイロックを諭すセリフであり、トウェインが部分的に引用しているこのポーシャのセリフ全体では、二二行の間に実に五回も"mercy"という語が繰り返されている。この後に続くセリフでは、

> 慈悲とは、この権力による支配以上のものであり、
> 王たるものの心の王座に宿るものなのだ。
> いうなれば、神そのものの性質でもあるのだ。
> 故に、地上の権利というのは、慈悲が正義を和らげるとき、
> 最も神の力に近いものとなる。（137）

と述べられ、慈悲が王権以上のものであり、神の属性であるとされる。法の正義の厳格かつ厳密な執行よりも、それが慈悲によって和らげられるときの方が、神の力に近いのである。ここでエドワードとトムが法とその執行に対して用いる「慈悲」の意味が明白となるだろう。イングランドにおける圧倒的な死刑執行の多さは、「慈悲」によって和らげられない法の正義の執行ゆえであることを、トウェインは暗示しているのである。

ごっこ遊びから解放されて正式に王となった後にエドワードは、庶民としての彼が目撃した、法の

犠牲者とその関係者に温情を与えて助け、その一方で、その法を執行した役人には罰を与えているのだが、こうした慈悲や罰を与えること自体、王による法の恣意的な行使を逆説的に証明してしまっていることにならないだろうか。ジェイムズ一世の時代に、王となることは神から与えられた権利であるとする王権神授説に理論的な根拠を与えたロバート・フィルマー（Robert Filmer, 1589-1653）は、彼の主著である『パトリアーカ』（*Patriarcha, or the Natural Power of Kings*, 1680）においてエドワード六世の父親であるヘンリー八世について、次のように述べている。

ヘンリー八世の時代に着手された旧簡略法において、王は完全に「有害な法を取り止める」と誓ったが、もし王が「全て」の法律に拘束されていたら、これは不可能であったろう。さて、どの法律が真性で、どの法律が有害かは、王だけが判断する。なぜならば、王は、分別と慈愛をもって真正な裁きを行うことを誓うからである。[6]（76）

実際に『王子と乞食』においては、ヘンリー八世が死期に近づくその弱った体を怒りに震わせて、自身への反逆行為の名目で、ノーフォーク公トマス・ハワードの死刑執行の書類に玉璽（The Great Seal）を押そうとしている。「わし自身が議会に出かけて行って、わし自身の手で令状に玉璽を押すことに致そう」（45）。トムが「国王の法は、慈悲の法にしよう」と宣言するのは、まさにこのトマス・ハワードの処刑を中止することがきっかけであったのだが、この死刑を何としてでも執行しようとしていたヘンリー八世に対して、引用のようにフィルマーは「分別と慈愛をもって（with Discretion and

Mercy)」法の執行を行っていたと断ずるのである。死刑を執行することも、これを取りやめることも、どちらも「慈悲」に基づくのであるならば、すなわち「慈悲」は「恣意」の言い換えであり、王の思うがまま、ということになってしまうだろう。このような恣意性が生じてしまう原因は、フィルマーも主張しているように「法律それ自体は王を拘束しない」(75) という状態ゆえであり、このことは王になりすますトムに「陛下ご一人のなかにのみ、イングランドの主権は宿っております。あなたは国王です。――あなたのお言葉が、すなわち法なのです」(62) と語るハートフォード卿の言葉にもうかがえることである。しかしその一方で、庶民の世界に迷い込んでいるエドワードは、「いまその方に見せてやるからな、たとえどんなことであろうと、イングランド国王がその臣下に、法律に従って罰せられることを要求した場合、国王自身も、おのれが臣民の地位にいる間は、同じように罰せられるのだ、ということを」(144) とマイルズに述べ、王であっても法に束縛されるという見解を示す。このテクストは、法の執行と慈悲に関して、相反する価値観の間で揺れ動いているのである。

このような流動性は、ごっこ遊びにおけるルールそのものが恣意的かつ即興的に追加、改変、執行されうるという柔軟性に重なり合っている。むしろエドワードにとって日常であるはずの王政の方が、法・ルールの行使に関しては、ごっこ遊び的な様相を帯びていることを露呈してしまっているのだ。貧民街でトムが仲間たちと行っていた宮廷ごっこにおいては、時には大人たちまでが、真剣にトムのところに困り事の相談に来ている。このエピソードと実際のごっこ遊び的なエドワードの王政とを比較してみるならば、トムがたとえ数週間にせよ王として振る舞うことができたということは、彼がエドワードに扮したままで王に即位したとしても、イングランドの統治はそれなりにうまくいっていたという可能性を示唆する。偽物であっても王政が存続するのであれば、王権はエドワードの身体に固有に備わっているものではないということを示すのである。となると、「いったい何が王を王たらしめているのか？」という根本的な疑問が生じることになるだろう。

おそらくトウェインも、同じ疑問にとらわれていたのではないか。王が自らには適用されない法の絶対的な行使権をもつことが、フィルマーが主張するように神によって与えられるのだとしても、それがごっこ遊びの様相を帯びるとなると、神性を帯びる概念的かつ理想的な王と、現実の王との間の乖離（かいり）が強調されてしまい、まるでごっこ遊びにおいて王を演じているような不自然さが露呈するのである。「サー・ウォルター病」に言及する際にトウェインは、フランス革命によって王政と教会との絆が断ち切られたことを称賛することで、王権神授説を否定する発言をしているのだが、『王子と乞食』の八年後に発表された『アーサー王宮廷のコネティカット・ヤンキー』（*A Connecticut Yankee in King Arthur's Court*, 1889）の序文においては、「国王の権力は神さまから直接さずけられたものであるという、いわゆる『王権神授』なるものがはたして存在するかどうかという問題は、この本の中では解決されていません。検討してはみましたが、あまりにむずかしい問題でした」（271）[7]と述べている。この小説においては、一九世紀から六世紀のアーサー王朝へとタイムスリップしてしまった、コネティカット生まれの生粋のヤンキーであるハンク・モーガンが、アーサー王統治のイングランドを一九世紀のテクノロジーを駆使して徐々に文明化しながら、王政を共和政へと転換させようとする。しかしこの試みは、ある時点までは成功するものの、いわゆる「サンドベルトの戦い」において、王政を支持する騎士たちと、共和政を支持するハンクの配下の若者たちとの間で全面戦争が勃発し、結果的にどちらの政治体制も崩壊し物語の幕は閉じられるのである。トウェインは、王政と共和政民主主義のどちらも選び取りはしないのだ。おそらく、権力が演じられ、法の執行も恣意的に行われるというごっこ遊びと化す王政は、王権神授の問題に答えを出すことができないまま、公的には王政への嫌悪を示し、私的には王政で遊ぶ宙ぶらりんの状態を隠蔽するための、トウェインの戦略的な韜晦であったのだ。

ウォルトンが指摘するように、「ごっこ遊びに携わることは、実生活でいつの日にか引き受けることになる役割を練習する機会を提供する。またそれは、他人を理解して共感するのを助ける。さらに、自分自身の感情をしっかりと把握することを可能にし、自分の視野を拡げる」(11)[8]。たしかにエドワードは、意図せぬかたちではあったものの、庶民ごっこのなかで他人を理解して共感する気持ち、すなわち「慈悲」を学び、これに基づいて、父ヘンリー八世が制定した法でさえも廃止をした。残酷な時代にあっての、ほんのつかの間の「不思議なほど慈悲深い治世」(史実では六年ほど)がもたらされたのがごっこ遊びの結果だとするならば、非日常の虚構のかたちでしか、絶対君主による平和な統治はもたらされないことを、トウェインは訴えかけたかったのかもしれない。

註

(1) *The Prince and the Pauper* からの引用は、*Historical Romances* に基づき、カッコ内にそのページのみを記す。なお翻訳は大久保博訳『王子と乞食』(角川書店、二〇一五年)からのものである。

（2）*Autobiography of Mark Twain* からの引用は、*Autobiography of Mark Twain*, vol. 2 に基づき、原則としてカッコ内にそのページのみを記す。なお翻訳は和栗了・山本祐子・渡邊眞理子訳『マーク・トウェイン完全なる自伝〈Volume2〉』（柏書房、二〇一五年）からのものである。

（3）*Life on the Mississippi* からの引用は、*Mississippi Writings* に基づき、カッコ内にそのページのみを記す。なお翻訳は吉田映子訳『ミシシッピの生活　下』（彩流社、一九九五年）からのものである。

（4）*Adventures of Huckleberry Finn* からの引用は、*Mississippi Writings* に基づき、カッコ内にそのページのみを記す。なお翻訳は大久保博訳『ハックルベリ・フィンの冒険』（角川書店、二〇〇四年）からのものである。

（5）『ヴェニスの商人』からの引用は中野好夫訳を参考とし適宜拙訳に改めた。

（6）フィルマーの引用は、伊藤宏之・渡部秀和訳『フィルマー著作集』からのものである。

（7）*A Connecticut Yankee in King Arthur's Court* からの引用は、*Historical Romances* に基づき、カッコ内にそのページのみを記す。なお翻訳は大久保博訳『アーサー王宮廷のヤンキー』（角川書店、二〇〇九年）からのものである。

（8）ウォルトンの引用は、田村均訳『フィクションとは何か――ごっこ遊びと芸術』からのものである。

参考資料

Filmer, Robert. *Patriarcha; or the Natural Power of Kings*. *Online Library of Liberty*, oll.libertyfund.org/title/filmer-patriarcha-or-the-natural-power-of-kings. Accessed 24 February, 2022.（『フィルマー著作集』伊藤宏之・渡部秀和訳、京都大学学術出版会、二〇一六年）

Hemingway, Ernest. *Green Hills of Africa*. Edited by Seán Hemingway. Kindle ed., Scribner, 2005.

Twain, Mark. *Autobiography of Mark Twain*. Edited by Harriet Elinor Smith and Benjamin Griffin, vol. 2, University of California Press, 2013.
——. *Historical Romances: the Prince and the Pauper, A Connecticut Yankee, Joan of Arc*. Edited by Susan Harris, The Library of America, 1994.
——. *Mississippi Writings: the Adventures of Tom Sawyer, Life on the Mississippi, Adventures of Huckleberry Finn, Pudd'nhead Wilson*. Edited by Guy Cardwell, Library of America, 1982.
Walton, Kendall. L. *Mimesis as Make-Believe: On the Foundations of the Representational Arts*. Harvard University Press, 1990.（ケンダル・ウォルトン『フィクションとは何か――ごっこ遊びと芸術』田村均訳、名古屋大学出版会、二〇一六年）
有馬容子『マーク・トウェイン新研究――夢と晩年のファンタジー』彩流社、二〇〇二年。
シェイクスピア、ウィリアム『ヴェニスの商人』中野好夫訳、岩波書店、一九九七年。

第3章 ヴェルマ・ウォーリスが描く北米先住民の日常
——姥捨ての物語が明らかにした真実

林千恵子

はじめに

本章ではアラスカ先住民作家ヴェルマ・ウォーリス（Velma Wallis）の作品について紹介したい。ウォーリスは一九六〇年、北極圏に隣接する町、アメリカ・アラスカ州のフォート・ユーコンで先住民グウィッチン・アサバスカン[1]の両親のもとに生まれた。先祖が代々暮らしてきた土地で、伝統的罠猟の暮らしを続けながら、自民族の過去と現在の物語を紡いできた。発表した単著は三作と寡作だが、デビュー作『ふたりの老女』（*Two Old Women: An Alaska Legend of Betrayal, Courage and Survival*, 1993）は一九九三年度のウェスタン・ステート・ブック・アワード等を受賞、現在までに世界一七か国語に翻訳されてベストセラーとなり、現代アラスカ先住民文学を代表する存在となっている。

アラスカ先住民（アラスカ・ネイティヴ）という用語は、現在のアラスカ州の土地と海域に先祖代々、一万年以上にわたって生きてきた人々の総称である。アメリカ国勢調査で用いられる人種と民族的出自の区分では、「白人」「黒人またはアフリカ系アメリカ人」「アジア系」と並んで「アメリカン・インディアンまたはアラスカ・ネイティヴ[2]」がある。もちろん、〈人種〉は、あくまで社会的に構築された概念であり、「〈人種〉という単語の意味に対応する生物学的な実体はなく」（ブレイス／瀬口 459）、生物学的概念として有効ではないことが科学の発展とともに証明されてきた。あえて先住民であることを強調することは、逆に〈人種〉の存在を容認する行為になるのではないかと疑問を呈する方もいるだろう。また、先住民といっても、ハンバーガーを食べ、インターネットを駆使し、アメリカの生活様式にどっぷり浸かったアメリカ人ではないかと思う向きもあるだろう。

しかし、白人警官による黒人への度重なる不当な暴力や、二〇二一年に頻発したアジア系住民へのヘイトクライムが象徴するように、残念ながら合衆国の歴史と社会に深く刻み込まれた人種問題は拭い去ることができずにいる。そして、先住民の場合は特有の問題――高い自殺率やアルコール依存等――に苛まれ続けてきたことも事実である。ウォーリスを含めた先住民作家たちは、民族の伝統文化や独自の世界観を異文化の人々に教えるだけでなく、主流社会からは見えない先住民の現状や、人々が抱える心の闇とその原因を語りうる存在として重要な役割を担う。

ここではウォーリス作品のうち、ベストセラーとなった『ふたりの老女』と、二〇〇三年度アメリカン・ブック・アワードを受賞した自叙伝『自立――ユーコン川より、あるグウィッチンの成長物語』（*Raising Ourselves: A Gwich'in Coming of Age Story from the Yukon River*, 2002）に焦点を当てる。あわせて、先住民の物語の真実性を考えるために、世界的ベストセラーの『リトル・トリー』（*The Education of Little Tree*, 1976）も取り上げる。『リトル・トリー』に照らすことで、ウォーリス作品がもっている意味と重要性を伝えられたらと思う。

1.『ふたりの老女』

『ふたりの老女』は、欧米文化が入ってくるはるか以前のアラスカを舞台にした姥捨ての物語である。食糧源のカリブーやムースを追って移動する先住民の一団が、厳しい寒さに見舞われた冬期に飢餓に直面する。狩人たちの必死の努力にもかかわらず、獲物は見つからず、食糧は底をつき、人々は栄養失調に苦しむ。集団の生き残りをかけて、チーフは苦渋の決断を下して宣言する。「われわれは、老人をおいていかねばならない」（亀井訳 25）。

置き去りの対象となったのは、チディギヤーク（Ch'idzigyaak）とサ（Sa'）。チディギヤークは八〇歳、サは七五歳だが、動けないわけではない。集団の人々との関係も良好だった。それでも、より速く移動していくためにお荷物となる老女たちは置き去りにされる。チディギヤークの娘と孫は母親を守ろうとすれば一緒に置き去りにされる可能性があり抵抗できなかった。

衝撃で茫然とする老女たちを残して、集団は出発する。我に返った二人を襲ったのは怒りと屈辱の感情だった。サは奮い立ち、涙を流す友に語りかける。「ここに坐っていれば死ねる。たいして時間はかからないだろうさ……」。けれど、そうなれば「あたしらが無力な老いぼれだという連中の考えが正しかったことを、証明することになるじゃないか」（亀井訳 37）。「だから、いいかい、どうせ死ぬなら、とことん闘って死んでやろうじゃないか、ただ坐って死ぬのを待ってるんじゃなくて」（亀井訳 38）。絶望していたチディギヤークは、サの力強い言葉を聞くうちに前を向きはじめる。

部族の人々が彼女たちのために残した大切なテントや毛皮や斧などを用いて、二人の生きるための挑戦が始まる。サは優れた狩りの技と知識を発揮して、まもなくリスを射止め、ウサギを捕らえることにも成功する。そして、自分たちが捨てられた理由についても悟る。「ばあさんがふたり。不平ばっかり並べたてて、満足ってことをまったく知らないんだからねえ。やれ、食べるものがないの、やれ、あたしらの若いころはもっとよかったのとね。ほんとは、いまとくらべてよかったことなんて一度もなかったんだよ。（中略）あたしらがあんまり長いこと、自分たちはもう無力だ、なんて若い者に思わせるようなことをしてきたから、若い者のほうも、あのふたりはもうこの世の役には立たない、と思いこんでしまったんだよ」（亀井訳 51）。

生き抜こうとしない限り死は確実にやってくる。二人は、置き去りにされた場所では獲物も少なく、他の集団に襲われる可能性もあるため移動することを決意する。ではどこへ向かえばよいか。チディギヤークは集団のみなが忘れていた場所――魚が昔ふんだんにとれた沢――を思い出し、二人でそこを目指す。自分たちでかんじきを作り、荷物を載せたそりを引きずり、夜は雪を掘って寝床を作って眠りにつく。力を振り絞って歩むものの、胃は空っぽで、泣きたい衝動に駆られる。老いた体は動こうとしても完全にこわばって動かなくなる。老女たちは目的地にたどり着けるのか、冬を乗り越えられるのかが物語の見どころとなる。

絶体絶命の苦境に立ち向かう老女の姿、そしてサの力強い言葉が心揺さぶる物語は、出版に至る過程もまたドラマチックだった。一九八九年、設立後まもないエピセンター・プレス社にウォーリスの原稿が届いた。編集者ラエル・モーガンは、この本を出版すべきだと確信したが、会社には資金的余裕がない。モーガンは出版の助成金や貸付を依頼できそうな先住民団体を訪ねてまわるが、ことごとく拒否された。「問題は、彼女の選んだ題材が、飢餓という陰惨な問題をあまりにもリアルに扱っている、という点にあった」（亀井訳 176）。アサバスカンの人々が悪く見えると言って拒む先住民指導者もいた。

しかし、物語を読んだ若者は違う反応を示した。モーガンが担当するアラスカ大学フェアバンクス校の授業で、原稿を読んだ学生たちは、計画の頓挫を知ると出版のためにお金を出していいと声を上げる。予約購読金の話はすぐに広まり「ヴェルマ・ウォーリスの友人たち」基金が設立された。そうこうするうちに出版社は自力で出版に漕ぎ着け、一九九三年に満を持して出版されるとドイツ、日本、イギリス、オランダでベストセラーとなった。出版から二〇年を経た二〇一三年には、累計発行部数は一五〇〇万部以上に達した。

飢餓と姥捨てという陰惨な題材を扱いながら、なぜ物語は世界で人気を博すことになったのだろうか。要因の一つは、逆境に屈しない老女たちの物語が、平易な英語とシンプルな展開のなかで語られ、物語に読みやすさと独特の力強いリズムが生まれていることにあるだろう。この独特の語り口を、単純にウォーリスの生い立ちや学歴と結びつけて考えてしまうことも可能ではある。

ウォーリスは、アラスカ先住民の典型的家庭で、両親のアルコール依存、父の早逝、母親の育児放棄などを経験してきた。幼い兄弟五人の育児をこなすため学校を中退し、大学などでの高等教育は受けておらず、独学で書くことを学んでいる。物語の素朴さとわかりやすさは、このような生い立ちに大いに関係する。しかし、それだけでなく、本作が口承物語から生まれたことにも起因する。世代から世代へ、母から子どもへと、声によって語り継がれてきた話がこの作品をかたち作ることになった。口承物語は、アラスカ先住民やアメリカ本土の先住民文化で重要な役割を担ってきた。先住民プエブロの作家レスリー・マーモン・シルコウは、自分たちの祖先が「文化のすべてや、生き残りのための確実な戦略が備わった世界観を、世代間で維持して伝えるために」集団の記憶を信頼し、口承物語が「プエブロの知識や信仰の総体を維持する媒体」（Silko, "Landscape" 87）[3]だったと述べている。プエブロに限らず、情報伝達手段として文字をもたなかった先住民族にとって、物語は単なる娯楽にとどまらず、民族の歴史や文化、社会の規則や倫理、生き残りのための知恵やスキルを世代間で継承するための媒体であった。

加えて、語り手と聞き手のインタラクションで進む口承物語は、重要な教育方法としても機能する。アラスカ先住民の口承物語は「さまざまな価値や文化上の善悪の主題についての複雑なインタラクション」（Ruppert 287）を特徴とする。絵本の読み聞かせのように、語り手から聴衆へ向けた一方向の語りではなく、物語の意味も決して一面的ではない。聞き手は天地創造の物語や、民族の過去の物語を興味津々で聞きながら、物語にコメントや質問をしたり、反応することを求められる。そのやりとりのなかで、物語に凝縮された意味が引き出されていく。

もっとも、アラスカ先住民は、実際には多様な民族集団であり、彼らの物語をひとくくりにして語ることは決してできない。アラスカ州は合衆国の国土面積の約五分の一、日本の国土面積の四倍以上に及ぶ広大なエリアであり、そこに暮らす民族は、歴史的・文化的に多様性に富み、現在も二〇言語の話者が健在である。言語と同様に物語内容や語り方にも差異がある。それでも、ウォーリスの物語は口承物語の特徴をよく示しており、サとチディギヤークの生き残りを描くなかで、ウサギやリスを仕留める様子や、かんじきの作り方など、狩猟や生活のスキルが丁寧に語られている。

しかし、ここで立ち止まって考えておく必要はある。物語内容は結局作者によるフィクションではないのか、姥捨ては本当にあったのだろうか、と。

2. 捏造される先住民の物語

アメリカの出版業界では「先住民のものは売れる」（McDaniel J3）といわれる。ペーパーバックの版権を買い取ったハーパー・コリンズ社の編集者は、本土の先住民族に比べて〈未開拓〉だったアラスカ先住民の物語がマーケティング上有利に働いたことを指摘している（McDaniel J3）。先住民の物語がビジネスとして成功することが織り込み済みだとすれば、『ふたりの老女』も、実は先住民の物語らしく仕立てあげられたフェイクではないのか。

そもそもフィクションは虚構なのだから、フェイクかどうかという質問自体が愚問だと思われるかもしれない。しかし、たとえば、物語内容が全部作者の作り話だとすればどうだろう。ウォーリスの物語はグウィッチンの歴史の捏造につながる可能性がある。いったん、印象的な偽りの物語が流布すると、人々の記憶に定着し、それが嘘だと後になってわかっても記憶の修正は至難の業となり、看過できない問題となる。

先住民物語の捏造問題をあえて強調するのは、すでに実例があるからである。皮肉なことに、世界で最も愛されてきた先住民の物語『リトル・トリー』がその例である。この作品は一九七六年初版で作者はフォレスト・カーター（Forrest Carter, 1925-79）。北米先住民チェロキーの孤児リトル・トリーの成長物語で、カーターの自伝として知られている。テネシー州のグレート・スモーキー山脈の美しい大自然のなかで、寡黙ながら見識ある祖父と、いろいろなことを語り聞かせてくれる祖母に引き取られた少年が、二人の愛情に包まれながら、社会の倫理や生きるうえでの知恵を学んでいく姿が描かれる。

そこには、読者が郷愁を覚えたり、深く納得するような場面がよく出てくる。たとえば、祖母は土曜と日曜の夜に貴重な石油ランプを灯し、孫のためにシェイクスピアなどを読んで聞かせる。また、子どもを温かく見守り、ときにはこう教える。「なにかいいものを見つけたとき、まずしなくちゃならないのはね、それをだれでもいいから、出会った人に分けてあげて、いっしょに喜ぶことなの。（中略）それが正しい行ないってものなんだ」（和田訳 100）。

祖父もまた、リトル・トリーを山やさまざまな場所に伴いながらチェロキーのおきて（The Way）を教える。たとえば、少年と祖父は、ある日草原でウズラが鷹に攻撃され、逃げ遅れた一羽が鷹の餌食になるのを目にする。祖父は言う。「悲しんじゃならんぞ、リトル・トリー。これがおきてというもんじゃ。鷹はのろまな奴だけつかまえる。のろまな奴はのろまな子どもしか生めねえ。（中略）鷹はおきてに従って生きてる。ウズラを助けてやってもいるんじゃ」（和田訳 25）。また、あるときにはリトル・トリーが過去の歴史を知ることを望み、祖父母は強制転住の歴史〈涙の道〉について語る。一八三〇年に成立したインディアン強制転住法に基づき、チェロキーの人々が突然土地と家を奪われ、はるか遠方の地へと連邦政府軍に追い立てられて徒歩で移動し、行進中に飢えと寒さで多数の死者を出した歴史を少年は学ぶ。読者は主人公とともに、時に笑い、怒り、涙しながら、学ぶことができる。

この作品の人気は驚異的だった。作者カーターは一九七九年に亡くなっているが、出版後二〇年間安定した売れ行きを誇り、一九九一年には『ニューヨーク・タイムズ』のペーパーバック部門ベストセラーに一七週連続でランクインし、その年の全米書店協会ブック・オブ・ザ・イヤーも受賞した。ところが、人気の再燃が作者の再検証を促した。その結果、予想外の事実が明るみに出た。作者（本名アサ・アール・カーター）はチェロキーの家系でも孤児でもなかった。それだけではなく、白人至上主義の秘密結社クー・クラックス・クラン（ＫＫＫ）の強硬派メンバーでもあった。アラバマ州の元知事ジョージ・ウォレスのスピーチライターを務め、ウォレスの有名な就任演説「今こそ人種隔離を！　明日も人種隔離を！　そして永遠に人種隔離を！」を書いてもいた。

『リトル・トリー』を「歴史上最高の文学作品の捏造」（Taylor 36）と呼ぶ、研究者のメラニー・ベンソン・テイラーは、鷹がウズラを襲う場面についても、チェロキーの教えというよりもダーウィニズム（自然淘汰と適者生存を根底とする生物進化論）であることを指摘する。実は、物語中の生活や教えが読者に説得力をもって響くのは、「真の先住民的資質を反映しているからではなく、むしろ、アメリカ人の関心事やイデオロギーを反映しているからだ」（Taylor 38）と喝破する。

先住民社会では、この捏造された物語をどう捉えてきたのだろう。現代ネイティヴ・アメリカン文学の旗手シャーマン・アレクシーは言う。「リトル・トリーは素敵なかわいい本だ。ときどき、これは罪の意識に苦しんだ白人至上主義者が行ったロマンチックな罪滅ぼしかと思う。けれど、結局白人至上主義者の人種的偽善だと自分は考えている」（Italie）。

しかし、このような批判が噴出した後でさえ、ノン・ネイティヴの読者は作品を擁護した。一九九七年にはリチャード・フリーデンバーグ監督によって作品が映画化され大ヒットとなっている。作者の過去や思想がどうあれ、良い作品は受容すべきだという考えが根底にある。この事例が示すのは、ノン・ネイティヴが北米先住民の物語にこうあってほしいという願望や強い固定観念があり、真偽に関係なく、それにはまった作品が高い人気を博すということであり、先住民側の声や批判には耳を傾けず、自分たちが聞きたい物語に固執するということでもある。

では、『ふたりの老女』はどうなのだろう。先住民グウィッチンの史実に忠実なのだろうか。

グウィッチンを含めアサバスカンの神話では飢餓をテーマとする物語が多い（Shepard 710）。姥捨ての物語も、アサバスカンの人々の間では実はよく知られてきたという。アサバスカンの言語学者でストーリーテラーのエリザ・ジョーンズは、置き去りの物語はありふれたものだったこと、時には置き去りにされるのが「孤児の幼女」（McDaniel J3）だったことを指摘する。また、アサバスカンと居住地域が隣接する先住民族アルゴンキンについて述べたダイアモンド・ジェネスは、イヌイットや多くのアサバスカンの部族と異なり、彼らが寡婦や孤児を思いやりをもって扱ったとしながらも、アルゴンキンの人々の間でさえも「長い行程についていけなくなった老人は集団から見捨てられて餓死するか、老人たちの要望に応えて殺された」（Jenness 286）と述べている。アサバスカンの別の部族クッチンでは一九世紀半ばの時点で、女児の間引き（嬰児殺し）の慣習が残っていたことが指摘されており（Shepard 715）、グウィッチンでも、食糧不足の危機的状況下では集団の生存を守る手段として、姥捨てが行われていたことは十分に推察される。

実際に、この本の出版に難色を示した先住民リーダーたちも、姥捨ての事実そのものを否定しなかった。出版反対の理由は、部族への悪印象を生むことへの懸念であり、「登場人物描写の正確性」(McDaniel J3)に疑問があるという点だった。面白いことに、アサバスカンとは居住地域も離れ、文化や歴史も異なるイヌピアックの出版社もこのようなタブーを扱った本に関与しないという意思を示した(Ramsey 25)。この敏感な反応はイヌピアックに同様のつらい歴史があったことを暗示していた。

先住民団体からの拒絶に遭いながらも、ウォーリスは、物語をあくまでグウィッチンの間で語り継がれてきた真実の物語として世に出すことにこだわった。物語冒頭でたたみかけて述べている。

もちろん、少しばかりわたし自身の創造的イマジネーションが使われてはいるが、これは、わたし自身が実際に聞いた物語であり、物語の伝えようとするところは、母がわたしに聞かせたいと思ったものから、いささかもずれてはいないはずだ。(亀井訳 8-9)

過去の姥捨てがおそらく事実であり、『ふたりの老女』が家系で代々語り継がれてきた物語だということはわかってきた。ただし、ウォーリスの脚色がどの程度なのかは判断がつかない。それでも、間違いのない真実が一つあることを、研究者レイチェル・ラムゼイは指摘する。それは先住民社会の男性支配の実態だった。

老女ふたりは、実は高齢者になったから置き去りにされたのではない。というのも、高齢男性は見捨てられてはいないからだ。物語後半では、生き延びた老女たちのもとへ、リーダーの命を受けた男性四人が様子を見にやってくる。そのうちの一人は、二人の老女よりも年下とはいえ「すでに相当な老人」（亀井訳123）で、視力も弱り獲物を追う技術も衰えている。それでも集団とともに生きている。捨てられるのは年齢のせいではない。そのことは、主人公サが自らの過去を物語るなかでも判明する。結婚の適齢期も過ぎたころ、サの属す集団は「最悪の冬」（亀井訳88）を経験することになった。食糧がなく、赤ん坊も亡くなり人々はパニック状態となり、足手まといの老女が捨てられることになった。正義感に駆られたサは、母親の説得も聞かずチーフに激しく抗議した。たてつく彼女の口を手で押さえたチーフは「おまえはこの年寄りとここに残れ」（亀井訳91）と言い渡し、サは老女ともども捨てられたのだ。

決定を下すのは男性、見捨てられるのは女性。食糧からさまざまな物資まで、すべてを分け合うことを原則とするアサバスカン社会では、集団の食糧を確保できる狩りの能力がリーダーに必要である。同時に、他民族との激しい戦闘[4]を主導することも必要であり、リーダーは必然的に男性となる。しかし、狩りの腕ではサも負けていない。幼少期から兄弟と狩りや釣りをして育ち、家族のもとにいつもふんだんに食糧を持ち帰り、「男どもよりもいっぱい食糧をとってきた年だってあったんだよ」（亀井訳88）と誇らしげに語る。身についた技術は七〇代になっても健在で、十分な食糧を確保することに成功し、自分たちを見捨てた集団を、最後には蓄えた乾燥魚肉や毛皮を供出して救ける。人々の胃袋を満たすことがリーダーの条件だとすれば、彼女たちにもその能力はある。

能力に関係なく、女性であるがゆえの苦境。これをウォーリス自身もまた経験する。ウォーリスの本に不快感を示して出版への支援を拒んだのもまた男性リーダーだった。この物語は老人の姥捨ての話などではない、ジェンダーの物語なのだとラムゼイは鋭く指摘する。極限の飢餓を語った〈非日常〉の物語は、先住民社会の変わらない男性支配という不都合な日常を明るみに出す物語だった。

3. ウォーリス作品がもつ意味

もっとも、作者には先住民社会の男尊女卑を糾弾する意図などなかった。ウォーリスは出版前から出版後まで、グウィッチンの年長者の多くに自分の本のことを伝え、承認を得ようと努め、朗読会を開き、フォート・ユーコンの大学図書館に寄付を行い、時間の許す限りボランティアで公共のラジオ放送に出演して（Fast 169-170）、先住民社会とともに生きる意思を示し続けた。

ウォーリスの闘い、あるいはサの闘いや抵抗は、部族集団という他者相手に繰り広げられるものというよりも、むしろ自己との闘いという側面が強い。鉛のように重い体を引きずって歩く老女たちの苦しさ、生への絶望と執着、家族や集団への怒りと愛情の間で揺れ動く気持ちが二人から伝わってくる。特に、繰り返されるサのセリフ、「どうせ死ぬのならとことん闘って死のうじゃないか」はウォーリスが自分自身に言い聞かせているのではないかと思える切迫感がある。

実際にイントロダクションのなかでウォーリスはこう述べる。

その後、冬を越すための小屋で、私はこの物語を書いた。物語に感銘を受けたのは人生に役立つ教訓を教えてくれるからだけではなかった。これが私の民族に関する物語であり、私の過去に関する物語だったからだ。この手でしっかりとつかみ、自分の物語だといえるものだったからだ。(*Two Old Women* xii 拙訳)

自分の過去の物語とはどういうことなのか。先住民社会に嫌われ、拒絶された作家自身と重なるという解釈だけでは表層の意味をすくい取っただけで終わってしまう。ウォーリスの過去を深く知るために、ここで自叙伝『自立』について見ておきたい。

『自立』はウォーリスの家族の物語であるが、特に両親のアルコール依存との闘いを赤裸々に描いている。物語は六歳のウォーリスが初夏の早朝に、父親と二人でボートに乗って、フィッシュ・ホイール(サケ捕獲用の水車式漁具)を見に出かける幸福な風景で始まる。父ピート(Pete)は罠猟師で、冬には数日から数週間狩りに出かけてキツネやミンクやヤマネコ等をどっさりと仕留めてくる人だった。口数が少なく、子どもに厳しい人だった。一方、母親のメイ(Mae)は一三人の子育てをし、一日中料理と洗濯と掃除に追われながら、冬の夜にはお話を子どもたちに語り聴かせ、子どもを寝かしつけた後は裁縫に精を出すなど「常になにかしら働いていた」(*Raising Ourselves* 101)。

フォート・ユーコンではウォーリス家と同様に、一〇～一二人の子どもの家庭が一般的で、大人たちは仕事と育児に明け暮れざるをえない。その心身の負担から解放してくれる唯一の薬は酒であり、クリスマスや独立記念日といった特別な日になると大人たちは限度を超えて飲酒した。「覚えているのはクリスマスのときに、大喜びで期待に胸ふくらませて学校から家へ向かうのだけれど、家へ近づくにつれて自家製ビールの匂いがしてくるのだ」(106)。そしてクリスマス・イブに子どもを寝かしつけると、大人たちは飲んでしゃべりつづけ、酒量が増えるにつれて話し声は泣き声に、泣き声は次第に怒りに転じ、最後にはピートがメイを殴りつづけ、子どもが止めるのも聞こえないほどになるのだった。

特別な日に限定されていたこのような狂騒が、あるときを境に日常へと侵入してくる。きっかけの一つは、ウォーリス家が代々罠猟で使用してきた土地を没収され、仕事ができなくなったことだった。一九七〇年、一枚の書類が届き、ピートの土地は先住民コーポレーションの所有となり、先住民は株主として利益を得るという仕組みに変わったことが告げられる(5)。先祖代々守ってきた土地を突然取り上げられ、生業も断たれた者の怒りや虚無感は想像に難くない。ピートはアルコールで自死するかのように朝からベッドで飲みつづけ、ウォーリスが一三歳のときに亡くなっていく。

父の死後、母親も後を追うようにアルコールに溺れていく。月のうち二週間はしらふで、子どもたちのために家事をこなし、パンを焼くなどかいがいしい。しかし、その二週間が終わると「すぐに戻るから」とふらりと出かけ、二週間帰らずに飲みつづけるのだった。時には家を酒場代わりにして飲み仲間を家に連れ込むため、ウォーリスは彼女を殴りつける。また、母親の酔った仲間が家中に漏らした便を掃除することもあった。このような母親の育児放棄を受けて、ウォーリスは母親に代わって家事をこなし、幼い兄弟を育てるために学校をドロップアウトしていった。

しかし、一六歳のとき転機が訪れる。一人の老女のもとで清掃業務に就いたウォーリスは、その婦人から、父親が守っていた土地を他人に管理される前に使うことを勧められる。その土地に立ったウォーリスは、罠猟の技術を身につけ、ここで自立しようと心に決める。母親に、狩猟のやり方を教えてほしいと懇願し、渋る母親を連れてテントでの生活を始める。母親をアルコール漬けの生活から引き戻し、同時に自分自身も立ち直るための必死の闘いが、この先祖代々の土地で繰り広げられていった。

このようなアルコール依存による生活破綻やそこから抜け出そうとする闘いは、ウォーリス一家に限ったものではなかった。「一九七〇年代はフォート・ユーコンの誰もが酒を飲んでいるようだった」(148) とウォーリスは言う。飲酒に起因する暴力が日常化し、誰かが殺された、大けがをしたといった悪いうわさに人々は酔いしれた。「金曜の夜か土曜の夜に誰かが殺された、レイプされた、刺されたということがないと、日曜の夜に人々は禁断症状に苦しんだものだ」(148)。

フォート・ユーコンに見られるアルコール依存の蔓延、それに起因する暴力や高い自殺率は、主流社会の平穏な日常からすれば異常な非日常だが、残念ながらアラスカ先住民コミュニティの顕著な特徴でありつづけてきた。暮らす地域も文化も多様な民族集団が、これらの問題については、判で押したように共通してきた。

二〇二〇年にアラスカ州でアルコールに起因する死亡者数（飲酒運転による死亡は除く）[6]は二四二人であったが、そのうち五六パーセント（一三六人）が先住民であった（先住民は州人口の約一七パーセントにすぎないことを考えるときわめて高い値である）。先住民のアルコールに起因する死亡率は一〇万人あたり一一三・四人（二〇二〇年）、アラスカの非先住民の七倍以上にのぼる。一方、自殺者は二〇〇〇年以降も減少の兆しはなく、一〇万人あたりの自殺者数は先住民が六六・八人（二〇一九年）で非先住民の約三倍にのぼっている。

問題がなぜこのように深刻なのか。一般に、先住民の高い失業率や学校のドロップアウトの多さ、貧困、希望のもてない将来への悲観などが原因とされる。しかし、それらはあくまで表層的な要因にすぎない。根源にある原因は何なのか。自らの体験と服役した多くの先住民への聞き取りをもとに、これに迫ったのが先住民社会のリーダー、ハロルド・ナポレオンだった。

ナポレオンが指摘したのは、一見、無関係な先住民の歴史――過去のパンデミックによる大量死の記憶との関連だった。アラスカでは、一九世紀からロシアや欧米からの大規模な人口流入とともに伝染病の波が繰り返し押し寄せた。呼吸器疾患を皮切りに天然痘、腸チフス、髄膜炎、ジフテリア、百日咳、結核、麻疹、インフルエンザなどが免疫をもたない先住民の間で連続的、あるいは同時流行した。国勢調査では一九〇九年にはアラスカの先住民人口は約二万五〇〇〇人にまで落ち込んだ（Langdon 117）。

しかし、先住民にとって、問題は大量死にとどまらなかった。彼らの文化が崩壊するのを目の当たりにすることになったのである。繰り返し押し寄せてくる疫病に対して、先住民の伝統的知恵や技術、信仰は一切歯が立たなかった。目の前で愛する人が亡くなるのをただ見ているしかなかった。「生き残った人々は、心の傷を抱え、リーダーを失い、混乱し、恐怖におびえ、白人の宣教師や学校の教師にすすんで従うようになった。（中略）キリスト教を受け入れ、ユーヤラーク［先住民ユピックの人々にとっての、人としての生き方］を捨て、自分たちの精神世界や儀式を放棄し、伝統文化を黙って拒絶し、葬り去った」（Napoleon 13）。

ウォーリスの父親はまさに、このパンデミック後の先住民像そのものだった。メイとの結婚以前に、ピートは心から愛した美しい妻とその子どもをインフルエンザで失っている。喪失感から立ち直れない彼は、後妻のメイや家族に一切心を開かなくなった。子どもたちに伝統文化やグウィッチン語を教えることもなかった。「彼や彼のような人たちは先住民であることを恥ずかしいと思うように強いられてきた。グウィッチン語を話しているのを見つけるたびに、教師たちはすぐさま鞭でその手をぴしゃっと叩いた。結局、グウィッチンであるということは痛みであり嘲笑の的だとピートは思い知ったのである」（*Raising Ourselves* 42）。

先住民であることが恥だと体で覚え込まされた人たちは、自民族の歴史や文化を心にしまい込んだ。語らなくなるなかで、伝統文化の何が重要だったのかを見失っていった。負の側面からも逃げずに、歴史や文化をもう一度見つめない限り、自分たちの民族は単なるアルコール依存民族のままで衰退してしまう。自分たちには誇るべき歴史があり、語るべき物語がある。過去の歴史物語を通してグウィッチンがアイデンティティの感覚や誇りを取り戻し、民族再生への一歩を踏み出すことを願い、ウォーリスは作品を世に出した。「私たちの文化と民族はこういった自己破壊的な行いで滅んできた。自分たちの過去を正直に認め、若い世代を教育する段階へと踏み出して初めてこれが終わるだろう」（12-13）。

おわりに

本章で見てきたウォーリスの二作が『リトル・トリー』とはまったく趣を異にすることはおわかりいただけたと思う。『自立』も『リトル・トリー』も先住民の子どもの成長物語だ。しかし、幼少期から兄弟を守り家庭を支える立場にあったウォーリスが、両親から愛情に満ちた教育や庇護を受けることは少なかった。一方、『ふたりの老女』では、人々から守られるべき老女たちが、集団から捨てられて追いつめられる。これが過去と現在のグウィッチンの一つの真実であることを物語は教える。

歴史のタブーであれ、口を閉ざしたくなる醜悪な現実であれ、ウォーリスはそれを正直に認めて語る。これは先住民の物語の特徴でもある。先住民にとって家系の物語は、ポジティヴな物語とネガティヴな物語の両方が重要な役割を果たすことをシルコウは指摘する。家系の人々が過去に経験したネガティヴな内容をたどることで、「他の人が以前にそれをやったのなら、それほど大変ではないはずだ。他の人が耐えられたのなら、自分たちも耐えられる」（Silko, *Yellow Woman* 52）と思えるからである。そして、シルコウは物語が人々を結びつける役割についても重視する。トラウマになるような精神的経験のなかで人は逃げ出したり、引きこもったり、孤立する傾向がある。ネガティヴな内容も含んだ物語は、その孤立しようとする人々を常に結びつけようとするという。「行くな、独りになるな、ここにおいで。私たちはみんなこういった経験をしてきたんだから」（52）と呼びかけるのだ。

ウォーリス親子が頼ったのもまた家系で語り継がれた物語だった。アルコール依存から抜け出そうと苦悩する母親は、老女たちのサバイバルの物語を娘に語り聞かせ、娘ウォーリスは登場人物と自分の人生を重ねながら、それを綴ることで二人の人生の再建を図った。物語にその力があることを、物語の中の先祖から力を得て未来へ踏み出せることをウォーリス自身が示して見せた。そして、娯楽物として物語を消費することに慣れてしまっている欧米社会の読者に、人や社会が生き残っていくうえで、物語とともに生きることの重要性をあらためて教えてくれるのである。

註

（1）アサバスカンはカナダとアラスカの亜北極圏の内陸に暮らす先住民族。アラスカのアサバスカンは、民族的・言語的類似性から一一のグループ（部族）に分かれ、一一言語が現在も存続している。グウィッチンはこの一部族で自分たちについて、「グウィッチン」以外に〈人〉を意味する「ナ・デネー（Na-Dene）」という呼称も用いる。

（2）全米の先住民全体を指す呼称として「ネイティヴ・アメリカン」がある。この用語が都合の良い場合もあるものの、多くの先住民族の人々は第一に自らを部族（tribe）の人間として位置づける。より一般的な用語で自分たちを表す際には、合衆国本土の先住民は「アメリカン・インディアン」、アラスカでは「アラスカ・ネイティヴ」を好むといわれる（Breinig 287-291）。

（3）本章の引用文で訳者が示されていない場合はすべて拙訳とする。

（4）ウォーリスのもう一つの作品『鳥娘と太陽を追った少年――アラスカのアサバスカン・インディアンの伝説』（*Bird Girl and the Man who Followed the Sun: An Athabaskan Indian Legend from Alaska*, 1996）も口承物語をもとにしているが、グウィッチンと敵対するチークワイイ（イヌピアック）に捕らえられ、奴隷となった少女が経験する、部族間の憎悪や暴力や復讐行為が描かれている。

（5）一九七一年、アラスカ先住民土地請求処理法（Alaska Native Claims Settlement Act）（通称ＡＮＣＳＡ）が成立し、アラスカ先住民は州の九分の一に相当する四四〇〇万エーカーの土地の所有権と約一〇億ドルの補償金を獲得した。これは一〇〇年以上にわたる先住民団体の政治的努力の結果として知られている。一九一二年にはアラスカ南東部の先住民族（ハイダ、クリンギット、ツィムシアン）から結成されたアラスカ先住民協会が、選挙権や公立学校に先住民の子どもが通う権利を勝ち取り、一九五九年には先住民の土地への金銭的補償を訴訟で認めさせている。ただし、土地返還には至らなかったため、拡大組織となるアラスカ先住民連合（ＡＦＮ）が結成され、土地の法的所有権獲得への努力が続けられた（Breinig 287-291）。ＡＮＣＳＡ成立後は、先住民運営による一二の地域コーポレーションと二〇〇以上のヴィレッジ・コーポレーションが結成され、これらの団体が土地と補償金を管理する仕組みへと移行した。この体制は、先住民社会の経済的・政治的自立を可能にするというメリットがある一方、土地は本来みなで使用するという先住民の概念とは相容れないものであり、ウォーリス家のようにこの制度下で従来の生活様式の変更を余儀なくされるケースもあった。

（6）アルコールに起因する死亡とは、アルコールによる重度の精神障害や、アルコール依存症、非依存性のアルコール中毒、アルコールに起因する肝臓疾患や肝硬変等による死亡を指す。

参考資料

Breinig, Jeane. "Political Perspective and Literary Framework for the Text Commentaries." *Alaska Native Writers, Storytellers and Orators*. The Expanded ed., edited by Ronald Spatz, University of Alaska, 1999, pp. 287-291.

Carter, Forrest. *The Education of Little Tree*. University of New Mexico Press, 1976.（フォレスト・カーター『リトル・ト

リー』和田穹男訳、めるくまーる、一九九一年）

Epicenter Press. "Two Old Women, by Velma Wallis." https://epicenterpress.com/2020/07/23/two-old-women-an-alaskan-legend-of-betrayal-courage-and-survival/. Accessed Feb.18, 2022.

Fast, Phyllis Ann. *Northern Athabascan Survival: Women, Community, and the Future*. University of Nebraska Press, 2002.

Hunt, Bill. "Tale of Survival Offers Rich Look at Native Legend." Rev. of *Two Old Women*, by Velma Wallis. *Anchorage Daily News*. 15 August 1993, N15.

Italie, Hillel. "The Education of Oprah Winfrey." *Reznet: Reporting from Native America*. University of Montana School of Journalism, 2008. https://turtletalk.blog/2007/11/21/indian-frauds-the-education-of-little-tree-and-oprahs-book-club/. Accessed July 29, 2022.

Jenness, Diamond. *The Indians of Canada*. 7th ed., University of Toronto Press, 1978.

Krech, Shepard, III. "Disease, Starvation, and Northern Athapaskan Social Organization." *American Ethnologist*, vol. 5, no. 4, 1978, pp. 710-732.

Langdon, Steve J. *The Native People of Alaska: Traditional Living in a Northern Land*. Greatland Graphics, 2002

McDaniel, Sandi. "'Giving Away' the Legend in Publishing Tribal Tale, Fort Yukon Writer Faces Criticism." *Anchorage Daily News*. 19 September 1993, J1+.

Napoleon, Harold. *Yuuyaraq: The Way of the Human Being*, edited by Eric Madsen, Alaska Native Knowledge Network, 1996.

Ramsey, Rachel. "Salvage Ethnography and Gender Politics in *Two Old Women*: Velma Wallis's Retelling of a Gwich'in Oral Story." *Studies in American Indian Literatures* 11, no.3, Fall 1999, pp. 22-41.

Ruppert, James. "Survivance in the Works of Velma Wallis." *Survivance: Narratives of Native Presence*, edited by Gerald

Vizenor, University of Nebraska Press, 2008, pp. 285-295.

Silko, Leslie Marmon. "Landscape, History, and the Pueblo Imagination." *On Nature: Nature, Landscape, and Natural History*, edited by Daniel Halpern, North Point Press, 1987, pp. 83-94.

——. *Yellow Woman and a Beauty of the Spirit: Essays on Native American Life Today*. Simon and Schuster Paperbacks, 1996.

State of Alaska Department of Health and Social Services. "Alaska Vital Statistics 2020 Annual Report." https://health.alaska.gov/dph/VitalStats/Documents/PDFs/VitalStatistics_AnnualReport_2020.pdf. Accessed Feb.18, 2022.

Taylor, Melanie Benson. *Reconstructing the Native South: American Indian Literature and the Lost Cause*. The University of Georgia Press, 2011.

United Health Foundation. "America's Health Rankings." https://www.americashealthrankings.org/explore/annual/measure/Suicide/state/AK. Accessed Feb.18, 2022.

Wallis, Velma. *Bird Girl and the Man who Followed the Sun: An Athabaskan Indian Legend from Alaska*. Epicenter Press, 1996.（ヴェルマ・ウォーリス『掟を破った鳥娘の話』亀井よし子訳、草思社、二〇〇〇年）

——. *Raising Ourselves: A Gwich'in Coming of Age Story from the Yukon River*. Epicenter Press, 2002.

——. *Two Old Women: An Alaska Legend of Betrayal, Courage and Survival*. Epicenter Press, 1993.（『ふたりの老女』亀井よし子訳、草思社、一九九五年）

ブレイス、C・ローリング／瀬口典子「『人種』は生物学的に有効な概念ではない」瀬口典子訳、『人種概念の普遍性を問う――西洋的パラダイムを超えて』竹沢泰子編、人文書院、二〇〇五年、四三七～四六七頁。

第4章

山火事とともに生きる
——ビッグ・サー文学における逗留の感覚

菅井大地

はじめに——カリフォルニアと山火事

カリフォルニアの住民の冷蔵庫には、山火事発生時の行動マニュアルが貼られている。そこには「山火事が起きたときは（When the fire comes）」という文言に続いてとるべき行動が列挙されている。こう述べるのはカリフォルニア在住の小説家でエッセイストのジョーン・ディディオン（Joan Didion, 1934-）である。一九八九年の『ニューヨーカー』誌に寄せたエッセイでこのことに触れつつ、これらのビラには仮定を含意する「もし～したら（if）」という語ではなく、山火事は起きるという前提で「～したとき（when）」という語が使われているとディディオンは強調する（Didion 98-99）。つまり、カリフォルニアの人々にとって、山火事という非日常的事態は日常の光景の一部でもあった。

ディディオンのエッセイから三〇年以上の時を経てもなお、カリフォルニアと山火事は密接な関係にある。カリフォルニアの風物詩ともいえる山火事だが、近年ではその勢いを増している。カリフォルニア州森林防火局の統計によれば、一九三二年以降に発生した山火事の延焼規模の上位五位までのほとんどが、二〇二〇年の七月から八月にかけて発生したものである。また、多くの家屋や人命を奪った山火事被害についても、大規模なものはそのほとんどが二〇〇〇年代以降に発生している[1]。

なぜこれほどまでに大規模な山火事が頻発するようになったのだろうか。もともと火災の発生しやすい気候であることに加えて、近年の気候変動も影響していると考えられるが、原因の一つとしてインディアンの野焼き文化の抑圧が挙げられる。かつてはインディアンによって定期的な野焼きが行われていた。それが山火事の原因となる樹木や下草が密集するのを防いでいた。しかし、森林保護の意識が高まる二〇世紀前半から、火災抑制（fire suppression）政策がとられ、野焼きは禁止されるようになった。そのため、樹木などが過剰に繁茂することになり、ひとたび火がつけば大規模な山火事となる（Anderson 119; Arno and Allison-Bunnell 14; Pyne, *California* 22）。

カリフォルニア州中部沿岸地域ビッグ・サー（Big Sur）も例外ではない[2]。地中海性気候に加えて火災抑制政策が原因で、ビッグ・サーにおいてもより大規模な山火事が多発している（Henson and Usner 236）。さらに、低林木からなる植生を特徴とするビッグ・サー地域は、他のカリフォルニアの地域と比べてはるかに燃えやすいとする研究もある（Sugihara et al. 538）。全米有数の観光地であり、毎年多くの観光客がその雄大な自然を求めて訪れる場所ビッグ・サー。しかしこの場所もまた火事の危険に常にさらされており、必ずしも人間にとって都合のよい自然環境ではない。

こうした場所において、人間は火との付き合い方を意識せざるをえない。人間活動による地球への影響が地層に刻印されるようになった時代を指す「人新世（Anthropocene）」という言葉がある[3]。その始まりをいつに設定するかは議論の分かれる概念であるが、一つの大胆な意見として、人間が火を使いはじめてからというものがある。他の動物と人間を区別する一つの尺度となるのが、火を道具として使うか否かである。このような認識に基づいて、スティーヴン・J・パイン（Stephen J. Pyne）は、「人新世」と並んで、現代を「火新世（Pyrocene）」と呼ぶことができると主張する（Pyne, "The Fire Age" par. 29）。ただし、人類が火を使用しはじめたころの痕跡が、はたして地球に大きな影響を与えるほど地層に記録されているかは疑問が残る。しかし、産業革命以降の石炭火力や石油燃料の使用量増加を〈火の使用〉として捉えるならば、少なくとも現代は人間による〈火の使用〉が環境に与える影響、ないしは火に起因する環境からの影響に無自覚でいられない時代である。その意味で、「火新世」という概念によって火と人間活動の関係性を前景化しようとする試みはあながち極端な主張ではないだろう。

本章では、ビッグ・サーという地域を背景としたアメリカ文学（以下、ビッグ・サー文学と呼ぶ）における山火事表象を読むことを通して、「火新世」における日常と非日常がいかに捉えられるのかを考察する。篠原雅武が指摘するように、「人間的尺度を超えた事態に飲み込まれ」るとき、われわれは「自分たちの日常意識と相関する身の回りとしての人間世界が、人間的尺度を超えた巨大さの中の一部でしかないことに気づかされる」（27）。山火事という非日常的事態、およびそこから派生する物語は、日常と非日常という区分の脆弱性を暴き出し、人間が大きな生命循環の流れのなかに逗留しているにすぎない存在であることを示唆する。ビッグ・サーという場所と人間との複雑な関係性を描き出すビッグ・サー文学において、日常と非日常は容易に反転する。こうした日常の脆弱性こそがビッグ・サー文学の特質であり、そこで描かれる山火事は、「火新世」における人間と場所の関係性を問い直す契機となる。次節以降ではまずロビンソン・ジェファーズ（Robinson Jeffers, 1887-1962）の詩における山火事とそれに付随する悲劇の諸相を分析する。その後、ジェファーズのビッグ・サー描写が、いかにリンダ・ソンリサ・ジョーンズ（Linda Sonrisa Jones）のネイチャーライティングに受容されているかを確認し、その山火事をめぐる記述を考察する。これにより、二〇世紀前半のジェファーズと二一世紀のジョーンズの間には、ビッグ・サーという場所をめぐる描写に関する相違と同時に、〈逗留の感覚〉と呼びうる共通項があぶり出される。

1. ロビンソン・ジェファーズと長編詩「コーダー」

ジェファーズは、長老教会派の牧師である父ウィリアム（William）とその妻アニー（Annie）の間に生まれる。ジェファーズは主にドイツやスイスなどで教育を受けたが、一九〇二年に家族がアメリカに帰国したのを機に現在のピッツバーグ大学に一年間在籍している。一九〇三年に家族とともにカリフォルニアに転居したため、ロサンゼルス郊外のオクシデンタル大学に入学する。大学卒業後、南カリフォルニア大学大学院に入学し、文学と医学を専攻。続いてワシントン大学に入学して森林学も専攻する。大学院修了後は、信心深い家族の束縛から自由になったこともあり、酒浸りで多くの女性とも関係をもったとされる。そのなかで、一九〇六年に人妻であったユナ・コール・クスター（Una Call Kuster）に出会う。一九一三年にユナが離婚すると、その翌日に二人は結婚する。その後、一九一四年にカーメル（Carmel）に居を構え、そこで本格的に詩作を始める。一九一九年にはカーメル・ポイント（Carmel Point）という地域に土地を買い、トア・ハウス（Tor House）と呼ばれる石造りの邸宅を自らの手で建築する。なお、このトア・ハウスは、現在では国定歴史建造物に指定されている。

二〇世紀前半、アメリカの詩壇ではエズラ・パウンド（Ezra Pound, 1885-1972）、T・S・エリオット（T. S. Eliot, 1888-1965）、ウォレス・スティーヴンズ（Wallace Stevens, 1879-1955）などのモダニスト詩人らが活躍していた。ジェファーズも同時代の詩人であったが、彼は意識的にそうした詩の流行とは距離を置いた。その証左に、ジェファーズは、流行というものは一時的なものにすぎないとしたうえで、「詩は（比較的）永遠なるものを扱わなければならない」と述べている（CP, vol. 4, 391）[4]。このように当時の詩壇から距離を置いたこともあり、ジェファーズは「長い間不当に無視された天才詩人」とされる（三浦 144）。一方で、近年では環境詩人の先駆けとして再評価する向きもある（Keller 605; Rasula 156）。

ビッグ・サーに居を構え、その土地に関する詩を多く残したジェファーズ。彼にとって、山火事は重要なモチーフの一つである。たとえば、「山上の火事」（"Fire on the Hills," 1932）のなかで、山火事から逃れてきた小動物を狩る鷲が描かれる。崇高な鷲の生命力を謳うこの詩では、火災による破壊と同時に、それによって維持される力強い生態系が示唆されている（CP, vol. 2, 173）。また、「火」（"Fire," 1951）においては、火がもっている複数の性質が提示される。暖炉やキャンプファイアのように穏やかなものから、山火事のような「森を滅ぼすもの」まで、火の両義的なイメージが謳われる（CP, vol. 3, 366-367）。そして、「諸刃の斧」（"The Double Axe," 1948）では、「数年前の火事は山々の表面をはぎ取って、／そして自然は美しい計略の一つを演じた。／紫のルピナスをしっかりと植えつけ、純粋な花の敷布を／山頂から谷底まで広げたのだ」（CP, vol. 3, 214）とされ、山火事の後に美しい花が咲き誇るビッグ・サーの風景が描写される。破壊とともに再生をもたらす、ビッグ・サーと山火事の美学的な関係性が描き出されている。

本章で取り上げる長編詩「コーダー」（"Cawdor," 1928）において、山火事は悲劇の始まりだ。この長編詩のあらすじは古代ギリシャ詩人エウリピデスによる悲劇『ヒッポリュトス』に由来する。義理の息子であるヒッポリュトスに恋をしたパイドラーが、ヒッポリュトスに乱暴されたと嘘をつく。これを聞いて怒ったテセウスが息子のヒッポリュトスを殺すという物語だ。ジェファーズはこの物語を二〇世紀前半のビッグ・サーにおいて再現する。一九〇九年に起きた山火事によって、一九歳の少女フィラ（Fera）と火傷を負った父親マーシャル（Martial）が焼け出される場面から「コーダー」は始まる。命からがら逃げ出したフィラは、知り合いのコーダーに助けを求める。コーダーは彼女らを受け入れる代わりに、自分と結婚するようフィラに迫る。これに対してフィラは、傷ついた父親の身の安全を考えて、三〇歳以上年上のコーダーとの結婚を承諾する。しかし、コーダーの息子であるフッド（Hood）に叶わぬ恋をしたフィラは、フッドにレイプされたと嘘をつき、怒り狂ったコーダーはフッドを殺害する。家族内の愛憎悲劇を描いた長編詩である。

この作品において、コーダーは家父長的権力の頂点に位置しており、かつ彼の所有地は外からの災厄の影響をほとんど受けない。彼の日常は一見すると盤石だ。五〇歳にして「まだ強靭さが増しているようだ」と形容されるコーダーは、「安定と／質素ながらも他人に施せるほどの富を有している」（CP, vol. 1, 411）。また、彼には開拓者として、資源に乏しい土地をメキシコ人から買い上げて安定した生活を築き上げた自負もある（CP, vol. 1, 415）。さらに彼の所有地に関しては、山火事の被害をまったく受けないばかりか、北部で発生した口蹄疫などの感染症も入り込まない（CP, vol. 1, 409, 501）。「彼は自分の所有地のことがわかっていた／あたかも草の下に自身の神経が張り巡らされたかのごとく」とあるように（CP, vol. 1, 430）、コーダー自身の強靭さと彼の所有地は一体化され、過酷な自然環境にも耐えうる強固な地盤を形成していることがわかる。しかし、盤石であったはずの彼の領域に、火事で焼け出された少女フィラを囲い込んだことから悲劇が始まる。次節以降で詳述するが、盤石なはずのコーダーの日常がいかに脆弱なものであるかということが、山火事という非日常をきっかけにあぶり出されることになる。

2. 山火事があぶり出す他者の日常

コーダーとは対照的に、フィラの日常は山火事の以前から悲惨なものであったことが明かされる。フィラの父親マーシャルは土地を購入して牧場を始めるがうまくいかない。彼の牛が放線菌症にかかって小川のなかで死んだとき、コーダーが使用人とともにやってきてマーシャルを罵り、牛を川から引き揚げたとされる（CP, vol. 1, 409）。コーダーとフィラの家族が知り合いであることは明らかだが、コーダーは他人であるマーシャルの日常には関知しない。むしろ、コーダーは牛を失ったマーシャルの不遇よりも、自身の土地の不利益を考えている。つまり、死んだ牛が小川を汚染して、下流にある自身の土地に影響を与えることに憤り、マーシャルを罵ったのである。このエピソードから、近隣住人の不遇な日常に対するコーダーの共感もしくは配慮が欠如していることがうかがえる。

フィラは渋々コーダーと結婚した後、自身の不遇を開陳する。ロバート・ザラー（Robert Zaller）によれば、フィラは悲劇の主体ではなく悲劇を与える存在である（*Robinson Jeffers* 139）。しかし、フィラの日常もまた悲劇的であることは否めない。彼女はフッドに対して、「私たちの牧場は／最後の避難場所だった。けれど父はまったく農夫ではなかったのよ。私たちは完全に失敗して／火事が起こる前に生活は落ち込んで窮乏していた」と打ち明ける（CP, vol. 1, 427）。また、死の床に横たわるマーシャルの横でフィラは再び家族の窮状を回想しながら、フッドの妹ミカル（Michal）に語りかける。フィラによれば、母に捨てられた父マーシャルは生活を顧みず酒におぼれていたという（CP, vol. 1, 435）。フィラの家族はコーダーとは対照的に、フィラの家庭は崩壊し、生活もままならない状態であったのだ。

このように、山火事が発生しなければ明るみに出ることはなかったフィラの日常が、コーダーの家において開陳される。すでに窮地に陥っていたフィラの日常は山火事によって決定的な崩壊の危機に直面する。コーダーは安全を提供するという名目で、すでに窮乏していた弱者を自身の欲望のままに取り込んだのだ。フィラは、困窮した日常および危機的な状況から抜け出すために、コーダーの求婚を受け入れざるをえない。ここに権力関係の非対称性があり、コーダーという家父長的権力によって社会的弱者が取り込まれていく構造が示されている。すなわち、コーダーの盤石な日常によって不可視化されていた近隣住人の不遇な日常が、山火事という非日常的事態をきっかけに可視化されているともいえるだろう。

3．インディアンの抑圧

インディアンの野焼き文化を抑圧したことが大規模な山火事の原因の一つとされることはすでに述べた。「コーダー」においてもインディアンは家父長的権力構造のなかで抑圧される存在である。この詩に登場するインディアンはコーダーの使用人として働いている。コーダーやその家族との関係性は対等ではなく、コーダーの妻となったフィラもインディアンの使用人に対して軽蔑的な態度をとる。こうした非対称な関係性に着目すると、コーダーの「日常」がインディアンを抑圧することで成り立つものであることが明らかとなる。

使用人でありインディアンの血を引くコンチャ・ロサス（Concha Rosas）はコーダーとの間に子をもうけている。コーダーの娘ミカルと同じ青い目をした子どもの存在、そして他の使用人と異なり、家のなかに部屋を与えられていたことからも、コンチャがコーダーと性的な関係をもったことは明らかだ（CP, vol. 1, 413）。しかし、フィラがやってきたことで、コンチャは家を追い出され、別の使用人であるジーザス・アカンナ（Jesus Acanna）たちと一緒に住まわされる。

フィラはたびたびコンチャを軽蔑するが、これには自身の境遇に対する嫌悪感とコンチャに対する嫉妬心が混ぜ合わせられている。フィラはフッドに対して、彼女の父親の身の安全のためにコーダーと結婚した自分を蔑めばよいと言う。「私も／自分が憎い、コーダーが黒い肉体を好んでいるのはわかっている――あのロサス――／バラの花輪をつけた黒い肉体を花嫁に迎えたのは／取引ではなかった」とあるように、コンチャへの嫉妬心を打ち明けるだけでなく、フィラは自身を卑下する（CP, vol.

1, 424)。自身の結婚がコーダーとの取引だった一方で、コーダーとコンチャとの関係は少なくとも取引ではなかったとフィラは考えているのだ。

しかし、コンチャはあくまでコーダーの所有物にすぎないという認識も示される。「この北側の部屋は離れた位置にあって音が聞こえないから、あなたの父親は／自分の所有物を訪ねてここへ来ていた」とフッドに対してフィラが述べるように、ここでコンチャはコーダーの「所有物（his thing）」と呼ばれる（CP, vol. 1, 444）。この他にも、「黒い肉の燻製（flitch of dark meat）」「雌豚（sow）」「彼女の酸っぱい匂いが部屋を汚している（her sour odor / Poisons the room）」などの言葉が使われ、コンチャがフィラから軽蔑されていることがうかがえる（CP, vol. 1, 442, 446, 489）。自身の置かれた境遇に満足していないとはいえ、コーダーの妻としてのフィラの立場は少なくともコンチャよりは上であるという権力関係がここで誇示されている。

さらにフィラは、ミカルに対してもコーダーとコンチャの関係をほのめかす。その場面においてフィラは、自身の母親の不倫について「母さんが／愛人を家に連れ込む音を聞いていた（中略）でも彼らは／白人だった」と打ち明ける（CP, vol. 1, 496）。惨めに死んだフィラの父親は、母親に不倫をされていたが、そのときの相手は白人だった。一方で自分の場合はどうか。夫であるコーダーと関係をもったのはインディアンという有色人種である。このような比較を通して、フィラは自身がいかに惨めであるかを語る。不本意ながらコーダーという家父長的権力にからめ取られたフィラは、コンチャを差別的に扱うことで、さらに自身の下位にインディアンが存在するという不平等な権力構造を浮き彫りにする。

インディアンとコーダー家との関係性を考えるうえで、もう一人の重要人物が登場する。使用人のジーザスである。オークの木陰に歩いていくフィラとフッドの姿を目撃するのがジーザスであるが、この場面はフィラがフッドに肉体関係を迫り、それをフッドが拒絶するという物語上重要な場面である。ここで、「黒い土着の眼（dark aboriginal eyes）」とされるジーザスがフッドとフィラを目撃している（CP, vol. 1, 461）。その眼は、鷲の眼と同じであり、ビッグ・サーという土地の眼のようだと書かれている。この土地と密接につながる土着のジーザスだが、彼もまたコーダーを頂点とする家父長的権力構造にとらわれており、白人入植以前のこの土地の歴史、インディアンの民族的過去とは断絶している。

> ジーザス・アカンナは／足元の地面の上に／夕日に照らされて何かが宝石のようにきらめくのを見つけた。彼は身をかがめ／それを拾い上げた。人間の手が加えられた石英の／鋭利な破片で、その滑らかな割れ目は触ると心地よかった。／彼は立ちあがってそれを指で撫でていたが、／彼の民族がそれを削り出して／文明の黎明期に皮をなめしたり貝を殻から外すためにそれを使用していたことには／思い至らなかった。（CP, vol. 1, 467）

ここで、過去から連綿と続く民族の歴史に思い至らないジーザスが描き出されている。白人入植者とは対照的な存在であるはずの土着の民が、その土地と自民族の歴史から切断され、白人男性による家父長的権力構造に組み込まれているさまが示唆されている。

このようなインディアンとの不平等な関係性を考慮すると、コーダーの盤石な日常というものは、他者を抑圧したうえに成り立つものであることがうかがえる。最終的に、フッドを殺したコーダーは自分の目を切り裂き、岩場の上で保安官の到着を待つ。彼が自分の目を切り裂くときに使用するのが、「インディアンが作った石（Indian-wrought stone）」であることは重要だ（CP, vol. 1, 519）。コーダーは「われわれの前にも／人がいたのだ」そして「また他の者たちが／われわれの時代の後にやってくるだろう」と述べて、ジーザスが拾い上げたような鋭い石の破片を拾い上げ、それで目を切り裂くのだ（CP, vol. 1, 519）。人間の繁栄は一過性のものであり、より大きな歴史の流れのなかにおいて個人は取るに足らない存在であることにコーダーは思い至る。盤石だったはずのコーダーの日常は、より大きな時間軸においては儚(はかな)いものであり、かつ彼が抑圧したインディアンという存在がかたちを変えて回帰し、彼の視力を奪い、日常を崩壊させるのである。

4．日常の脆弱性、または世界に逗留する感覚

コーダーは窮乏したフィラを娶(めと)り、インディアンを抑圧することで、自身の日常を盤石なものにしてきた。しかし、その日常というものがいかに脆弱なものかということをジェファーズは見抜いている。そうした認識の基礎となるのが「非人間主義（inhumanism）」だ。「非人間主義」とは、ジェファーズの詩を特徴づける一つの概念であり、人間中心主義的な価値観から脱して、より大きな自然史のなかに人間を位置づけ直すという考え方を指す（Karman 4; Zaller, *The Atom* 101; 三浦 142）。ジェファーズが

「非人間主義」の考えを明示したのは『諸刃の斧およびその他の詩』（*The Double Axe and Other Poems*, 1948）の序文においてである。そこで「非人間主義」は「人間（man）から非人間（not-man）へと力点を移すこと、唯我論を排し、人間を超えた壮大なもの（transhuman magnificence）を認識すること」と説明される（CP, vol. 4, 428）。こうした自然と人間との関係性は「コーダー」においても描かれている。

ジェファーズは、個人の死を大きな生命循環の流れのなかに位置づける。たとえば、マーシャルの死の場面において、生物学的な観点から、肉体の腐敗および微生物による分解の過程を描写する。

> しかし今や腐敗が／化学反応を反転させた。（中略）やがて／脳の各部位の接続は／失われ、主体とその意識は数多の断片となった。すぐに変化した／細胞は人間性を示すことができなくなり／意識と呼べるものを示すこともできなくなった。（中略）のちにそれは／再び重要な局面に入る／虫や肉体を分解するバクテリアの作用によって。人生という演劇は終わり、／山のような誠実さが続いていく／この大地と空気のなかで。（CP, vol. 1, 450-451）

このように、個人が死んだ後の細胞組織の腐敗、およびそれらが微生物によって分解されるさまが描かれる。それらはやがて、大地や空気といった自然の生命循環の一部となる。マーシャルの惨めな人生も化学反応に還元され、大きな生命循環の一部として世界に溶け込んでいく。

また、フッドの死においても同様に、個別の人生が大きな自然史のなかに位置づけられる。岩場から転落して頭を砕かれたフッドが死にゆく場面は以下のように描写される。

> 鮮明な意識（中略）それ自体が統一的なものとして感じられていたが、今やそれが引き裂かれた。／まるで壊れた巣箱からミツバチが分散していくように。まるで脳細胞や／ほころびた細胞の破片が／生という祭事の後に死を見出したかのように。（CP, vol. 1, 479-480）

生きている間は統一的であった意識が、頭蓋骨が砕かれて脳細胞が散逸すると同時に分散する。細胞たちが共同体を形成して、生命という祝祭を謳歌していたが、それも終焉を迎えたというメタファーを用いて、生から死への転換が語られている。そして最終的には遅かれ早かれ「自己分解酵素（autolytic enzymes）」の働きによって細胞は分解されるのだという（CP, vol. 1, 480）。ここでも、死によって統一的自我が失われ、断片化した身体がやがて分解されるさまが描き出される。ジェファーズが、死というものを生物学的な分解のプロセスとして認識していたことがうかがえる。

死によってそれぞれの細胞が断片化して分解されていくさまは、ある個人の終焉と同時に、それらの細胞が次の生命循環の段階へと移行したことを示す。藤原辰史によれば、「私たちの暮らす世界は、破裂のプロセス、すなわち分解のプロセスの中を生きているにすぎ」ない（29）。また、一つの生命体としての役割を終え、各細胞が分解されるままに放擲（ほうてき）される様子は、ウィリアム・ヴァイニー（William Viney）の「廃棄物の時間（waste-time）」を想起させる。ヴァイニーは、「使用時間（use-time）」と対立する概念として「廃棄物の時間」を規定し、使われなくなった物体はそこで終焉を迎えるのではなく、「廃棄物の時間」という有用性によって規定されない別の時間に存在し、かつ変化しつづけると主張する（10, 153-154）。「使用時間」の観点からすれば、飛び散った細胞の破片は一人の人間の死、すなわち荒廃や滅びを意味するにすぎない。しかし、滅んだ物体に対して「廃棄物の時間」を適用することは、悠久の時間のなかにあって変化の途上にある物体として各細胞を規定し直すことにつながる。

このような大きな生命循環へのジェファーズの認識は、物語の後半部分でビッグ・サーという土地をめぐる自然史へと接続される。ミカルが飼っていた鷲をフッドの弟であるジョージ（George）が銃殺して安楽死させるが、その直後に鷲の魂がビッグ・サーの歴史を俯瞰する場面が挿入される。ここにもジェファーズの非人間主義的視点が描き込まれている。

> 白い顔が茶色い者たちを追い払った。白人が衰亡して／アジアから来た茶色い者たちが戻ってくるのを鷲の魂は見た。（中略）人間が再び地上を覆って／お互いを貪り食い、狼のように少なくなって／洞窟へと隠れるのを鷲の魂は見た。（CP, vol. 1, 512）

白人入植者によるインディアンの迫害を示唆したうえで、栄華を極めた白人たちもやがて狼のように滅びの道をたどる。過去から未来に至る、ビッグ・サーをめぐる人間による収奪、そしてそれらが繁栄と衰亡を繰り返す自然の循環のなかの出来事であるという認識。この物語に描き出された人間の営みというものを、鳥瞰的・巨視的なスケールで自然史のなかに位置づけること。これこそがジェファーズの非人間主義的視座であり、個別の日常がいかに一時的なものであるかということを示している。

個人の日常、そして非日常すらも、連綿と続く生命の循環のなかの一側面にすぎない。盤石な日常は存在しない。このことは、非日常的な出来事をきっかけに、抑圧された他者性が回帰することでコーダーの日常が崩壊することからも明らかである。ジェファーズの非人間主義的思考は、究極的に日常と非日常の差異すらも消失させ、人間が生命循環の大きな流れのなかに一時的に逗留しているにすぎないということをわれわれに突きつけるのである。

5．リンダ・ソンリサ・ジョーンズの日常と非日常

ビッグ・サーという場所は美しさと同時に悲劇を内包している。「悪夢に対する弁明」（"Apology for Bad Dreams," 1927）においてジェファーズは、「すべての美しい場所と同様にこの海岸は悲劇を求めて叫んでいる」（*CP*, vol. 1, 209）と述べる。そして「美しい景色は再び燃える、ピノス岬からサー川に至るまで／陸も海もカーメルの海岸も、以前と同じく苦悩の脅威に燃える」（*CP*, vol. 1, 201）と謳い、山火事を示唆しながらビッグ・サーの両義性に言及する。すなわち、ビッグ・サーに住む者にとって、そこは単なる美しい景観を湛える自然豊かな場所ではなく、人間にとって脅威となる災害と隣り合わせでもある。

こうしたジェファーズの認識を、『ビッグ・サーに恋して』（*Romancing the Sur*, 2018）の著者であるリンダ・ソンリサ・ジョーンズも共有している。ジョーンズは、一九九一年のオークランド大火と呼

ばれる山火事で自宅を失ったことをきっかけにビッグ・サーに移り住んだ。『ビッグ・サーに恋して』では、豊かな自然環境に囲まれた生活や、ビッグ・サーにおけるコミュニティとその住人、また山火事からの避難体験などが綴られている。この作品の冒頭でジョーンズは「抗しがたく、危険で、そして美しいビッグ・サーを愛することは簡単ではない」と述べる（ⅰ）。周囲の環境との邂逅、そしてそれに伴う思索を描き出す本作は、ネイチャーライティングの一つとして読むこともできるだろう。

ビッグ・サーに住むということは、山火事と共存するということでもある。ジョーンズによれば、山火事というのは、続いてほしいと願う日常が崩れ去る瞬間であり、山火事によって自分自身が全宇宙のなかのほんの一部にすぎないという事実を突きつけられるという（3, 7）。自身が山火事によって焼け出され、ビッグ・サーにおいても山火事からの避難を余儀なくされたジョーンズは、どこか「コーダー」のフィラと重なる。しかし、ジョーンズの筆致には悲壮さがない。フィラやコーダーが山火事による悲劇の主体であった一方で、ジョーンズは「火事はわれわれをより快活で強く、盤石なものへと変身させ」るといい、被災体験を自己変容の機会として肯定的に捉える（9）。そして、「われわれは火の粉と一緒に飛び回るファイア・ジプシー（fire gypsies）なのだ」と、焼け出されるという経験をユーモラスに語る（10）。また「最近では消火活動がヨガやマリファナと同様に成長産業としてカリフォルニアに参入しているようだ」と述べ、猛威を振るう山火事に対して楽観的な姿勢を示す（126）。しかし、このユーモアがジョーンズの生存戦略なのかもしれない。「この狂った、儚い、砂絵のような生活」こそビッグ・サーでの生活だとジョーンズは語る（128）。日常は火災によって容易に非日常へと反転するものの、それもまたこの場所の魅力であるという倒錯した美学がそこにある。

6.非日常から立ち上がるコミュニティ・スピリット

山火事から避難することは非日常体験であると同時に、非日常以前の日常を他者と共有することでもある。すでに述べたように、「コーダー」において焼け出されたフィラは自身の不遇な日常を開陳する。そして、それは不平等な権力関係を顕在化する悲劇として描き出される。一方で、ジョーンズの避難経験はジェファーズの描く悲劇とは一線を画す。他者の前で開陳される日常というのは、格差を露呈するというよりも、コミュニティにおける他者との心理的つながりを強固にする要素として機能するからだ。山火事によって避難させられることの利点をジョーンズは以下のように述べる。

友人が毎朝どうやってコーヒーを淹れるのか他に知りえようか？　夕食後のテーブルを綺麗に拭き、その後で子どもたちとカードゲームをしているということを他に知りえようか？　その日にあったことを話しながらロッキングチェアに座って靴下を繕い、また寝る前にガラスのタンブラーでスコッチを一杯やってから眠りにつくことを他に知りえようか？

それらのことは、楽しむためではなくただ生きるためだけに、私たちが一緒に時を過ごしたから知りえたことだ。お互い親密になるこれらの機会は、私にとってかけがえのないものだ。(59)

ジョーンズは避難先で時間を共有することで、互いの私生活を垣間見る。山火事から逃げてきたたという共通項のみで結ばれた即時的なコミュニティにおいて、互いの日常を打ち明けることは、非日常空間のなかにおいて安心感をもたらす「真のコミュニティ（authentic community）」になるとジョーンズは語る（59）。この状況は、カリフォルニア在住の著述家レベッカ・ソルニット（Rebecca Solnit, 1961- ）が指摘した、災害の「思わぬ結果（side effects）」を想起させる（6）。すなわち、災害発生時に人々は相互扶助的な共同体を立ち上げるというものだ。ジョーンズは、山火事からの避難という非日常体験において、この「思わぬ結果」を楽しんでいるともいえよう。

かつてビッグ・サーに住んだ作家のヘンリー・ミラー（Henry Miller, 1891-1980）によれば、ビッグ・サーにあるのは近所付き合いだけで、コミュニティ・スピリットはないという。なぜならビッグ・サーのコミュニティには共通の目的が存在しないからだ（Miller 264）。たしかに、その土地を愛する者たちが寄り集まって形成されたコミュニティに共通の目的は存在しないだろう。しかし、共通の目的がないからこそ、他者を受け入れ、変化を受け入れることができる。災害に乗じて弱者を取り込もうとしたコーダーとは対照的に、ジョーンズの言う「真のコミュニティ」には非対称な権力関係はない。災害によって立ち現れるのは、ただ生きてそこに存在することによってゆるやかに結びついたコミュニティであり、それこそがビッグ・サーというコミュニティの核心なのかもしれない。

ビッグ・サーというゆるやかなコミュニティにおいて、個人を互いに結びつけるのは土地への愛着だ。山火事、地震、地滑りや道路の崩壊など、非日常と隣り合わせのビッグ・サーにおいて、「安全はすぐそばにあるものではなく、むしろ変化（change）がそこにある」とジョーンズはいう（105）。山火事などの災害も変化の一つと捉え、それらに柔軟に対応していく。非日常の出来事を日常の一部として受け入れながら生活する。これがジョーンズの謳歌するビッグ・サーでの暮らしである。災害によって幹線道路が閉ざされたとき、観光客がいなくなりビッグ・サーは静寂に包まれたという。このときのことをジョーンズは以下のように回想する。

生活のペースはゆっくりになって私たちは思い出すのだ。結局、この静寂のために私たちはここに来たのだと。いま、祖先と同じように、私たちも感じることができる。コミュニティの網（a web of community）に支えられながら、私たちは土地とつながっているということを。（106）

ジョーンズは太平洋を見下ろす崖の上で深呼吸をしながら、その土地への愛着という共通項によってゆるやかにつながったコミュニティを意識する。

さらに、ジョーンズが「コミュニティの網」と述べるとき、その意識は現代にとどまらず過去へと向かう。かつてビッグ・サーにはエセレン族と呼ばれるインディアンが住んでいた。「彼らの使っていた火打石やアワビの貝殻が多く残されたこの土地」において、「私たちのやるべきことは大地に触れることだ。そうすれば記憶することができる」とジョーンズはいう（107）。エセレン族は、その土地自体がその場所で起きたことを伝えると信じていたという。そのことに思いを馳せつつ、ジョーンズはその土地に触れることで、その土地の記憶と一体になろうとする。ジェファーズと同様に、ジョーンズもまたインディアンを引き合いに出しながら巨視的なスケールでその土地と関わろうとする。連綿と続くビッグ・サーにおけるコミュニティは、過去、現在、そして未来へとゆるやかに接続されながら続いていく。

おわりに

危険と隣り合わせで生きることを余儀なくされるビッグ・サーにおいて、ジョーンズは災害という非日常経験も自己変容の機会として肯定的に捉える。彼女は、日常のなかに非日常を内包し、非日常を受け入れながら軽やかに生き延びていく「ファイア・ジプシー」である。すなわち、ジョーンズもまた逗留者だ。定住しているとはいえ、それが続くわけではないという刹那性をジョーンズの作品から読み取ることができる。ビッグ・サーという場所と身体的・精神的に結びつき、その土地の歴史と一体化しようとするとき、人間は流転する世界のなかで一時的な存在にすぎないことが明らかとなる。

ビッグ・サーは、そこに住まう者ですら逗留者にすぎないことを意識させる場所である。ジェファーズは悲劇を通して非日常から浮かび上がる不平等な権力関係を描き出す。さらに日常と非日常の境界を解体し、その不平等な関係すらも包み込むような大きな生命循環の流れをわれわれに意識させる。一方でジョーンズは、〈非日常を内包する日常〉を生き延びることについてユーモラスかつ軽やかに素描する。そして、その土地と身体的・精神的に結びつくことで、連綿と続く自然史の一部として自身を捉え直す。山火事と隣り合わせのビッグ・サーにおいて、日常と非日常は容易に反転し、かつ相互に連関しながら〈生と死〉の営みを継続させるのである。

註

＊　本章は日本学術振興会（ＪＳＰＳ）科学研究費 JP19K13129 の助成を受けた研究成果の一部である。なお、英語文献からの引用はすべて拙訳である。

（1）カリフォルニア州森林防火局のウェブサイトを参照（https://www.fire.ca.gov/stats-events/）。二〇二一年二月時点では、二〇一八年七月に発生した北部での山火事が第二位に入っている他は、第五位まですべて二〇二〇年の山火事である。

（2）ビッグ・サーと呼ばれる地域に明確な境界はないが、内陸のサンタルシア山脈（Santa Lucia Mountains）から太平洋沿岸の州道一号線あたりまで、かつ北はカーメル（Carmel）から南はサン・ルイス・オビスポ（San Luis Obispo）あたりまでの一六〇キロ程度の地域を指す（Henson and Usner 8）。また、二〇世紀初頭から芸術家や作家らが住み着き、世間一般の規範から離れて生活できる土地としてのイメージが根付いている地域でもある（Starr 328, 347）。

（3）「人新世」という用語は、二〇〇〇年に大気学者のパウル・クルッツェン（Paul Crutzen）が国際会議の場で発言したことをきっかけに学問分野を横断して使用されるようになった。ただし、これを正式に地質年代として認めるかについては議論が分かれている。人文学分野における共通認識としては、地球環境に対する人間活動の影響が明白なものとなった時代として定義できる（Clark 18）。また、クリストフ・ボヌイユ（Christophe Bonneuil）とジャン＝バティスト・フレソズ（Jean-Baptiste Fressoz）は「人新世」を三段階に分けている。それによれば、第一段階は産業革命から第二次世界大戦まで、第二段階は一九四五年以降、第三段階は二〇〇〇年以降とされる（野坂訳 73-74）。

（4）以下、『ロビンソン・ジェファーズ詩集』（*The Collected Poetry of Robinson Jeffers*）からの引用に際しては CP と略記し、その後に巻数および頁数を示す。

参考資料

Anderson, M. Kat. *Tending the Wild: Native American Knowledge and the Management of California's Natural Resources*. University of California Press, 2005.

Arno, Stephen F., and Steven Allison-Bunnell. *Flames in Our Forest: Disaster or Renewal?*. Island Press, 2002.

Clark, Timothy. *The Value of Ecocriticism*. Cambridge University Press, 2019.

Didion, Joan. "Letter from Los Angeles." *The New Yorker*, vol 65, no. 29, 1989, pp. 92-99.

Henson, Paul, and Donald J. Usner. *The Natural History of Big Sur*. University of California Press, 1993.

Jeffers, Robinson. *The Collected Poetry of Robinson Jeffers*, vol. 1, edited by Tim Hunt, Stanford University Press, 1988.

——. *The Collected Poetry of Robinson Jeffers*, vol. 2, edited by Tim Hunt, Stanford University Press, 1989.

——. *The Collected Poetry of Robinson Jeffers*, vol. 3, edited by Tim Hunt, Stanford University Press, 1991.

——. *The Collected Poetry of Robinson Jeffers*, vol. 4, edited by Tim Hunt, Stanford University Press, 2000.

Jones, Linda Sonrisa. *Romancing the Sur: Reflections on Life in Big Sur*. Survision, 2018.

Karman, James. *Robinson Jeffers: Poet and Prophet*. Stanford University Press, 2015.

Keller, Lynn. "Green Reading: Modern and Contemporary American Poetry and Environmental Criticism." *The Oxford Handbook of Modern and Contemporary American Poetry*, edited by Cary Nelson, Oxford University Press, 2012, pp. 602-623.

Miller, Henry. *Big Sur and the Oranges of Hieronymus Bosch*. New Directions, 1957.（ヘンリー・ミラー『ビッグ・サーとヒエロニムス・ボスのオレンジ』田中西二郎訳、文遊社、二〇一二年）

Pyne, Stephen J. *California: A Fire Survey*. University of Arizona Press, 2016.

——. "The Fire Age." *Aeon*, 5 May 2015, aeon.co/essays/how-humans-made-fire-and-fire-made-us-human.

Rasula, Jed. *This Compost: Ecological Imperatives in American Poetry*. University of Georgia Press, 2002.

Solnit, Rebecca. *A Paradise Built in Hell: The Extraordinary Communities That Arise in Disaster*. Penguin, 2009.（レベッカ・ソルニット『災害ユートピア――なぜそのとき特別な共同体が立ち上がるのか』高月園子訳、亜紀書房、二〇一〇年）

Starr, Kevin. *Golden Dreams: California in an Age of Abundance, 1950-1963*. Oxford University Press, 2009.

Sugihara, Neil G., et al. "The Future of Fire in California's Ecosystems." *Fire in California's Ecosystems*, edited by Neil G. Sugihara, et al., University of California Press, 2006, pp. 538-543.

Viney, William. *Waste: A Philosophy of Things*. Bloomsbury, 2014.

Zaller, Robert. *Robinson Jeffers and the American Sublime*. Stanford University Press, 2012.

——. *The Atom to Be Split: New and Selected Essays on Robinson Jeffers*. Tor House Press, 2019.

篠原雅武『「人間以後」の哲学――人新世を生きる』講談社、二〇二〇年。

藤原辰史『分解の哲学――腐敗と発酵をめぐる思考』青土社、二〇一九年。

ボヌイユ、クリストフ／ジャン＝バティスト・フレソズ『人新世とは何か――〈地球と人類の時代〉の思想史』野坂しおり訳、青土社、二〇一八年。（Christophe Bonneuil and Jean-Baptiste Fressoz. *L'Événement Anthropocène: La Terre, L'histoire et Nous*. Seuil, 2016.）

三浦徳弘訳『ロビンソン・ジェファーズ詩集』国文社、一九八六年。

第2部

非日常のなかの日常

第5章 ニューヨークの幽霊たち
――マーク・トウェインと非日常

辻　和彦

はじめに――マーク・トウェインについて

サミュエル・ラングホーン・クレメンズは一八三五年にミズーリ州で生まれ、少年時代に植字工として東部各地で働いた。やがて蒸気船の操舵手となり、南北戦争勃発とともに西部へと移住し、新聞記者を経て小説家となる。旅行記作家として有名になり、やがて『トム・ソーヤーの冒険』(1876) と『ハックルベリー・フィンの冒険』(1885) の出版により、アメリカを代表する作家となっていく。そして一九一〇年にこの世を去るまで、勢力的に執筆活動を続けた。

1. ある誕生日会

一九〇五年一二月五日、寒風が吹くマンハッタンの五番街を、一台の馬車が駆け抜けていった。その客席から一人の紳士が、通り過ぎる街並みを眺めていたことだろう。その紳士は、一年ほど前から住んでいた九丁目と五番街の角にある自宅から、石畳の上を揺れながら、北上してきたのだ。馬車はまもなく四四丁目と五番街の角にあるデルモニコスという名のレストランに到着する。その男は馬車からゆっくり降りて、周囲を見渡しただろう。そのころには彼は、人前でよく純白のスーツを着るようになり、それは死後も彼のトレードマークとなるのであるが、その日は漆黒のドレススーツであった。少なからぬ人々が駆け寄ってきて、「第七〇波止場へようこそ」と笑顔で呼びかける。マーク・トウェインと名乗ってきたその男は、それにやはり笑顔で応え、建物内に入っていく。四〇人からなる楽団はもう演奏を始めている。数多くの著名人たちを含む、一七〇人の友人たちが、彼との乾杯を待ちわびている。一七〇体のトウェインの半身像が室内に設えられている。数えきれない給仕たちが、やはり数えきれないグラスや食器を各テーブルに運んでいる[1]。

すべては彼の七〇歳の誕生日を祝うために。

マーク・トウェインにとって、こうした公の場で行う誕生日会は、初めてのことではなかった。一九〇二年一一月二八日にもメトロポリタン・クラブで、六七歳を祝う誕生日パーティーを行っている。ただこの際は出席者は男性のみであり、多数の女性も参加した七〇歳の誕生日とはかなり趣は異なっていた（Henry, "SLC's 67th"）。

多分にマスメディアを意識したこのたびの大げさな祝賀会は、作家としての交際活動にしては盛大すぎるものであり、それはまさに彼が「パフォーマンス」を演じる演技者としての側面を持ち合わせた、「人気者」であったからである。公の場で「マーク・トウェイン」を演じること。それがニューヨークでの彼の仕事の一部でもあった。稀代のユーモアリスト「トウェイン」を演じることは、彼のニューヨークでの「日常」の一部であったともいえるだろう。

しかしながらその「トウェイン」というペルソナの下に、もう一人の男がいたこともまぎれもない事実である。その前年である一九〇四年六月五日にフィレンチェ近郊で、彼は妻オリヴィアを喪っている。家族というものが徐々に欠けていく過程のなかで、巨大な負債を講演旅行により自力で返したという「伝説の男」もまた、変容しつつあった。依然として創作意欲の衰えは見られないが、その年に出版され、ヨーロッパ帝国主義を激しく告発したことで話題となった『レオポルド王の独白』に見られるとおり、彼の作風は大きく変わっていった。また一九〇二年から書きはじめ、このころもまだ執筆していた『不思議な余所者四四号』の例に見られるとおり、一つの作品を「まとまったかたち」にすることが困難となっていった。それもまた「老い」のせいというべきなのか、それとも「仮面」の裏にいるはずのサミュエル・ラングホーン・クレメンズという男が、もはや変わり果てていたのか。パフォーマー「マーク・トウェイン」しか知らない読者たちや聴衆たちは、いずれとも知るすべもない。

それはその日の誕生日会の出席者たちも同様であっただろう。[2] 主催者であるジョージ・ハーベイには、その企画について明確な目的があった。自身が編集する『ハーパーズ・ウィークリー』誌の目玉イベントとし、マーク・トウェインというアメリカン・イコンを「売り出す」つもりなのだ。主賓紹介を行ったウィリアム・ディーン・ハウエルズは、トウェインに捧げるソネットを披露し、その「親友」たる地位をゲストたちに示した。だが最もトウェインに近いはずの、その彼らにしても、このサムという一人の男の素顔について、はたしてどれほど理解していたのだろう。

同様に、そのスピーチで二〇年前の二人のミシシッピ旅行を回想したジョージ・ワシントン・ケーブル、それを聞きながら微笑んでいたであろう若きウィラ・キャザー、取り繕った笑顔の下で居心地の悪さを隠していたであろうチャールズ・W・チェストナットなど各テーブルの文人たちも、この主賓が何を考え、何を思ってこの神輿に乗っているのか、うかがい知れなかったであろう。

アーサー・コナン・ドイル卿をはじめ数多くの著名人たちの電信が読み上げられ、主賓とともに入場する栄誉を授かった作家メアリ・エレノア・ウィルキンズ・フリーマン、オスカー・ワイルドによって紹介されたトルベツコイ公爵と結婚した作家アメリ・ライヴズ、当時は事業家というより慈善家となっていたアンドリュー・カーネギー、そして当時プリンストン大学学長であった夫ウッドロウ・ウィルソンが、のちにアメリカ合衆国第二八代大統領となることにより、「ファースト・レディー」に登り詰めることになるエレン・ルイーズ・アクソン・ウィルソンなどの華やかな著名人たちは、やはりにこやかな笑顔を見せ、談笑していただろう。シャンペンが注がれ、シェリーやソーテルヌで満たされたグラスが持ち上げられる。室内温度とともに、座の雰囲気も温まる。ニューヨークらしく、牡蠣、アオウミガメのスープ、キングフィッシュのムニエルといった海産物料理の皿が次々と運ばれる。さまざまなケーキ、砂糖菓子、アイスクリームとともにコーヒーがやってくるころには、冬の寒さは窓の外にしか存在しない。アメリカ初の「アラカルト」方式のレストランともいわれ、デルモニコ・ステーキをはじめ、数々のニューヨーク料理の名品を産み出してきたデルモニコスが醸し出す耽美な味覚世界に、死角などあろうはずがない。

まさに二〇世紀初頭のニューヨークに浮かんだ、真冬の幻ともいうべき「非日常」。それが彼の誕生日会であった。

「ニューヨーク社交界の花（Belle of New York）」であることを、自他ともに認めるマーク・トウェインという人物／現象。皮肉にもおそらくその二重性を当の本人と同じレベルまで理解していた人物は、その会場にはいなかったのかもしれない。ただ本人は出席できなかったものの、その手紙を会場で代読させたある人物は、公なる仮面と私なる素顔の相違について深く理解していたのだろう。アメリカ合衆国第二六代大統領セオドア・ルーズベルトである。「英語が話されるところであるならばどこであれ、もはや慣用句となったあの名前ならばいざ知らず、彼の本名によって彼のことを語るのは困難だ」（"Celebrate"）。このように語った、彼の手紙の朗読の後には、長い拍手が続いたという。

めでたい席での「贈る言葉」であるはずのメッセージのなかで、まさにある事象のイコンとなることに伴う二重性を、的確に指摘することができたのは、ルーズベルト本人が人前では常に、大統領という重い「公」の仮面を被らずにはいられない職務に就いていたからにほかならない。このルーズベルトの指摘どおり、この誕生日会の主賓は、すでにその本名で語ることができない存在となっていた。あるいはその本名が意味する「モノ」は、このような場では存在が希薄となっていた瞬間もあっただろう。いつも多くの人々に愛され、機知と微笑みを絶やさず、時として少なからぬ人々が共感する「正義」を掲げることもある、トウェインという仮面が前景化すればするほど、「彼の本名」は現実の世界から遠ざかっていったのだ。

　このように、おそらく史上最大規模の、一人の文人の誕生日パーティーという浮かれ騒ぎのなかで、当の本人がそれをどのように考えていたのかを知るのは困難である。ただ時間を巻き戻して、デルモニコス到着前に、馬車に乗り北上していたトウェインの胸中に去来したものの一つは、推測できるかもしれない。五番街を北上するとき、彼がしばしば考えていたであろうこと。そしてそのとき、四四丁目で止まらず、そのまま北上を続ければ、六六丁目東三番地近隣に至ることを考え合わせれば、トウェインの想いは、そこにある建物と、そこでの彼の思い出をめぐっていた可能性が高いことを指摘せずにはいられない。

2. 将軍の秘密

　一八八四年一一月にトウェインが六六丁目東三番地を訪れた際、そこはさる著名人の住居であった。トウェインの訪問の目的は、その人物、アメリカ合衆国陸軍大将であり、第一八代大統領を務めたユリシーズ・S・グラントに、自身の伝記を書かせることにあった。グラントは、しかしながら、すでに自伝の出版の準備をしており、他社と契約寸前であったのである。さらにグラントはこのとき喉頭癌に侵されており、もはや危険な域にあった。

　トウェインはグラントと一八六七年にワシントンDCで出会って以来、継続的に交流を深め、やがては友人として交際するようになっていた。トウェインは一作家としての立場から、早くからグラントに自伝執筆を勧めていたが、グラントは自分に文才を認めず、その気にならなかった。だが詐欺同然の事業への投資のため破滅への道をたどり、グラントは一八八四年の秋には莫大な負債を抱え込む身となっていた。

一八八四年一一月にトウェインがグラントの邸宅を訪れた際、彼がどの程度この後の行程を見通し、その勝算を見抜いていたかについては不明であるが、いずれにしても彼がそれをうまくやり遂げたことは間違いない。トウェインはグラントが進めようとしていた『センチュリー・マガジン』との出版契約において、ロイヤリティが並の一〇パーセントであることを指摘し、自身が経営するチャールズ・L・ウェブスター社ならば、売上の七〇パーセントの利益が支払われると示唆した。トウェイン自身が翌年アメリカで出版することになる『ハックルベリー・フィンの冒険』と同様に、訪問販売員たちが直接各家庭に売り歩く「予約購読」システムを用いて販売すれば、これまでとは桁違いの利益が生まれることも、抜かりなく合わせてグラントに伝えた。家族に巨額の負債を残してこの世を去ることだけは避けたいと願っていたグラントは、こうしてトウェインの手に落ちた。「予約購読」訪問販売員たちの数多くが、南北戦争退役兵であったことも、グラントの決断に影響したのかもしれない。

南北戦争の英雄であったグラントはこのようにして、自身が経験したいかなる戦場よりも過酷な、最後の舞台へ赴くことになった。末期癌患者として、絶えず痛みに苦しめられ、食べることも、飲むことも、寝ることも、時に呼吸することすらも満足にできない状態で、彼はおそらく震える筆で、自身の軍歴を、そして人生を記しつづけた。ついに自分で筆を執ることができなくなってからは、口述筆記に切り替えた。トウェインは定期的にグラントを訪問し、彼を鼓舞し、助言を与え、校正を手伝った。癌が全身転移し、もはや話すこともできなくなったグラントは、一八八五年六月中旬にニューヨーク郊外のマックレガー山にあった山荘に移動し、最後の編纂作業に入ったが、その際もトウェインは数日に及ぶ滞在をし、グラントの作業を手伝いつづけた。こうして七月二三日に、グラントはこの世を去った。

死後すぐに出版され、大いなるベストセラーとなったことで、グラントの名誉と彼の家族の生活を救った『グラント将軍回顧録』二巻本は、トウェインにとっても得難い救世主であった。『ハックルベリー・フィンの冒険』出版直前のトウェイン自身の経済状態も恵まれたものではなかったが、『回顧録』出版はそれを救うと同時に、チャールズ・L・ウェブスター社が船出した、「予約購読」システムがもたらす「ブルーオーシャン」が豊漁なる市場であることを、証明して見せた。さらにトウェインは単に作家や講演者としての側面だけではなく、プロデューサー、企画者、実業家としての腕の確かさも、この『回顧録』出版で世に知らしめた。まさにグラントの死とその今際（いまわ）のときの炎が、トウェインの人生を変えてしまったのである。

残念ながらトウェインの出版業界での成功は、この後一〇年ほどしか続かず、チャールズ・L・ウェブスター社は一八九四年に倒産し、トウェイン自身も破産することとなる。だがその成功の頂点にいる間、そしてそこから滑り降り、負債を返すための世界講演旅行に出かけている間、負債を返し終わり、国民的歓迎を受けて一九〇〇年に帰国した後もなお、常にトウェインの胸の片隅にあったのは、取り憑かれたかのようにひたすら筆を走らせようとする、あるいは語りつづけようとするあの末期癌患者の姿であっただろう。その場所が、マンハッタンの高級邸宅の、あるいは富裕層が滞在する避暑地の山荘の、優雅なる「日常」に取り囲まれていたからこそ、すさまじい迫力で自らを語りつづけようとする一人の男の「非日常」は、鬼気迫るものであっただろう。

そしてトウェインは知っていたのだ。この「非日常」の力の源泉は、家族に負債を背負わせまいとする将軍の意思の強さだけではなかった、と。

途絶えることのない痛みを訴えるグラントに、医者が処方していたのは、ビン・マリアーニだった。ワインとコカアルカロイドをブレンドした、このいわゆる「コカワイン」は、死の床にいる病人に衝撃的な効果を与え、その癌の進行度にもかかわらず、一日に八時間もの執筆を可能にさせるものであった（Schwartz）。さらに将軍の咳が止まらないときには、医者はブランデーをこの病人に皮下注射しさえした。

グラントはもともと、南北戦争中にはアルコール依存症であることを上司から指摘されたことがあり、それが彼の完璧であるはずの軍歴における傷でもあった（Perry）。戦争後は奮起してアルコール依存から抜けられたが、今度は日々すさまじい数の葉巻を吸うようになり、それがのちの喉頭癌を引き起こす原因となった。つまり、彼は将軍時代から何かに依存せねば生きていけない「依存体質」であったのかもしれず、晩年のコカ／アルコール依存の姿も、あるいはそうした彼が当然行き着くべきところであったのかもしれない。

それを横目で眺めながら、将軍の原稿の校正作業を行っていたトウェインが、どのようにその光景を捉えていたのかは、やはり不明であるといわざるをえない。しかしながら、のちに彼が自分の人生を振り返った際に、あの日の光景が必然的に、彼の過去という物語のどこかに影響を与えていたことは、容易に推測できるだろう。

3．すり替えられた人生

トウェインは『ハーパーズ・バザール』誌の依頼に応えるかたちで、一九一〇年に「わが人生の転換期」というエッセイを発表している。そのなかで、彼は文字どおりの自分の人生の転換期を、若き日の以下のような出来事に置いているのだ。

［私が読んだ本の著者は］コカについても、驚くような話を記していた。驚くべき力を秘めた植物であり、たいへん滋養に富み、強壮作用があるので、マディラ地域の山々に住む原住民たちは、一摘みの粉末状のコカを摂取するだけで他に何も摂らず、一日中登り下りを繰り返すのであると断言していた。

私はアマゾン河を遡りたいという情熱に取り憑かれた。世界中に向けてコカの貿易を始めたいという情熱にも。数か月間私はそれを夢見て、パラグアイへ至る道を模索しようとした。疑うことを知らぬこの星で、華麗なる事業に取り掛かるのだと。だがそれは無駄だった。人は好きなだけ計画することができるが、因果が巡るかは別の話だ。ついに魔法使いのような「因果」がやって来て、その事を始めてくれる日までは。ついに因果が私を助けにやって来た。こんな風だった。因果は、別の男を助けるか困らせようとして、通りで彼から五〇ドル札を失くさせた。そして私を助けるか困らせようとして、私にそれを拾わせた。私は軍資金を公然のものとし、その日のうちにアマゾン河へと向かったのである。これがもう一つの転換点であり、もう一つのリンクでもあった。

因果は、あの街の他の住人にアマゾンへ向かわせ、五〇ドルの財源でコカの世界貿易を行うように命じ、そのように従わせただろうか？　いいや、私がそのただ一人であった。他のおバカさんたちが、そう、そんな連中がたくさんいた。だが連中は、私とは違った。私はただ一人の、その運命をたどることになる人間だった。（Twain, *Collected* II 932-933）

トウェインは自身の『自伝』のために、一九〇六年三月二九日に口述筆記を行っているが、このなかでも一八五六年か五七年の思い出として、この「拾った五〇ドル札を元手に、アマゾンでコカを仕入れて、売りさばく」アイデアを実行しかけたことを語っている（Smith, *Auto*）。だがロバート・サトルメイヤが「蒸気船、コカイン、紙幣――マーク・トウェイン自己再構成」において詳細に論じるとおり、これは明らかに偽造された「個人史」である。南北戦争が終わった一八六一年にはアメリカ合衆国政府は紙幣を発行しておらず、それ以前にも紙幣は存在していたが、各銀行が独自に発行していたものだった。またコカは、トウェインが影響を受けた『アマゾン流域の探検』（Herndon）の記述にもあるとおり、現地人が葉を噛んで成分を摂取することはあったものの、精製された「粉」として流通していなかったのである（Sattelmeyer 87-100）。

しかしながら一八八〇年代にはコカは加工され、さまざまな薬や飲料に使用されるようになり、「粉」のコカインとしても流通するようになっていた。つまりトウェインがコカの「力」に魅了されたのは、安定した生活が送れるとは言い難い印刷工から蒸気船パイロットに転職する過程の一八五〇年代後半ではなく、その使用が人体に大きな影響を及ぼすことが認識されはじめた一八八〇年代であり、それを学んだ体験の場の一つは、明らかにグラント将軍の寝室だったのである。また、トウェインが自らの『自伝』執筆のために取り入れた口述筆記というスタイルも、グラント将軍からの影響が最も大きく作用したことは指摘せねばなるまい。

コカインの依存性については、トウェインが「わが人生の転換期」執筆や『自伝』口述筆記に携わった二〇世紀初頭においても、まだ深刻に捉えられていなかった。だが、存在しない五〇ドル札を元手に、やはり存在しない「コカ（イン）の粉を売りさばいて大儲け」する計画を語るトウェインの姿には、人間の限界をはるかに超えて「人生を語る」グラント将軍の影が重なる。トゥエインの多くの作品がそうであるように、トウェイン本人にもどこまでが「事実」でどこまでが「虚偽」なのか、もはや不明だったであろう言説のなかに浮かび上がるのは、それら自体は意味をもたず、ばらばらなものとして存在する数々のファクトから、一つの「プロット」をすくい出し、ある一定の「意味づけ」を行うことができる、「怪物」の姿だ。

もちろん誰しも、意味をもたないはずの個々の事実から、意味を意図的に「読み取る」ことにより、自分の人生を定義づける傾向はある。しかしながらコカとアルコールの力を借りて、自らの伝記のなかで、「軍歴は立派であるが、無能な大統領」だったという汚名を雪ぎ、道徳心と決断力をもった「アメリカン・ヒーロー」として生まれ変わったグラントのように、トウェインも自作品中でしばしば「生まれ変わった」。一例を挙げるとすると、一八八五年『センチュリー・マガジン』一二月号に掲載された「従軍失敗私記」が適切だろう。一八七七年などにスピーチなどで簡単に触れられたことはあったものの、南北戦争終結から二〇年後のこのエッセイにて、トウェインはようやく自らの南軍従軍の事実を文章に記して公に認めたが、自らの属する部隊が一人の男を撃ち殺したことへのショックで除隊したという「イノセントな自画像」を描くのみで、「南軍」のもとにあったはずの自らのアイデンティティは、冒頭でも曖昧にぼやかされて示されるのみであった。南部への帰属意識はこうして明確にされないまま作品中で昇華され、父が奴隷所有者であったはずの男は、それについての見解を明示することもなく、いつのまにかポスト・ベラム社会の「アメリカ」の象徴に納まっていく。「マーク・トウェイン」の言説をめぐると、しばしばつきまとうこの気味が悪い「不透明な転移」は、喜劇と悲劇を容易にすり替えることができる天才であるから可能な技なのであり、『グラント将軍回顧録』が出版後に、その真実の作者がマーク・トウェインであると囁かれたのも、まったく根拠がないわけではない。グラントの経歴、評価、アイデンティティなどの意味を変容させたのが、この『グラント将軍回顧録』であったとすると、それはまさに作家トウェインが得意なことであったからである。誰が実際に執筆したかではなく、誰がこの書物によって「ユリシーズ・S・グラント」という記号の意味を変えて見せたのかというと、それはまぎれもなく、この本の出版を企画したトウェインだった。そもそも『センチュリー・マガジン』からグラントとの出版計画を奪い、代わりにその因縁の『センチュリー・マガジン』に『グラント将軍回顧録』出版同年に、自らの軍歴や「南部」ルーツを明かす「従軍失敗私記」を掲載して見せたのは、単に偶然であったといえるだろうか。「すり替え」名人であるトウェインがこのときすり替えて見せたのは、グラントと自分の社会における「あり方」だけではなく、自身の文壇での政治的ポジションでもあった。『グラント将軍回顧録』を出版し、「従軍失敗私記」を『センチュリー・マガジン』に掲載すると同時期に、彼が行っていたのは、前作『トム・ソーヤーの冒険』から八年もの時間をかけ、奴隷制という、国家としてのアメリカの苦い思い出を主題とし、その意味で作家として勝負に打って出た『ハックルベリー・フィンの冒険』という名の小説の出版であったのであり、またそれは自身の出版社であるチャールズ・Ｌ・ウェブスター社の、革新的な「予約購読」システムの稼働開始でもあったのである。以下において示すとおり、まさに彼は自分の運命をもすり替えていたのであった。

４．依存と健康

一九〇五年一二月五日にトウェインが一七〇人の友人たちを前に、デルモニコスで行った誕生日会スピーチにおいて、長寿のための健康習慣について彼が語ったことを要約すると、以下のようになる。

・四〇歳になってから、規則正しく寝起きするようになった。起きている人が周囲にいなくなれば眠り、起きなければならなくなったら起きる。
・朝食を八時に摂ったら、夕食を七時半に摂るまで、飲食はしない。夜食も最近やめた。
・葉巻は安いものを買い、起きているときはどんどん吸っている。
・酒については、周囲の人が飲めば付き合い、そうでなければ飲まない。

・七歳のときから、薬はほとんど服用しない。
・運動は一切しない。
・他の人がこれらの習慣を真似ても、長寿を全うできない。（Twain, *Collected* II 713-718）

あたかも自由奔放に生きたいように生き、当時の常識からしても健康習慣などなかったかのように語る彼であるが、これらの言葉のなかでも、聴衆を笑わせるためのジョークの部分を省くと、実はそれなりに堅実に暮らしていた姿も垣間見える。特に酒や「薬」については、グラント将軍も含め、周囲にそれなりにそうしたものにのめり込んだ者たちがいたはずであるのに、非常に慎重に一線を画して生きていたことが上記からも理解できる。まさにペンネームの意味するとおり、危険を大きく避けることもせず、かといって「難破」することもない。常に「ぎりぎり」のラインを攻め、きわどい成功を収める。文筆業における彼のポリシーは、依存を誘うような嗜好品に対しても当てはまり、過度に神経質にもならないが、常に警戒心を保っていたと考えられるのではないか。

そもそもトウェインは一八五三年六月、彼が一七歳のときに、ミズーリ州ハンニバルの家を一人で離れ、セントルイスを経由してニューヨークへ向かった理由を、「酒を飲まない植字工にはたくさん仕事があるって聞いたから」（Branch）と、八月二四日に母に宛てた手紙のなかで述べていた。

また、やがてニューヨークからフィラデルフィアに移動した彼は、同年一一月二八日に兄オーリオンに宛てた手紙のなかで、「東部の人々は実直の鑑だと思っていたけど、この場所で見たほど、ウィスキーをがぶ飲みし、神を罵る不信心者たちが多くいるのを見たことがない。『インクワイラー』誌のオフィスで、酒を飲まないのは僕一人のようだ。ある若者は数週間で一八ドル稼いだけど、大いに浮かれ騒いで、一セントに至るまで使い果たしてしまった」（Branch）とも語り、自分が故郷を離れる際に家族と約束したとおり、それ以来まったく飲酒していないことをここでも強調している。

セントルイスで仕事仲間だった友人アンソニー・ケネディがのちに回想した際にも、次のような事実が指摘されていた。「クレメンズについて覚えている、いちばんはっきりしたことは、あいつが仲間ではないということ。他の商いの奴らよりも、植字工は赤ウィスキーをたくさん飲めるという誇らしい特権があったけど、俺が思い出せる限りは、クレメンズはまったく飲まなかったな」（Branch）。

トウェインが若い時代から強い自制心で、アルコールから身を引き、同じ境遇の職場仲間たちとも一線を画していたことは、上記の例で明らかである。彼とアルコールの関係については、少なくとも一度は留置所に勾留されるなど、三〇代のころに深刻な問題を抱えていたという説もあり（Seybold）、結婚しようとしていたころに妻となるオリヴィアから禁酒を求められ、しばらくそれを続けていたのは[3]、アルコールに弱い自身を自覚していたという考え方もある。だが、彼がアルコール依存症の域に達していたと断言できる確たる証拠はなく、彼がそこには達したことはないと考えるのが、現在の研究成果をもとにする限りもっともな見解であろうし、また生涯を通しては、むしろその逆の立場であったことに異論はないだろう。

一方で煙草については、彼は嚙み煙草、パイプ煙草なども経験してきてはいるが、最も愛した愉しみ方は、葉巻煙草であった。本数や喫煙時間に制限を設けず、いくらでも吸うと上記の誕生日会スピーチでも語ってはいるが、一般的に葉巻での喫煙は肺に過度に煙を入れることなく、口腔で香りを愉しむことに主眼がある。また紙巻煙草（シガレット）などと異なって巻紙や燃焼促進剤が存在しないので、燃やすのは煙草葉のみであり、煙におけるタールなどの含有量も少なく、煙の温度も比較的低温であり、結果的に人体を傷つける要因が少ない。しかもトウェインがこだわって好んでいた「安い葉巻」は、形態も小さめで、一本あたりの喫煙時間は短かったと考えられるし、安いだけに有効成分（依存の要因や人体に有害となりうるニコチンなどの物質）も少なかった可能性もある。そのように考えると、最もトウェインが放埒（ほうらつ）に接してきたかのように思われてきた煙草ですら、彼なりの直感を働かせ、できるだけ危険要因を避けて吸っていたともいえるかもしれない。

一八九七年に出版された『赤道をたどって』のなかでトウェインは、彼が乗船した船で出会った若いカナダ人が、酒をやめる誓いを立てては破っていることを記したうえで、次のように長々と語っている。

禁酒するという誓いを立てる方法は、二つの点でまずい。まずそのトラブルの根源を断つことができない。そんな風に誓いを立てることは、人間の性（さが）に宣戦布告するようなものだ。また誓いというものは、いつも音を立てて、それを付けている者に、お前は自由ではないと知らせる鎖のようなものなのだ。

私は、誓いを立てる方法では、そのトラブルの根源を断つことができないと述べたが、もう一度繰り返したい。問題の根源は飲酒ではなく、飲酒への欲望なのだ。（中略）

欲望が心に侵入してきたら、ただちに締め出さないといけない。いつも注意して見張っていないと、欲望は侵入してくるのだ。やがて乗っ取られ、占拠されることに甘んじることになる。二週間絶えず撃退すれば、欲望は枯れ果てる。飲酒癖もそれで治すことができるはずだ。（中略）私もよく誓いを立てたが、すぐに破ってしまった。私の意思は強くなく、どうにもならなかった。（中略）若いころに、私はあらゆる種類の誓いを立て、それらを守るために最善を尽くした。しかし守ることはできなかった。なぜならば私は習慣の根源たる欲望を根絶しなかったからだ。私は普通一か月以内に誓いを破ってしまっていた。（Fishkin, *Following* 29-33）

意思が弱く、禁煙などができないことを素直に告白しているように見せておきながらも、また過去においてそうしたものへの欲望を根絶することができなかったことを認めながらも、「依存」の問題において何が重要なのかを的確に見抜き、それをコントロールすることの重要性を語っているのがこの一節の意義であるとするならば、トウェインが当時としては長命を果たしたのは、やはり偶然とはいえないだろう。

だが、「依存」問題の根源が欲望のコントロールであることを見抜き、そうであるがゆえに、ぎりぎりのラインを見切っていつも成功することができた彼であっても、長寿のための健康習慣改善のような日常生活の問題から離れ、歴史のコンテキストを変えるような大きな「成功」を収めようとするときは、巨大なリスクがそこにあり、無傷でそこから逃れることは、相当困難であることも理解していたはずである。あの日、元大統領の邸宅で見た光景は、まさにその象徴たるものであった。グラントは自らの心も体も犠牲にして、その死後の名誉と、残された家族のための資産を攻め取った。同時にトウェインの描いた、より大きな見取り図においては、戦争の英雄であり大統領を二期続けた男の自伝を、「予約購読」という画期的なシステムにより、「売り抜いた」という業績は、文壇における「マーク・トウェイン」というブランドの決定打となった。だがそのためにトウェインが犠牲にしたのは、彼の「素顔」であった。たとえその決定的な時期に彼自身がそのことに気づいていなかったにせよ、それは数十年を経て、歴史の表に浮かび上がることになる。

5．下院で蔑まれた男

一九〇五年のニューヨークでのトウェインの誕生日会から三五年を経た後、アメリカ合衆国下院議会において、「有名アメリカ人記念切手」発行の審議が一九四〇年一月二四日から行われた。シリーズ最初である五枚中の一枚の図柄として、マーク・トウェインが予定されていた。ミズーリ州ハンニバルが販売開始の場所に選出されていたが、審議の初日にコネティカット州選出のウィリアム・ジェニングス・ミラー議員は、ハンニバルはトウェイン生誕の場所ではないこと、またほとんどの有名作品がコネティカット州ハートフォードで執筆されたことを前提にして、販売開始場所をハンニバルとハートフォードの二か所にし、折半して販売することを提案した。しかしながらミラーは思わぬ反論に遭うことになった。

その翌日、ミズーリ州選出のジョセフ・B・シャノン議員は、トウェインは「本物のミズーリ州民気質ではない」と断じ、トウェインが南北戦争において南軍従軍から逃れた「脱走兵」であると述べたのである。また彼は、トウェインが属した義勇軍を組織したジャック・バーブリッジ大佐が四年間南北戦争を闘い抜いたことを賛美し、トウェインが「たった四分しか」戦場にいなかったと事実をねじ曲げてまで罵ったうえで、バーブリッジ義勇軍の部隊長であったビリー・イーリー大尉の言葉を引用した。「ミズーリの同志に申し上げるが、われら部隊に臆病者はたった一人しかいなかった。その名はサミュエル・L・クレメンズだ」(United 699)。

シャノンが何を思って、ハンニバルが記念切手の初販売場所になる栄誉と利権を進んで手放そうとしたのかについて、推測することは難しい。ただ、下院議員という職にある以上、思いつきや個人的感想の次元で、この発言を下院議会で行ったとは考え難い。また、シャノンが短時間でトウェインの除隊に関する資料をそれなりに集めていることを考慮すると、南北戦争終了から七五年がたったこの時点でも、南軍を「脱走」したトウェインを「許せない」と考えていた人々が、地元の支持者たちの一定層にいたことは間違いないのではないか。それは単に「脱走」したということだけにとどまらず、もともと「奴隷所有者」の息子である「南部人」だった男が、戦場から姿を消し、西部を通過して、いつのまにか東部文壇で活躍する「北部人」となっていたことへの警戒心、あるいは敵対心が背景としてあったとも推測できる。

トウェインが自身の華麗なマジックにより、北部軍人であった「敵」たるグラント将軍と友人になり、彼の元部下たちを使って「予約購読」システムを稼働させたことは、ここまで何度か指摘したとおり、グラントとトウェインに奇跡的な転換点をもたらした。だが、それは「置き去りにされた」トウェインの故郷の人々の心中を多分に傷つけるものであったことも、また確かであろう。

先に述べたとおり、トウェインが設計した「予約購読」システムに乗って、『グラント将軍回顧録』二巻本を全米で売り歩いた訪問販売員たちの多くが、南北戦争退役兵であり、かつてのグラントの部下の末端であった。彼らは各家庭を訪問するときに、しばしば着古した北軍軍服を着用していた(Miller)。訪問される側の家庭がそうした販売員たちをどのように迎えねばならず、彼らが差し出す商品に対してどのように接しなくてはいけなかったかについては、想像に難くない。

つまりこのベストセラーが産み出した富は、かつての軍事指揮系統の転用がもたらしたものであったわけであり、そのオペレーションの指揮者こそ、マーク・トウェインであった。彼は以前の「敵」のなかにいつのまにか入り込み、その将軍のための作戦を、壮大な規模で指揮した「司令官」に昇り詰めていたわけである。

そのように考えれば、同じ年にやはり「予約購読」システムで売り出された『ハックルベリー・フィンの冒険』が、なぜ今日までアメリカ文学古典を代表する作品だと捉えられ、その作者たるトウェインが正典作家としての地位をこの作品で確保できたのかについても、非常に明快に説明できる。「貧乏白人の息子である、ホームレス少年」という、社会的最下層にある主人公ハックの設定は、どのような読者にも親和性が高いものであり、この設定ゆえに、もともとハックが「奴隷制度」とそのイデオロギーを微塵も疑いはしないことについて、「北部人」が反感をもつこともない。一方でハックがやがて旅の友である逃亡奴隷ジムとの「筏での漂流」を通じて、漠然とはしているものの、「奴隷制度」への疑問を強めていくプロット展開は、正面からの論理的な「奴隷制度」批判とは異なり、「南部人」の怒りに必ずしも油を注ぐこともない。こうして「奴隷制度」をめぐって二つに分裂し、壮大な戦争を繰り広げた国家は、その二〇年後に、北部の「力による勝利」も南部の「敗北の挫折」も俎上に載せることなく、それらの哀しみ、怒り、苦しみを一つに統べる「一つの物語」によって、再び「一つ」につなぎとめられる。まさにフィクションのみがなせる業であると断じることができるだろうし、それをやってのけたのが、その都度必要な「嘘」をいくらでも吐くことができる異能の主人公ハックと、ジョークと「嘘」で聴衆をいかようにでも操ることができた「魔術師」たる講演者の作者マーク・トウェインであったのは、ある意味でもっともなことであった。

おわりに——魔術師の誕生

一九〇五年一二月五日、寒風が吹くマンハッタンの五番街を、一台の馬車が駆け抜けていった。その客席から一人の紳士が、もの思いにふけって五番街の風景を眺めていただろう。亡くなった友の邸宅は、さらに北上した六六丁目東三番地にある。そこで彼は、薬物が人間にその限界を打ち破らせて、すさまじい力を発揮させる非日常的光景を、まざまざと見た。

あるいは彼は馬車を降りて、華やかなデルモニコスの入り口を入るときに、一度だけ振り返りはしなかっただろうか。地方の田舎町出身の一七歳の印刷工が、どぎまぎしながら街をそぞろ歩き、一八五三年ニューヨーク万国博覧会の目玉であった水晶宮を口を開けて眺めている。そんな思い出をたどりはしなかっただろうか。

さもなければ一八六七年一二月に、初めてあの黒髪の女性に出逢った日のことを振り返りはしなかっただろうか。のちに妻となるオリヴィアを、彼はこのニューヨークで最初に目にし、そして最初にこの街で彼女とデートしたのであった。

室内では多くの知人たちが彼を待ち受けている。

グラスと食器が触れ合う音。万雷の拍手。主賓の歩みを見つめる人々のまなざし。

マーク・トウェインはそのとき、サミュエル・ラングホーン・クレメンズのことをまだ憶えていただろうか。

本章ではマーク・トウェインの七〇歳の誕生日会を皮切りに、アメリカン・イコンになった彼の偶像的側面と実像との関係性を論じた。先に触れたとおり、一作家の誕生日としてはおそらく最も華やかな誕生日会であり、その当時としては第一級の著名人たちがお祝いに訪れた。現役の大統領が手紙を寄せ、のちのファースト・レディーが出席していたことからも、きわめて政治性が高いイベントであったともいえる。

トウェインというアメリカ正典作家をかたち作ったのは、間違いなく一八八五年に出版した『ハックルベリー・フィンの冒険』の商業的成功であった。つまり一八八五年こそが「マーク・トウェイン」が誕生した年であるという説明も可能であろうが、もう一つ重要なのは、この年はトウェインがプロデュースした『グラント将軍回顧録』二巻本が出版された年でもあったということだ。モンスター的妖力をもつ魔術師である彼がいかにして日常と非日常の瀬戸際を駆け抜け、新しい仮面を創造することに成功したのか。その謎を解くうえで、この回顧録の出版背景は重要である。娘クララによると、大統領に推する声すらもあったこの男を祝うために（Clara 238）、アメリカ最古のレストランともいわれるデルモニコスで盛大に行われた誕生日会の背景に、はたしてどのようなドラマツルギーが存在したのか。本章では以上のようなテーマに迫った次第である。

註

＊ 本章は、二〇二一年一二月一一日にオンラインにて行われた日本アメリカ文学会東北支部一二月例会でのシンポジウム「コロナ禍で読み直すアメリカ文学」にて、「ニューヨークの幽霊達――マーク・トウェインと非日常」とのタイトルで口頭発表した論考を修正、加筆したものである。なお、本章の引用文は、筆者自身が日本語に翻訳したものである。

（1）ここで記した七〇歳の誕生日パーティーの様子は、翌日のニューヨーク・タイムズの記事を中心に、ニューヨーク・パブリック・ライブラリの貴重な資料の助けを得て、再構築した。詳細については参考資料をご覧いただきたい。

（2）トウェインの七〇歳の誕生日パーティーはその他にも、別の日にメトロポリタン・クラブで、親しい友人だけを集めて行われたものもあるようである（Henry, "Harper"）。

（3）一八六八年一一月二九日（推定）に姉パメラに宛てた手紙において、トウェインは「もう蒸留酒は飲まない。完全に正しいことしかやらない。僕は向上してるんだ」と述べていた（Smith, *Letters*）。また一八七〇年一月一三日には翌月に妻となるオリヴィアに次のように述べていた。「蒸留酒をやめたのは、君が望むからだ。

醸造酒もやめたが、まさに君が望んだからだ」（Fischer）。

参考資料

Branch, Edgar Marquess, et al., editors. *Mark Twain's Letters, 1853–1866*. Mark Twain Project Online, 2007. https://www.marktwainproject.org/xtf/search?category=letters;rmode=landing_letters;style=mtp

"Celebrate Mark Twain's Seventieth Birthday. Fellow-Workers in Fiction Dine with Him at Delmonico's. Hear Why He Live So Long and How They, If They Resemble Him, May Reach Seventy, Too - Roosevelt Sends Congratulations." *The New York Times*, December 6, 1905.

Clemens, Clara. *My father, Mark Twain*. Harper, 1931.

Fischer, Victor, et al., editors. *Mark Twain's Letters, 1870–1871*. Mark Twain Project Online, 2007.

Fishkin, Shelley Fisher. *The Oxford Mark Twain*. 29 vols. Oxford University Press, 1996.

Grace, Roger M. "Before There Was Coca-Cola, There Were Other 'Cocas.'" *Metropolitan News-Enterprise*, January 5, 2006.

Henry W. and Albert A. Berg Collection of English and American Literature, The New York Public Library. "Harper, J. H. Mark Twain's seventieth birthday party. Typescript, unsigned, undated." The New York Public Library Digital Collections. 1934. https://digitalcollections.nypl.org/items/e2b90e20-c24f-0131-98f3-58d385a7b928

Henry W. and Albert A. Berg Collection of English and American Literature, The New York Public Library. "Caricature self-portrait, etched on copper. Party favor for SLC's 67th birthday dinner guests. For Mr Van Tassell Sutphen." The New York Public Library Digital Collections. 1902-11-28. https://digitalcollections.nypl.org/items/05e53df0-4830-0132-ed9e-58d385a7bbd0

Henry W. and Albert A. Berg Collection of English and American Literature, The New York Public Library. "Caricature self-portrait, etched on copper. Favor for SLC's 67th birthday party guests. For Mr W. M. Laffan." The New York Public Library Digital Collections. 1902-11-28. https://digitalcollections.nypl.org/items/fa3f5f30-482f-0132-c835-58d385a7bbd0

Herndon, William Lewis and Lardner A. Gibbon, *Exploration of the Valley of the Amazon*. Robert Armstrong, 1853.

Lionel Pincus and Princess Firyal Map Division, The New York Public Library. "Map of Manhattan and part of the Bronx." The New York Public Library Digital Collections. 1904. https://digitalcollections.nypl.org/items/55f84ed0-f3b2-0130-4c3c-58d385a7b928

Lionel Pincus and Princess Firyal Map Division, The New York Public Library. "New York." The New York Public Library Digital Collections. 1905. https://digitalcollections.nypl.org/items/58f9cec0-f3b2-0130-106e-58d385a7b928

Miller, Craig E. "Give the Book to Clemens." Historynet. 2000. https://www.historynet.com/give-the-book-to-clemens-page-1-december-2000-american-history-feature.htm

The Miriam and Ira D. Wallach Division of Art, Prints and Photographs: Photography Collection, The New York Public Library. "Dinner Party on his [Mark Twain's] seventieth birthday, from Harper's Weekly, Dec. 23, 1905" The New York Public Library Digital Collections. 1860-1920. https://digitalcollections.nypl.org/items/510d47d9-baef-a3d9-e040-e00a18064a99

Perry, Mark. Grant and Twain: *The Story of a Friendship That Changed America*. Kindle ed., Random House, 2004.

Rachels, David, editor. *Mark Twain's Civil War*. University Press of Kentucky, 2007.

Rare Book Division, The New York Public Library. "In honor of the seventieth birthday of Mark Twain [held by] Mr. George Harvey [at] Delmonico's." The New York Public Library Digital Collections. 1905. https://digitalcollections.nypl.org/items/14e18510-c53f-012f-724c-58d385a7bc34

Rees, Robert A. and Richard Dilworth Rust. "Mark Twain's 'The Turning Point of My Life'." *American Literature*. Vol. 40, No.

4 (January 1969), pp. 524-535. Duke University Press, 1969.

Sattelmeyer, Robert. "Steamboats, Cocaine, and Paper Money: Mark Twain Rewriting Himself." *Constructing Mark Twain: New Directions in Scholarship*. Uniersity of Missouri Press, 2002.

Schwartz, Allan B. "Medical Mystery: What Nearly Kept U.S. Grant from Finishing His Memoirs?" *The Philadelphia Inquirer*, April 2, 2017. https://www.inquirer.com/philly/health/Medical-mystery-What-nearly-kept-US-Grant-from-finishing-his-memoirs.html

Seybold, Matt. "Drinking with Twain: A Rare Manuscript." *Center for Mark Twain Studies*. 2019. https://marktwainstudies.com/drinking-with-twain-a-rare-manuscript/

Smith, Harriet Elinor, editor. *Autobiography of Mark Twain*. Vol. 1. Mark Twain Project Online, 2010. https://www.marktwainproject.org/xtf/view?docId=works/MTDP10362.xml;chunk.id=d1e14329;toc.id=;toc.depth=1;citations=;doc.view=;brand=mtp;style=work#X

——, et al., editors. *Mark Twain's Letters, 1867-1868*. Mark Twain Project Online, 2007. https://www.marktwainproject.org/xtf/search?category=letters;rmode=landing_letters;style=mtp

Twain, Mark. *Mark Twain: Collected Tales, Sketches, Speeches, and Essays*. 2 vols. Library of America, 1992.

United States of America Congress. *Congressional Record: Proceedings and Debates of the 76th Congress. Third Session*. Vol.86. Part 1. January 3, 1940, To February 7, 1940. United States Government Printing Office, 1940.

White, William L. *Slaying the Dragon: The History of Addiction Treatment and Recovery in America*. Chestnut Health Systems, 2014.

第6章

一九二〇年代のアメリカ小説と（非）日常
――『グレート・ギャツビー』を中心に

坂根隆広

はじめに――「奇跡の時代」の（非）日常

日常だと思っていた生活が非日常だったとわかる。あるいは、長く続くはずがないと思っていた非日常的な日常が終わって、本当の日常が始まる。

F・スコット・フィッツジェラルド（F. Scott Fitzgerald, 1896-1940）のエッセイ「ジャズ・エイジのこだま」（"Echoes of the Jazz Age," 1931）に流れているのは、そのような深い覚醒の感覚である。「ジャズ・エイジ」とも「狂騒の二〇年代」とも呼ばれるアメリカの一九二〇年代の最大といっていいかもしれない特徴は、それが明確な「終わり」をもつことだ。バブル景気に支えられたこの一〇年間は、フィッツジェラルドの言葉を借りるならば、一九二九年一〇月に「壮観な死」を迎える。[1] 大恐慌がアメリカを襲ったのだ。

このエッセイを彼が発表したのは一九三一年。まだ二〇年代は終わったばかりだが、彼はその一〇年間を、「奇跡の時代、芸術の時代、過剰の時代、そして風刺の時代」としながら、「ノスタルジー」

とともに振り返る（130-131）。「二年がたったいま、ジャズ・エイジは大戦前の日々のようにはるか遠くに思える」（138）。おそらく誰もが、それはどこか「嘘の」日常だと気づいていたにもかかわらず、誰もが忘却していたのだ。バブル経済を生きるとは、そんな経験のようだ。

そのバブルの時代は同時に、禁酒法が敷かれ、酒の密造や密輸入を通してギャングが暗躍し、フラッパーと呼ばれる自由なファッションを謳歌する若い女性が現れ、映画やジャズ音楽が普及し、享楽的な消費文化が進展した時代だった。人々のライフスタイルが急速に、現代のわれわれになじみのあるものへと変容した時代だったといえる。

他方で二〇年代は、優生学的言説に裏づけられた排外主義や人種差別がはびこりＫＫＫ（クー・クラックス・クラン）の大行進や移民の制限が実行された保守的な時代としても知られる。ニューディールという、アメリカがかつてなくラディカルな方向へ舵を切る三〇年代と比較するとき、二〇年代の政治的保守性は際立っている。

フィッツジェラルドによって書かれ、ジャズ・エイジを象徴する作品として現代に至るまで広く読まれつづけている『グレート・ギャツビー』（*The Great Gatsby*, 1925）は、このような時代のさなかに発表された。二二年のニューヨーク近郊を舞台とし、右に挙げたほぼすべての二〇年代の文化・社会・風俗・経済をめぐる描写をふんだんに取り入れた傑作中編小説である。夢の醒めた三〇年代ではなく、「奇跡の時代」に発表された小説は、人々の日常と非日常の関係や、その境界をどのように描いたのか。この小説が人物の「日常」を描いていないとすれば、それはどうしてなのか。語り手のニックが帰っていく中西部の日常とはどのようなものなのか。

本章ではそういった問題を考えてみたいのだが、しかし作品を細かく読んでいくのではなくて、同時代の小説と比べたときに、『ギャッツビー』で描かれている日常と非日常の関係にどのような特徴があるか、という観点からアプローチしてみたい。二〇年代は、二〇世紀を代表する数々の小説が生み出されたアメリカ文学の一つの黄金期でもあった。「失われた世代」と称されるモダニズム作家たちの活躍もさることながら、小説の分野でいえば、イーディス・ウォートン（Edith Wharton, 1862-1937）やセオドア・ドライサー（Theodore Dreiser, 1871-1945）など、文学史的には一世代前にあたる自然主義作家と概括される作家たちもまた、この時期に重要な作品を残した。彼らが描いた日常と非日常の関係は、『ギャッツビー』におけるそれとはどのように異なっていて、どのように似ているのか。それらの作品を読むことで、『ギャッツビー』における日常と非日常について、どのようなことが見えてくるのだろうか。

あらかじめ弁解じみたことを述べておけば、本章は二〇年代の重要作品を網羅的に扱うのではなく、あくまで『ギャッツビー』における（非）日常という主題を考えるのに有益と思われる作品について概観するにとどまる。二〇年代の作品における日常や非日常という問題を考えるうえでは本来無視できないフォークナーやヘミングウェイが出てこないのはそのためである。

具体的には、本章で見ていくのは順に、『ギャッツビー』、ウォートンの『無垢の時代』（*The Age of Innocence*, 1920）、ドライサーの『アメリカの悲劇』（*An American Tragedy*, 1925）、シンクレア・ルイス（Sinclair Lewis, 1885-1951）の『メイン・ストリート』（*Main Street*, 1920）、シャーウッド・アンダーソン（Sherwood Anderson, 1876-1941）の『ワインズバーグ、オハイオ』（*Winesburg, Ohio*, 1919）である。最後の作品は一九一九年に発表されたが、冒頭に触れたエッセイでフィッツジェラルドが誤って一九二〇年の作品として引用していることからもわかるように（133）、すぐれてモダニスティックな二〇年代的作品であるといえる。

本章では、まずは『ギャッツビー』における日常と非日常の問題を、作品の中心的主題といえる階級の問題との関連で考えたうえで、同様の問題を扱った二つの作品と比較検討する。次に、『ギャッツビー』がおそらくは枠組みとしては前提としながらも作品では描かれることのない、「中西部的な日常」の広がりについて考える。こちらは『ギャッツビー』と比較検討するというよりは、二〇年代における「日常」のあり方を考えるうえで重要な二作品を紹介することに主眼を置いている。『ギャッツビー』を軸としながら複数の作品を概観することで、文学史的な常識を特定の観点から整理し直すのが本章の目的であり、二〇年代の（非）日常について考えるための大まかな図式や糸口を提供できればと思っている。

1.『グレート・ギャッツビー』における背景としての日常

日常と非日常という観点から『グレート・ギャッツビー』を読むとき、まっ先に思いつく特徴は、この小説において、「日常の風景」がほとんど出てこない、ということだ。小説の語り手であり実質的な主人公ともいえるニック・キャラウェイを中心に見たとき、この小説で描かれるのは順に、ニックとブキャナン夫妻（トムとデイジー）との数年ぶりの再会、トムが愛人マートルのために借りる部屋でのパーティー、ギャッツビーの邸宅での派手なパーティー、ウルフシャイムという裏社会の大物との出会い、デイジーとギャツビーの再会の自宅での演出、そしてプラザホテルでの対決から、デイジーによるマートルのひき逃げ、マートルの夫ウィルソンによるギャツビーの殺害、そしてギャツビーの葬式に至るまで、「例外的」な出来事ばかり。ニックの日常はというと、第三章の途中で、証券会社での仕事について、申し訳程度の短い記述があるだけだ。

他方で物語の名目上の主人公であるギャツビーの「日常」の姿とは、裏社会と関わって非合法的な仕事をする姿だろうから、語り手のニックにも読者にも、基本的には知りようがないものだ。週末に開かれるパーティーの描写をもって日常というのも無理がある。つまりギャツビーという人物については、「日常」を知りえない謎めいた人物であることこそがプロット上のポイントになっている。

こうして「非日常」に力点を置くこの作品は、「ロマンス」とも「メロドラマ」とも評価されることになるわけだが、それでもこの小説がそれなりに日常に立脚しているように見えるのは、それぞれの出来事がリアリスティックで生き生きとした場面や会話の描写を通して描かれ、ニックという語り手が、ギャツビーやその他の人物に比べて、「常識」的立場を代表しているからだろう。リアリズムとは物語や出来事の「内容」だけではなく、それをどのように描くか、どのような視点から描くか、といった「形式」上の問題でもあるわけだから、メロドラマも描き方によっては、地に足がついたものとなるわけだ。

小説を読み進めていけば、そんな「常識」を代表するはずのニックが、実はギャツビー以上にロマンティストかもしれなくて、ギャツビーとデイジーの不倫を、アメリカという夢をめぐる物語として解釈しようとする、ほとんど誇大妄想的といえる面があることが見えてくる。つまりこの物語は、ギャッビーの物語である以上に、ニックの内面や欲望をめぐる物語であることが判明するのだが、このことは必ずしも、作品のロマンス的要素や「非日常」的要素を強めるわけではない。全知の視点から語る「客観的」な語り手の嘘くささこそが、モダニズムの時代に否定されたものであり、語りの「主観性」を強調する『ギャツビー』は、まさにその特徴によってこそ本当らしくなる。

とはいえ、物語の内容においてこの小説が非日常を前景化しているのに変わりはない。なぜ作者がそのような構成にしたか、ということについては複数の理由が考えられるだろう。読者を飽きさせないセンセーショナルなメロドラマを模索したのかもしれないし、この時代におけるニューヨークという大都市の祝祭的な空気を伝えるための方法であったかもしれない。しかしここで考えたいのは、結果的に、物語内容のレベルにおいて、日常と非日常の「関係」がこの作品でどのように表出されることになったか、である。

その問いに対する答えは一義的には明白である。すなわち、非日常が前景化することで、日常は「後景化」する。リアリスティックに生き生きと描かれた非日常の場面の描写から、推理されるものとして日常は提示されている。日常は読み解かれるべき背景になった、ということである。

このことはほとんどあらゆる局面に当てはまる。たとえばギャッビーの日常は、たびたびかかってくる電話の会話やウルフシャイムとのやりとりから、トムとデイジーの日常は、ニックが訪問した際の家、家具や人物の行動の描写から、ニックの日常は、短い仕事の描写から、マートルとジョージの日常は、パーティーでの会話や、トムとジョージのやりとりから、など、程度の差はあれ断片化された情報を「精読」する読者が統合することによってかろうじて浮かび上がってくるものへと化した、ということである。[2]「日常の背景化」とでもいうべき現象を如実に示すのが、ニックの住む家の内部の様子が、ギャツビーとデイジーとの再会の空間としてしか描写されない、という設定だろう。ニックが日常的に暮らす空間、というニュアンスは、彼の家からあえて剝ぎ取られる。しかしその空間は、完全に抹消されるわけではない。再会という重要な場面の「背景」と化すのだ。

これは、演劇的とも映画的ともいえる描き方だといえようが、いましがた用いた「精読」という言葉にあるように、読者に多くの負担を強いる方法である。推理小説の読者がさまざまな断片から「事実」を構築しなければならないように、読者は人物たちの「日常」を自ら構築しなければならない。この種の断片化と読者への過大とも思える要求もまたモダニズム小説の特徴だといっていい。

と同時に、この種の負担は、少なからず物語の根本的な内容とも関わることがわかる。というのも、断片的な情報を頼りにしながら、「玄人」（の読者）だけが判読可能な「日常」を読み解く、という行為こそ、ギャツビーが失敗することであり、トムが少なからず成功することだからだ。

ギャツビーは非合法的な方法で金を稼いでデイジーを取り戻すことをもくろむが、ついに最後まで彼は、デイジーやトムが属する上流階級の日常的なコードを判読できず、ピンクのスーツを着てトムに嘲笑され、「成金」としてこの世を去る。ギャツビーは本物の本を書斎に並べても、（「フクロウ眼鏡の男」という優れた「読者」により）演出だと見透かされてしまうのだ。他方で、ギャツビーの振る舞いや豪華なパーティーからうさん臭さを嗅ぎ取るトムは、情報への豊富なアクセス手段を活用して、ギャツビーの「素性」へと、すなわち豪華なパーティーを開く謎の金持ち、といった流通するイメージの背後にある、彼の「日常」へと接近し、彼を打ち負かす。その意味で、日常の背景化・断片化という作品における現象は、この小説では階級という問題と直結して展開している。

この議論が多少なりとも正しいとすると、この作品ではいささか逆説的なことが起きていることがわかる。このメロドラマ的な小説は、ニックを視点人物兼語り手としてもっぱら「非日常」的な状況に焦点を当てることで、人物たちが生きているはずの日常を断片化して背景へと退かせる。それは一方では、ニューヨークという都市空間やその郊外においてますます希薄となり変容していく「日常」あるいは「風俗（manners）」のあり方を反映している。この点を無視するわけにはいかない。しかし同時に、この作品においてギャッビーを打ち砕くのは最終的には、上流階級の「日常」であり「風俗」という高く強固な壁である。断片化して背景にあり、表立っては見えない「日常」こそが、実は物語を決定的に支配している。単純化を承知でいえば、この風俗小説における非日常の連続は、執拗に存続する上流階級の不可視の日常を浮き彫りにする効果を担っている。階級をめぐるロマンスは、階級というリアリズムに打ち砕かれる。

2.『無垢の時代』と失われた日常

以上のように『ギャツビー』における日常と非日常の関係を整理した場合、すぐに比較対象として思い浮かぶ二〇年代の重要作品が、ウォートンによる『無垢の時代』と、ドライサーによる『アメリカの悲劇』である。

女性作家による作品として最初にピューリッツァー賞を受賞したことでも知られる『無垢の時代』

は、アメリカ文学を代表する「風俗小説」にふさわしく、階級と日常の問題を、そのまま主題としている。舞台は一八七〇年代のニューヨーク。主人公のニューランド・アーチャーは、リベラルな思考をもちつつも、ニューヨークの上流階級の慣習を重んじる常識派の金持ちであり、彼には、メイ・ウェランドという、保守的で、自分の考えをもたないようにも見えるが美しく上品な婚約者がいる。そこにポーランド人の夫のもとを逃げてきた、メイの従姉妹のエレン・オレンスカ伯爵夫人が戻ってきて、ニューランドは彼女の自由な振る舞いに魅せられる。エレンが、出自や経歴の定かではない、古きニューヨークの上流社会の外部からやってきた新興成金である、銀行家のジュリアス・ボーフォートと親しくなることに反発するニューランドは、彼女に社会の暗黙のルールを教えるうちに、彼女と不倫関係の一歩手前へと発展する。

自分に刷り込まれた価値観からすれば奔放に振る舞うように見えるエレンは、徐々にニューランドのものの見方を変えていく。エレンがもたらした外部の視点から見返すことで、自分が重んじてきた慣習的な上流社会のあり方に対して彼は違和感を抱くようになる。その社会の人々は、「象形文字で書かれたような謎めいた世界に生きていて、そこでは本当のことは決して言われることもなされることも、考えられることさえなく、ただ一連の恣意的な記号によって表される」ということに気づいていく(29)。階級的日常の恣意性と偶然性に気づいてしまうのだ。

その謎めいた「記号」を判読することができないエレンを、上流社会は受け入れようとはしない。そこにエレンとギャツビーとの類縁性があるように見えるが、構図はそれほど単純ではない。というのも、ジュリアスは上流社会によって怪しまれ嫌悪されつつも、彼は富の力によって、そのなかに食い込んでいき、新たな流行をもたらしもする。他方で、夫のもとを去り財政的支援をもたないエレンについては、社会は躊躇なく排除する。つまりジェンダーに起因する富の差がここでは決定的にものをいう。しかし小説自体はエレンに肩入れをして、ジュリアスを認めることはない。価値観の変容するニューランドだが、ジュリアスの成金的俗悪さは許せない。エレンと彼を引き離そうとして、かえってエレンに自分が深く接近していく。そんな自分こそが階級的コードの違反者として他者に見られていることがわかる。見慣れていた日常が異様なものへと変容する。

日常と非日常という観点から見たとき、『無垢の時代』は『ギャツビー』と重なりつつも、およそ異なる方向へと展開している。エレンという「非日常」の介入によって物語はたしかに展開するものの、リアリズム作家であり自然主義作家でもあるウォートンは階級的なコードとその日常的な様態を詳細に記録していく。つまり「よそ者（foreigner）」によって脅かされる日常はそれ自体、物語の「背景」ではなくて「前景」を構成している。自身もアメリカ有数の名家に生まれニューヨークの上流社会に育った作者が、自らの正確な記憶を頼りにしながら過去の日常の風景を記録したのだ。

しかし作品に同時に深く流れているのは、このような暗黙の階級的コードと微細にわたる風俗習慣によって支えられた一八七〇年代の社会は、作者の現代においては、美術館に展示された用途もわからない太古の道具のごとく、遠い過去の遺物となってしまった、という痛切な認識である。小説の最終章では、二六年が過ぎ、ニューランドの息子は、ジュリアスの娘と婚約している。ニューランドも時代の変化を察知してその事実を静かに受け入れる。第一次世界大戦をパリで経験したウォートンには、過去の古き良き日常は、決定的に現代では失われてしまったという思いがある。失われた遺物としての階級的日常を批判的に記録しつつ、同時にその喪失を悼むのがこの作品である。

つまりある意味で、ギャッツビーを打ち砕いた「壁」など、もはや存在しないのだとこの小説はいう。ここで思い起こされるのは、いわゆるニューヨークの上流階級は『ギャッツビー』には描かれていないということだろう。「結局のところ、僕がここで語ってきたのは西部の物語であったのだと、今では考えている。トムもギャッツビーもデイジーも、ジョーダンも僕も、全員が西部の出身者である。たぶん我々はそれぞれに、どこかしら東部の生活にうまく溶け込めない部分を抱え込んでいたのだろう(3)」。ニックはそう最終章で述べる。ギャッツビーだけではなく、デイジーやトムという金持ちもまた「よそ者」だということだ。ロングアイランドという郊外での生活はその事情を地理的に物語っている。

そうすると、ギャッツビーを排除するのはトムという個人にすぎず、その背後にあるように見える、暗黙のコードによって成り立つ階級的日常は失われているのだろうか。それもまたナイーヴな見方であることをギャッツビーの敗北は伝える。ウォートンの知る過去はたしかにないかもしれない。しかし、デイジーやトムのような「よそ者」でも、ギャッツビーのような「ニュー・マネー」に比べればはるかに「オールド・マネー」となる。資本主義社会においては、「オールド・マネー」もまた絶え間なく再生産されるのだ。

3．日常の悲劇としての『アメリカの悲劇』

ドライサーの『アメリカの悲劇』もまた階級と（非）日常の主題を扱い、『ギャッツビー』と重なるところが多いが、そこでの日常と非日常の関係は、『無垢の時代』とはまた別の意味において、『ギャツビー』におけるその関係とは大きく異なる。ミズーリ州カンザスシティーの貧しい伝道師の息子のクライド・グリフィスは、ホテルでベル・ボーイとして働くが、そこで出会った仲間とドライブに行った帰りに、友人が運転する自動車が少女をひき殺してしまい、シカゴへ逃げる。シカゴのホテルで働くうちに、宿泊客として来ていたシャツのカラーを製造する工場を経営する伯父と出会い、ニューヨーク州にある彼の工場で雇ってもらうことになる。同じ工場で働く貧しい田舎町出身のロバータ・オールデンと関係をもつ一方で、クライドは、伯父との縁で出会った、上流階級の花形の女性であるソンドラ・フィンチリーに魅せられ、彼女も彼を愛するようになる。ソンドラと結婚をして上流階級への仲間入りを夢見るクライドだが、その矢先に、ロバータの妊娠が発覚し、彼女から結婚を迫られる。クライドには彼女に対する殺意がめばえ、二人でボートに乗って彼女を溺死させる計画を立てる。結果的に殺人とも事故ともとれる展開の末に、ロバータは溺死し、稚拙な偽装工作しか思いつかないクライドはすぐに逮捕される。そのあとは、死刑判決までの長い裁判の過程と、処刑までの時間が描かれる。

展開だけを見れば、事故や偶然の出会い、予期せざる妊娠や堕胎の試み、さらには殺人や裁判があり、非日常的・メロドラマ的要素が目立つ作品だが、この小説がすさまじいのは、そういったあらゆる偶然的・非日常的要素が、すべて過酷な資本主義的日常がもたらした必然であるかのように見せるべく、物語の細部や因果関係を描ききってしまうところである。要するに本作品は正しく自然主義小説であり、ギャツビーのような冒険的な半生も富を急速に蓄積する知性や器用さも、成功への強固な意志すらもクライドには認められておらず、自分の行為の意味も社会の不条理も理解できないまま、優柔不断で卑小な人間として彼は処刑される。

そういった意味で、この作品は、殺人事件というセンセーショナルな「非日常」を扱いながらも、それが「非日常」の突発的な事件として、ジャーナリスティックに処理され新聞的に忘却されてしまうことの暴力性に抗うかのように、事件を徹底してクライドの「日常」的な生の積み重ねの延長上に把握するという強烈な動機に支えられている。それに応じて、ホテルや工場での仕事、女性との関わりや、堕胎の試みや殺人、裁判のプロセスも含め、現実的な描写が詳細かつ執拗になされ、作品は異様な説得力をもつとともに、冗長さや退屈さを時に伴うことにもなる。

『ギャツビー』もまた自動車事故や殺人を扱うが、デイジーやジョージの（隠れた）「動機」を詳細に検証することもなく、象徴主義的なヒントが随所に織り込まれるにとどまり、それらの事件を人物が生きる日常の延長で把握するという発想は希薄だ。その発想の欠如は、ニックという「文学的」かつ階級的モラルを体現する語り手の採用によって正当化される。日常は断片的に描かれるべきだというモダニスト的発想もフィッツジェラルドにはあっただろう。

ギャツビーとクライドはどちらも、下層階級の「日常」とはまるで異なる上流社会の「日常」に魅了される。金持ちの日常こそが、貧乏人にとっての非日常であり、またその逆も真であるという、あられもない社会的真実を前に、二人は別様に自らの日常から抜け出そうとする。上流社会の客を相手にするクライドのホテルでのベル・ボーイとしての仕事は、同じ空間に二つの異なる日常が共存する構図を鮮明に示す。ロバータとソンドラとの二重関係によって、彼は文字どおり二つの日常を生きることになり、それゆえに彼は破滅する。階級社会が機能するには人は一つの日常しか生きられず、二重生活は許されない[4]。それは現実的真実ではないかもしれないが、変わらぬ風俗小説的な真実である。だからこそマートルもギャツビーも殺され、アーチャーは最後まで姦通には至らない。

（非）日常という観点から見たときの『ギャツビー』と『アメリカの悲劇』の重要な違いは、事件が上流階級の日常にもたらす結果である。ニックが真実を明かさないという事情が手伝って、事件の後もデイジーとトムはついにスキャンダルに巻き込まれることはない。ウォートンの描く古きニューヨークの上流社会が最も恐れるのはパブリックなスキャンダルである。階級保全の最大の敵、つまり上流階級にとっての最悪の「非日常」がスキャンダルである。その事実を知悉するニックという語り手は、ギャツビーの意志を無駄にしないとおそらくは自分に言い聞かせながら、階級的モラルを最後まで実践する。

他方で『アメリカの悲劇』では、クライドをめぐる事件は大々的に報道されて国家的ニュースとなり、フィンチリー家と（伯父の）グリフィス家は深々とスキャンダルに巻き込まれる。その様子が直接的に描かれることはないものの、上流階級への影響という点において、二つの小説はまったく別方向を向いている。スキャンダルというかたちで、クライドは結果的には上流階級の壁にひびを入れる。

ニックはあくまでその壁を守り抜く。小説の結論としては、古い世代のドライサーの方がラディカルにも見えるが、その結論は性急だ。前節では、ギャツビーの敗北という事実から、壁は存在すると結論した。しかし、スキャンダルからトムとデイジーを守るニックの側から見れば、別の結論も導きうる。イェール大学を出ているとはいえ、中西部の上流中産階級出身のニックはその「壁」をどこまで知っているのだろうか。むしろ彼こそが、あるのかもわからない壁の存在を頑なに信じて守ろうとしているのではないか。ウォートンが描いたような風俗が失われる（ことが痛感される）時代に、過去に遡行することなく風俗小説を書くことのジレンマをニックという語り手は深々と体現している。[5]

4.『メイン・ストリート』と作られる日常

ここまでは、『ギャツビー』における（非）日常を階級という観点から、他の作品との関連で考えてきたが、明示的なレベルにおいては、『ギャツビー』における非日常は何よりもまず、ニューヨークという都市空間と結びつけられている。橋の上から見たその大都市は、「常に初見の光景として、世界のすべての神秘とすべての美しさを請け合ってくれる息を呑むような最初の約束として、僕らの目に映じるのだ」（68）。橋さえ越えれば、「ギャツビーですらそれほど突飛ともいえない存在になってしまう」（69）。

第一次大戦後は世界で最もパワフルな都市として認知された、ニューヨークという「非日常」の空間。ニックは中西部の町から一九二二年の春にそこへやってきて、ギャツビーの死を機に同年の秋に帰郷する。小説の最終章で、ニックは、彼にとっての中西部とは、「小麦畑とか大平原とか失われたスウェーデン人の町とか、そんなものではなく、若き日のわくわくする帰省列車であり、凍りつく夜の街灯や橇の鈴音であり、明かりのともった窓から雪の上に投じられたヒイラギの飾り輪の影である」と述べる（176）。その直後の段落では、「オハイオ川以西の、とりとめもないかたちに膨張した退屈きわまりない町々（そこでは子供とまったくの老人だけを例外として、すべての住民に対して窮屈な監視の目が注がれている）に比べて、東部はなんとまともなところなんだろうと素直に感服した時期もあった」とも述べる（176）。つまりニックは、中西部にあるのは「退屈きわまりない」町だとしながら、記憶のなかの中西部をノスタルジックに想起する。これはどういうことだろうか。ニックはどのような「日常」へと帰るのだろうか。

一九二〇年代とは、ニューヨークで雑多かつ祝祭的な――非日常の――文化が花開いた一方で、「中西部的な日常」が全米に急速に拡大していった時期でもある。そのことを端的に示すのが、一九二九年に出版され、現在でも社会学上の名著として名高い『ミドルタウン』（*Middletown*）である。著者であるリンド夫妻（Robert Staughton Lynd and Helen Merrell Lynd）は、一八九〇年から一九二五年の間にアメリカ人の生活に起きた変化を調査すべく、二四年から二五年にかけて、インディアナ州のマンシーという小都市で人々の生活様態について詳細な参与観察を実施し、都市名を「ミドルタウン」と匿名にして発表した。「典型的な都市」など実際には存在しないことをリンド夫妻は強調するものの、現実にはその小都市の調査がアメリカ全体の暮らしを解明するという信念に基づいているといってよく、なかでも中西部を選んだ理由について、彼らはそこが「アメリカの公分母」だからと述べる（7-8）。調査上の要請からとはいえ、その都市で行われる人々のすべての行動が、「生計を立てること」「家庭を作ること」「若者を訓練すること」「余暇を遊びや芸術などで過ごすこと」「宗教行事を行うこと」「コミュニティのアクティヴィティを実践すること」のいずれかのカテゴリーに該当することを前提にした方法論は、人々の行動の均一化を物語る。

リンド夫妻の研究の小説上の対応物にあたるのが、フィッツジェラルドと同じくミネソタ州出身であり、アメリカで最初のノーベル賞を受賞した作家としても知られるシンクレア・ルイスのベストセラー小説『メイン・ストリート』だ。その題名は、中西部の田舎町の画一化を簡潔に示す。ニックが最終章で否定する「小麦畑とか大平原とか失われたスウェーデン人の町々」、あるいは「オハイオ川以西の、とりとめもないかたちに膨張した退屈きわまりない町々」としての中西部は、ルイスの小説の次の有名な冒頭を意識したものだといっていい――「これがアメリカだ――小麦ととうもろこし畑、酪農場に木立が続くところにある数千人の町」(3)。

セント・ポールで図書館の司書をしていたキャロル・ミルフォードは、ミネソタ州の架空の田舎町ゴーファー・プレイリーに住む医者と結婚する。都市のリベラルな空気を身にまとい文学にも造詣の深いキャロルは、田舎町の住人を徐々に啓蒙して町を変えていければと期待するが、偏狭で保守的な価値観に染まった人々は、夫を含めて変化する見込みはない。

アメリカの町の均一化を、ルイスは風刺たっぷりに描く。「普遍的類似――それが退屈な無難さを尊ぶ哲学の、物理的表現だ。アメリカの町の一〇分の九はあまりに似通っていて、ある町から他の町に行っても、何ひとつ面白いことはない」(290)。どこに行っても「同じ材木置き場、同じ鉄道の駅、同じフォードの修理工場、同じ乳製品販売所、同じ箱のような家に、同じ二階建ての店がある」(290)。店では「規格化され、国全体で宣伝された同じ商品」が並び、アーカンソー州の男とデラウェア州の男は同じ服を着て、「同じスポーツ欄」から抜き取った「同じスラング」を口にする(290-291)。夫はゴーファー・プレイリーから別の町に自分が瞬間的に移されても気づきもせずに、その町にもあるはずの「メイン・ストリート」を歩いていくだろうとキャロルは考える（291）。

隣人が互いを監視する田舎町での生活に耐えられなくなったキャロルは、長い時間をかけて夫を説得し、幼い息子と二人で東部へと向かう。戦時下におけるワシントンDCの政府系機関で事務員として働くキャロルは、都市生活に抱いていた憧れが幻想にすぎなかったことを悟るが、それでも二年間をそこで過ごしたのち、帰郷する。

この小説は厳密には二〇年代ではなく一〇年代を扱っているが、大量生産・大量消費社会の到来とともに生じた、人々の日常生活の急速な商品化や「規格化（standardization）」は、二〇年代に入って加速したといっていい。その傾向が田舎町の退屈さと交わることで、「非日常」があらゆる意味で不可能になった「メイン・ストリート」の単調な日常が、キャロルを苦しめる。

しかしだからといって、東部の大都市が中西部の田舎と対照的な生活を約束するわけではない。「家事よりはよほど耐えられるが、冒険的とはいえない」事務仕事で疲弊するキャロルは、思い描いていたような「非日常」をワシントンで生きることを許されない（466）。都市の日常を生きるキャロルは、ニックのように、ドラマチックな事件に関わることはない。しかし代わりに彼女は、ゴーファー・プレイリーを遠くから客観視する距離感を得て、そこは退屈な田舎町には違いないが、他の町に比べれば賢明に計画され緑も多いそれなりの長所をもった町であることを知る。そして彼女の田舎町への嫌悪は薄れ、そこを故郷（home）として受け入れる心の準備ができる。

故郷を受け入れるキャロルの結末は、ルイスの穏やかで真っ当なリアリズムの帰結でもあり、『ギャツビー』的なメロドラマの対極にある。その手法は、そこで描かれる中西部の退屈で単調な「日常」

と奇妙にもマッチしていて、結果的に、批判したいはずの日常を、形式的には模倣してしまう、という逆説にこの作品が陥っている感は否めない。しかしこの作品から捉え直すことで見えてくる、ニックの語りの特性もある。

都市についてロマンティックな期待を抱いていたキャロルは、都市の日常を知って、故郷を受け入れる。リアリストへと成長するのだ。ジェンダーの差は重要だが、期待を胸にやってきた東部において、職業上の幻滅を味わうというのは、実はニックにも通底する。上西哲雄は、ニックの日常的な仕事が描かれた短い場面をヒントに、変遷する証券業の世界でニックが孤立しているさまが描かれていることを看破する。だがニックはそのことをほとんど思い出そうともしない。個人的な幻滅の代わりに、ギャツビーの夢が潰えるという、よりロマンティックで壮大な、つまり「非日常的な幻滅」が前景化する。それはキャロルのように、日常に回帰し、日常を再発見する幻滅ではない。「ギャツビーですらそれほど突飛ともいえない存在になってしまう」というニューヨークを描くことは、「幻滅の日常」を味わった都市としてのニューヨークを抑圧して、非日常の都市として追体験することにほかならない。「ギャツビーの死によって東部に幻滅する」という表向きの振る舞いそのものが、東部に魅惑されつづけるための手段となっているのだ。ニックの執拗にロマンティックな感性は、キャロルのようなかたちで中西部という「故郷」を受け入れることができずに、宙づりの状態にあるのだろう。そうしてニックの語りは日常的な散文ではなく、コンパクトなメロドラマに帰結する。

5.『ワインズバーグ、オハイオ』と変容する「日常」の概念

最後に、直接的には『ギャッツビー』から離れることになるが、『メイン・ストリート』との関連で、触れておきたい作品がある。都市的な「非日常」と単調で保守的な田舎の「日常」という対立は強固な図式だが、「日常」とは本来多様なものであり、たとえばそこにとどまることで、トラウマ的な出来事や喪失の哀しみから人々を救うものであるかもしれないし、反復のうちにも、日々の微細な移り変わりや変化を慈しむ時間でもありうる。

あるいはまた別の何かでもありうる。たとえ中西部の田舎町の日常でもだ。ルイスのようなリアリズムの手法に伴う「退屈さ」を回避しながら、中西部の田舎町の（非）日常を同情的な視線とともに描いたのが、シャーウッド・アンダーソンの『ワインズバーグ、オハイオ』である。

キャロルから見たゴーファー・プレイリーに住む人々が、単調な日常に満足しきった保守的で無知な人間にしか見えないとすれば、アンダーソンは、同じように無個性な、ニックがいうところの「退屈きわまりない」（やはり「メイン・ストリート」という名の通りがある）中西部オハイオ州の架空の田舎町、ワインズバーグの人々を、およそ異なる視点から描く。序章を含めて二二編の短編からなる本作は、それぞれの短編において町の住人の一人を取り上げて、小さな町に住みながらも、コミュニティへの帰属意識ももつことができず、しかしだからといって都会に飛び出していくことも、都会に残りつづけることもできずに、田舎町での満ち足りない生を送る孤独な存在――そうした存在をアンダーソンは「グロテスク」な人々と呼ぶ――を描く。そうした孤独な町の住人が、しばしば話し相手とし

て選ぶのが、町の新聞記者で作家を志すジョージ・ウィラードであり、彼がこの連作短編集をつなぐ一応の主人公ということになる。コミュニケーションがすれ違うことが前提であるこの作品において、彼が人々のメッセージを理解しているかは曖昧だが、しかし結果的には彼らとのやりとりを通して、ジョージは成長し町を去ることを決意する。

連作短編という手法からわかるように、終わりなく続く（かに見える）田舎町の日常を客観的につぶさに描く、という選択をアンダーソンはしない。たとえば印象的な短編「冒険」が描くのは、一六歳のときに肉体関係をもち結婚を約束したものの都会に行ってしまった恋人を待ちつづけるアリス・ハインドマンという女性。恋人の帰還を疑わずに何年も貞節を守り待ちつづけてから、彼女は恋人に裏切られ、自分は美しさも若さも失ったことに気づく。二七歳の秋、彼女は「激しい不安」に襲われる（90）。「人生からはっきりした答えを求める」彼女のなかの衝動が突然高まり（90）、雨の夜に「冒険」をする。仕事から戻ると暗い部屋で彼女は裸になり、外に出る。家の前で雨に濡れていると、彼女は町を裸で走り、他に孤独な人を見つけてその人を抱きしめたいという欲望に駆られる。彼女は家の前を通りかかった男に声をかけるが、男は老人で耳が遠く、「なに？　なんて言った？」と聞き返す（91）。自分のしたことに怖気づいたアリスは、這うようにして家のなかに戻り、ベッドで泣き崩れ、自分はどうしてしまったのかと自問する。そうして、彼女は壁に顔を向けて、「ワインズバーグですら、多くの人は一人で生きて、一人で死ななければならない」という事実に正面から向き合おうとする（92）。

アリスの過去の描写が作品の多くを占めることからもわかるように、作者は人物たちのいわゆる

「日常」を描くのではなく、彼らの人生の背後にある、時にはそれなりにドラマチックであり、時には平凡でもある過去を簡潔に語り、何らかのかたちで裏切られた彼らの人生にふと訪れるエピファニー的瞬間を描く。アリスの「冒険」が抑圧された性的欲望の発露と挫折として捉えられるように、人物の多くは、卑小な日常のなかにも性的な葛藤やドラマを抱えていて、それが彼らの無意識や内面を形成する。いうまでもなくその人間像は、日常を規定する性的な無意識を説いたフロイトの知見と同じ地平にある。しかし、自分を理解してくれる精神分析医をもたない町の住人は、自閉的な性のドラマによってますます孤独となり、アリスのように、「他者もまた孤独である」という認識を通して、ワインズバーグへの帰属なき帰属を確認することになる。

日常と非日常という観点から捉えるとき、これまで挙げてきたどの作品よりも、『ワインズバーグ、オハイオ』が後世に大きなインパクトを残したのは、不思議ではない。連作短編という形式にも裏づけられた経験の断片化と、感傷性を伴った内面的孤独（loneliness）、本人にとっては切実だが外面的には卑小で「グロテスク」なあらわれ方をするほかない閉鎖的な性の葛藤やエピファニー的瞬間は、都会的な感性とも共振しながら、第一次世界大戦後のアメリカに広がった、喪失感に裏打ちされた人々の新たな「日常」のあり方に文学的な表現を与えた。中西部の田舎町の「グロテスク」な人々の孤独がアメリカ全体の「日常」のあり方を表現したのであり、ルイスが観察した、資本主義社会における日常の急速な均質化に別の方向からアプローチして成功を収めたともいえる。

おわりに

ここで最後に再び『ギャツビー』に戻るとき、ギャツビーを失い、中西部へと戻りながらも、相変わらず「エル・グレコの描く夜の情景」として東部を「幻想的な夢」で見つづけ（176）、過去のギャツビーについての物語を、ニューヨークの「非日常」を、興奮気味に語り、そこで過ごした日常を断片化して背景に退けるニックという語り手は、おそらくアンダーソンの描く「グロテスク」な存在からそう遠くはないことに思い当たる。ギャツビーのドラマの卑小さに耐えられずロマンティックなギャツビー像にすがるニックは、正しくアンダーソン的な日常を生きているのではないだろうか。

ここまで、一九二〇年代の諸作品における日常と非日常のあり方を概観しながら、『ギャツビー』について大局的に考察してきた。本作品における「非日常」への力点は、一見すると二〇年代ニューヨークの祝祭的な雰囲気と、作者のセンセーショナルなロマンスを書こうとする意志を伝えるにすぎないように思われるかもしれない。しかし本章を通して、実はその力点は、同時代に書かれた小説と相互に連関しながら、そのなかでも独自の位置を占めるべく、慎重に選択された結果だということが少しでも証明できていればそれに越したことはない。

註

（1）Fitzgerald, F. Scott. "Echoes of the Jazz Age," p. 130. 以下、本エッセイからの引用は本書により、ページ数をカッコに入れて本文中に示す。なお本章における引用は、『グレート・ギャツビー』を除いてすべて拙訳による。

（2）ギャツビーの裏稼業の実態や彼がニックにもちかける仕事話について鮮やかに推論する考察として森慎一郎の論考を、証券会社でのニックの仕事の実態を断片的な描写から説得的に推論する考察として、上西哲雄の論考を参照。いずれも瞠目すべき論考だが、これは逆にいうと、彼らほど熟練した読み手でないとギャツビーやニックの日常の実態はつかめないということであり、同時に、彼らほど熟練した読み手であれば、その実態がつかめる、ということを示している。本章は、この二重の事実そのものの意味を考える。

（3）Fitzgerald, F. Scott. *The Great Gatsby*, p. 176. 以下、『グレート・ギャツビー』からの引用は本書により、ページ数を括弧に入れて本文中に示す。なお、翻訳は村上春樹訳を使用する。

（4）本章では取り上げられなかったが、二重生活の不可能性を、階級とジェンダーに加えて主に人種の問題として提示する重要な二〇年代の作品として、ネラ・ラーセン（Nella Larsen）による『白い黒人』（*Passing*, 1929）を挙げておく。

（5）古き良き風俗が失われる時代の風俗小説を模索する、二〇年代のもう一つの傑作として、ウィラ・キャザー（Willa Cather）の『迷える夫人』（*A Lost Lady*, 1923）を挙げておく。フィッツジェラルドにも大きな影響を与えた本作においては、視点人物の青年が憧れていた夫人が、成り上がりで暴力的な人物と関係をもつことが作品の喪失感と幻滅の中心となる。成り上がりを否定的に描く『無垢の時代』と『迷える夫人』に比べて、ギャツビーをロマンティックに扱う『ギャツビー』は一見新しいようだが、成り上がりが殺されるのも『ギャツビー』だけである点に注意したい。

参考資料

Anderson, Sherwood. *Winesburg, Ohio*. Oxford University Press, 1997.

Dreiser, Theodore. *An American Tragedy*. Library of America, 2003.

Fitzgerald, F. Scott. "Echoes of the Jazz Age." *My Lost City: Personal Essays, 1920-1940*, edited by James L. W. West III, Cambridge University Press, 2005, pp. 130-138.

——. *The Great Gatsby*. Scribner, 2020.（スコット・フィッツジェラルド『グレート・ギャツビー』村上春樹訳、中央公論新社、二〇〇六年）

Lewis, Sinclair. *Main Street. Main Street and Babbitt*, Library of America, 1992, pp. 1-486.

Lynd, Robert S., and Helen Merrell Lynd. *Middletown: A Study in American Culture*. Harcourt Brace, 1929.

Wharton, Edith. *The Age of Innocence*. Edited by Candace Waid, Norton Critical Edition, W. W. Norton, 2003.

上西哲雄「Nick Carraway の物語——Wall Street と *The Great Gatsby*」『和光大学人文学部紀要』第二七号、一九九二年、一〜一五頁。

森慎一郎「ギャツビー・ゴネグション——フィッツジェラルド『偉大なギャツビー』をめぐって」『みすず』第四六巻第三号、二〇〇四年、一八〜三八頁。

第7章　カリフォルニア・ベイエリア現代詩における「非日常」に対する抵抗

高橋綾子

はじめに

第二次世界大戦後のアメリカにおいて、「非日常」、つまり恙(つつが)ない日常が失われた状態に対して、詩人たちはどのように受け止め作品に反映してきたのだろうか。対して、「恙ない日常」を覚醒せざる意識の状態として、そこから脱却し、目覚めることを目指した詩人たちもいた。しかし、本章で追求する「非日常」はそうではない。さて、「非日常」とはどのように捉えられるのだろうか。

建国の理念である「生命、自由および幸福追求を含む不可侵の権利」、つまりこれらの権利が保障されない状況は、日常生活を脅かすという意味で「非日常」といえるだろう。「非日常」における諸相を勘案すると、「自由」と「生命」が保障された日常に対する「非日常」性を想定できる。

「非日常」、つまり日常性からの逸脱としての薬物を射程に入れたとき、まずもって想起されるのは、アレン・ギンズバーグ（Allen Ginsberg, 1926-97）ではないだろうか。一九二九年、コネティカット州パターソンで、ユダヤ系の高校教師で詩人の父と、ロシア系の移民の母のもとに生まれたギンズバーグは、マッカーシズムの最中、共産主義者であった母の発狂が彼に深い苦悩と思索へと向かわせた。ギンズバーグと薬物との関係は、意識の覚醒の問題との関係で取り上げられることもある。詩集『吠える』は、一九五〇年代のアメリカ社会における、ユダヤ人への差別、マッカーシズム、核戦争への危機、世界で起こる紛争、同性愛への差別を背景とし、それらに異議を申し立てる告発の詩といえる。困難な時代に生きた詩人ギンズバーグは、ホイットマンの系譜に連なるアメリカ的自由詩を執筆、朗読し、アメリカ社会に対して、意識の覚醒と抵抗を詩の肉声を通して訴えてきた。ギンズバーグの『吠える』に照らされながら、アメリカ社会における「非日常」に対して詩人たちがどのように抵抗をしてきたかを追うことによって、「自由」を奪われた非日常への抵抗の諸相が明らかになるであろう。また、「生命」に対する「非日常」では、環境汚染、気候変動に伴う「非日常」が明らかになるだろう。

本章は、一九九〇年代以降、環境的不平等を解消するための政策指針ともなった環境正義に基づき、詩の磁場の役割を果たしてきたカリフォルニアを舞台とした現代詩における「非日常」とそれに対する抵抗の諸相を考察する。

1. 詩による変革を求めて――アレン・ギンズバーグ

一九五五年のサンフランシスコのシックスギャラリーでの歴史的朗読会で初めて出会い、ギンズバーグの生涯にわたって親交のあったゲーリー・スナイダー（Gary Snyder, 1930-）は、「私たちの誰にとっても、今は大学の学位を取ることに気を配っている時代ではないのだ。今こそ詩を書くべき時代ではないか」（『総特集アレン・ギンズバーグ』42）と語ったという。この後、ギンズバーグは長編詩『吠える』（*Howl*, 1955）を書いたといわれる。『吠える』は先述の歴史的朗読会で朗読される。ギンズバーグが師と仰いだ同郷の詩人ウィリアム・カルロス・ウィリアムズ（William Carlos Williams, 1883-1963）は、ギンズバーグが「恐ろしい経験を自分の体を通して生きてきた」ことに触れ、『吠える』に以下を序文として寄稿した。

先の戦争でユダヤ人たちが入れられたそれとあらゆる面で類似した死体安置所からこの男は出発した。けれどこれは私たちの国でのこと、私たちがこの上もなく愛する場でのことだ。私たちは盲目であり、盲目のなかで、盲目の生を生きている。詩人は呪われているが、盲目ではない。彼らは天使の目で見る。己の詩のきわめて個人的な細部を通して、自らも参加している恐怖の無効を、その周りをこの詩人は見通す。何ひとつ避けずに、すべてを徹底的に経験する。

（柴田訳 10）

ウィリアムズは、『吠える』を通じて、ギンズバーグがユダヤ系として背負ってきた合衆国における苦悩に加え、共産主義者の母の闘病に際してどれほどの苦悩を経験したかに触れている。これはギンズバーグの「個人的」経験であるが、アメリカ詩の伝統を踏まえた詩行により、詩を通して恐怖が普遍化されてきたことを述べるものだ。それでは、『吠える』の冒頭を引用しよう。

ぼくは見た　ぼくの世代の最良の精神たちが　狂気に破壊されたのを　飢えてヒステリーで裸で、
わが身を引きずり　ニグロの街並みを夜明けに抜けて　怒りの麻薬を探し、
天使の頭をしたヒップスターたちが　夜の機械のなか　星のダイナモの　いにしえの天なるつ
ながりに焦がれ（柴田訳 12）

「カール・ソロモン」に捧げられた『吠える』は、一人称の語り、「ぼくは見た」で始まり、以下は見たことの目的語が連なる、「省略法」「カタログ技法」「可変韻律」が用いられている。この形式の系譜はウォルト・ホイットマン（Walt Whitman, 1819-92）の『草の葉』に遡り、この技法により、ホイットマンは大統領と同列に労働者、売春婦等を次々と登場させた。本詩も「カタログ技法」により、語り手は見た人や物を次々と列挙する。同時に、一文の終わりにカンマがあり、時に長い一文もあり、第一部の終わりにようやくピリオドがある。「最良の精神たちが　狂気に破壊された」という冒頭は、衝撃的である。その「狂気」とは、いったい何であろう。『吠える』第一部では、「恐怖」、「煉獄」、「マリワナ」、母の入院していた「精神病院」、「戦争」、「幻影のインディアン」、「資本主義麻薬性煙草に抗議し、超共産主義パンフレットを配布する」、原子爆弾開発の地として知られる「ロスアラモス」等の言葉で、第二次世界大戦後の経済的繁栄の背後にある、物質至上主義、反共体制の恐怖、冷戦体制と核戦争の脅威と、社会の不正を直視し暴露したといっても過言ではないだろう。語り手は人間が魂のない「機械」にならぬよう「怒りの麻薬」を探すしかなかっただろう。「夜の機械」が想起させるのは、ヘンリー・デイヴィッド・ソロー（Henry David Thoreau, 1817-62）が『市民の反抗』において、米西戦争と奴隷制に抗議した「そもそも人間といえるのか？　それとも「［人間は］どこかの破廉恥な権力者に仕える、ちっぽけな移動式の要塞や火薬庫になりさがってしまったのか？」（飯田訳12）である。同時に、時代は前後するが、マリオ・サビオ（Mario Savio, 1942-96）は、ベトナム戦争に抗議し、「今や機械（政府）の操縦は不快極まりなく心底気分を害させて到底関わり合えるものではない。君たちはギア、車輪、レバー、つまり一切の装置の上に身体を置いて、機械を止めなければいけない」（伊藤訳97）と述べていた。つまり、「機械」とは、アメリカの工業化、産業化の象徴であると同時に、自由という名のもとで人間性を失った状態を接続する寓意であろう。『吠える』の終盤では、語り手は、夢のなかでカール・ソロモンとともに「アメリカを横断するハイウェイを泣きながら歩いている」と語って終わる（柴田訳26）。アメリカ詩の父と呼ばれるホイットマンは、アメリカの社会、民主主義を鋭く見つめた。ホイットマンの『銘詩』（*Inscriptions*）に収められた「合衆国に」を引用しよう。

> アメリカ合衆国に、またそのどの州においても、また合衆国のどの都市にも向かって
> 言う「抵抗は十分に　服従は少なく。」
> 一度無条件に降伏したなら、ただちに奴隷となってしまう。
> 一度完全に奴隷になってしまったら、この地上のどんな国も、州も都市も、もはや
> 永久にその自由をふたたび取り戻すことはできないのだ（長沼訳15）

この詩の「奴隷」とはアフリカから連れてこられた奴隷たちを指すと同時に、隠喩でもあり、自由と権利を奪われた状態を指すものだろう。自由と権利の獲得のための「抵抗は十分に　服従は少なく」と読むことができる。権利が保障された「日常」が奪われたときの抵抗の重要性が、ホイットマンの自由詩とともに、肉声となって届いてくる。『吠える』と同じ一九五五年のギンズバーグの作品「カリフォルニアのスーパーマーケット」を引用しよう。

> 僕はあなたを見た、ウォルト・ホイットマン、子どものいない、さみしい爺さんが
> 冷凍庫の肉をつつき　店員の若者たちをじろじろ見て。（Ginsberg 29）

語り手「僕」は、一九五五年、カリフォルニア州バークレーで「頭痛をかかえ自意識をかかえ　満月を見上げながら」歩いている。スーパーマーケットに入ると、ホイットマンがいる。アメリカ口語の自由詩であるが、各連は二行、時折「カタログ技法」を用いている。語り手はホイットマンの後をつけていく。

> 僕たちはどこへ行くのだろうか、ウォルト・ホイットマン？　店はあと一時間で閉まります。
> あなたの顎髭は今夜どこを指すのですか？（Ginsberg 30）

語り手は、ホイットマン、そしてホイットマンの顎鬚の後をさらに追いつづけ、さらにホイットマンに問いつづける。

僕たちは失われた愛のアメリカを夢見て歩くでしょうか、玄関にある青い車の前を過ぎ、僕たちの寂れたコッテージへ向かうのでしょうか？
ああ、愛しい父よ、灰色の髭の人よ、さみしい　老いた　勇気を与えてくれる人よ、カロンが三途の川の舟を漕ぐのを止め、あなたが煙り立つ川岸に降り立ち、レーテー川の黒い水に舟が消えてゆくのを見送ったときに、どんなアメリカがあなたにはあったのですか。（Ginsberg 30）

語り手は、現在のアメリカを「失われた愛のアメリカ」とし、ホイットマンが生きた時代の「どんなアメリカがあなたにはあったの」かと対比する。つまり、ホイットマンが『草の葉』で描いた、南北戦争が忍び寄るなかで、文明の進歩を信じ、自由な性的表現が許されたアメリカを指すのだろう。『吠える』では、語り手とカール・ソロモンが泣きながらフリーウェイの下を歩いて終わり、「カリフォルニアのスーパーマーケット」では、語り手とホイットマンが「失われた愛のアメリカ」を夢見る。レーテー川はこの世とあの世を隔てる三途の川であると同時に、忘却の川でもある。また、カロンによって三途の川の向こう岸に運ばれ（死んで）そこに立つホイットマンが描かれる。ギンズバーグは、アメリカの夢は理想であって、日常では異なったことが行われ、それが隠蔽されていることを描き出した。つまり、これが「失われた愛のアメリカ」の状態であり、詩人は語りを通して抵抗を喚起すると同時に変革を訴えている。

2．生命に対する非日常――湾岸戦争からブラック・ライブズ・マターまで

二〇一八年、トランプ政権下において、カリフォルニアのベイエリアで活動する詩人たちを中心として、『アメリカ、君の名を呼ぶ――抵抗としなやかさの詩』（*America, We Call Your Name: Poems of Resistance and Resilience*, 2018）というアンソロジーがシックスティーン・リバーズ・プレスから刊行された。「国を分断する文化的、倫理的、政治的不和に応える多様な詩を求める」（Dungy xv）という理念に基づく選詩集であり、一九世紀から現代に及ぶ詩が収められている。編者であるカミール・ダンジーは、序文で分水嶺（Watershed）という隠喩を用い、文化的・政治的言説を次のように展開する。アメリカ合衆国は三つの分水嶺を有し、大西洋、太平洋、メキシコ湾に注ぎ、それらは一つの世界の海洋に注ぐ。このようにして、われわれはみな同じ水源や行き先につながっている（Dungy xiii）として、カリフォルニアの桂冠詩人ロバート・ハスの言葉、「カリフォルニアではあらゆる水は結果的に政治問題につながる」を引用する。そして、ダンジーは、「分水の瞬間」、つまり政治的な転換期があったと述べる。つまり、近年では二〇〇一年九月一一日の世界貿易センタービルとペンタゴンの同時多発テロ、そして二〇一六年の大統領選挙によるドナルド・トランプの大統領就任である。前者により、合衆国は二〇年にもわたって戦争状態となり、地域は軍事車両や戦争の副産物、トラウマを負った退役軍人、避難民、移民の流入する状態となった。トランプ政権時には、パリ協定離脱への

反発、戦争への反発、さまざまな抵抗運動があった。そして詩人は詩で注意喚起した。第一の「分水の瞬間」については、二〇一八年のメリサ・タッキー編著の『幻の漁場　環境正義選詩集』（*Ghost Fishing: An Eco-justice Poetry Anthokigy*, 2018）に収められたデニース・レヴェルトフ（Denies Levertov, 1923-97）の詩「湾岸戦争時カリフォルニアで」を通して以下で考察したい。

デニース・レヴェルトフはイギリス生まれの現代詩人であり、一二歳のときにエリオットに自作の詩を送ったほど早熟だった。第二次世界大戦中は看護師として病院に勤めた。アメリカに渡って以後は、先述のウィリアムズや、ブラック・マウンテン派のチャールズ・オルソン（Charles Olson, 1910-70）等の影響を受けた。ベトナム戦争時、彼女はその戦争の不正を指摘した政治詩を書き、またアクティヴィストとして活動した。彼女は一九九〇年代湾岸戦争に直面し、「湾岸戦争時カリフォルニアで」を書いている。この詩は、カリフォルニアで五年間続いた干ばつの最中、語り手がユーカリの木の森を抜けていく場面から始まる。語り手の視界にやがて白い花が現れ、続いて薄ピンク、濃いピンクの花の群れが現れる。語り手はユーカリの木々のなかに現れる花々を「慣れ親しんだお祭りに楽しそうに到着するが、年次行事のあることに気づかず、喪服にも気がつかない」客人のようだと比喩し、不可思議で、調和のとれない状態を描き出す。また、その花々は細い枝に咲いているため、鳥にとって、花に誘われる危険をはらみ、「警告」となる。この比喩から、語り手は社会に目を転じる。

しかし　その花々は

希望の象徴ではなく　罪への
われわれの抵抗としてはもろい

――何度も何度も犯した罪――私たちの名前で、
本当にそう、花々は、
毎年咲く、本当にそう、悪の日々の暗い輝きを背後に
美しい喜びでかすかに輝いていた。

花々はいまここにあり、その存在は
言い表せないほど静かだ――そして爆撃がなされ、過去にもあった、
きっとこれからも、それは静かで、巨大な不協和音の

同時性。約束なんて合意されたことはない。花々は
鳩ではなかった、虹などなかった、そして戦争が終わったと
公言されても戦争は終わっていなかった。(Tuckey 68-69)

レヴェルトフは、カリフォルニアの葉枯れで死んだユーカリの木々の森にある花を、一種の不協和音を奏でる「悪の花」、戦争の象徴と表象した。カリフォルニアの静寂とアメリカ国外で行われてい

る戦争との対比、つまり「不協和音」である。何度も繰り返される戦争、その悪によって生み出される軍産複合体に対して、自然の比喩を用い、社会正義をもって痛烈に批判する。

「環境危機と社会危機は相互に均等に広がっている」(Dungy xvii) という立場をとるダンジーは、詩「言えないとわかっていること」を『アメリカ、君の名を呼ぶ』に収める。ダンジーはコロラド州デンヴァー出身、スタンフォード大学を卒業し、カリフォルニア州立大学で教鞭をとる、カリフォルニア・ベイエリアの詩人である。「言えないとわかっていること」は、一人称の語り手がカリフォルニアのかつての移民拘留地エンジェル・アイランドに向かう場面から始まる。二人称のあなたについて語り手は、冒頭では誰であるかは告げず、やがてその島に繁茂する「木々」であることをほのめかす。その際、「私は考えていた」などの文や句を反復することで「帰納言語」を連想させ、言葉の反復や個別の例が大きな命題となるのを示す。一九二〇年代アメリカの産業発展に伴い、世界から多数の移民が入国した。カリフォルニアから入国した後、偽装入国等の理由によりエンジェル・アイランドで拘留を余儀なくされた中国系囚人やポーランド系抑留者たちは、拘留所の壁面に詩や名前を書き残した。彼らが壁面に残したさまざまな言語は、エンジェル・アイランドを「煉獄」として表象するものとなる。語り手は、ユーカリの木に気づく。ユーカリは成長も早く、木材として重用された。しかしながら、ユーカリの木が外来種として、カリフォルニアの海岸の森を侵食し、景観を独占した結果、山火事の原因となっている。

君のことは考えていなかった

つまり、ユーカリの木が「脅威」ってこと、
海外から君を助けるために連れてきたのだけれど。（Dungy 10）

このユーカリの木がカリフォルニアにとって非日常である山火事は「脅威」であったと述べる。単なる気候変動の結果の山火事とは考えられない。カリフォルニアにとっての非日常、山火事は、外来種の浸食によって助長されている。つまり、アメリカが移民の国としての宿命を背負っていることと同様である。「言えないとわかっていること」は、移民という社会的・政治的事実とそれに伴う苦悩と、外来種による生態系の変化に起因する災禍である山火事、つまり環境的堕落[1]が並列し、相互に関係して進行することに対する抵抗の詩であるだろう。

カリフォルニアの作家・詩人であり、サンフランシスコ大学で教鞭をとるダン・レーダーは、『アメリカ、君の名を呼ぶ』に「アメリカ、君の名を呼ぼう」を寄せた。二〇二〇年のブラック・ライブズ・マター運動を予見させるこの詩は、次のように始まる。

アメリカ人　希望なくして君の名前を呼べない
君が跪いているときでさえも
私の咽喉を押し付け、手を縛り
私の背中で　手錠はつながる
私たちを　二人の無法者が白馬の歴史から

逃れようとするように　それはひどい鞭
耳にピストルの跡（Dungy 154）

二〇一四年七月一七日ニューヨーク州で起こったエリック・ガーナー窒息死事件では、ガーナーを死に至らしめた白人警察官は不起訴となった。また、同年八月九日ミズーリ州で起こったマイケル・ブラウン射殺事件（ファーガソン事件）でもブラウンを殺害した白人警察官は不起訴だった。この事件はスパイク・リー監督によるドキュメンタリー映画『Whose Streets?』でも知られる。

レーダーの詩は両事件後に書かれた。この詩は、話し手「私」がアメリカという国に対して「希望なくして君の名前を呼べない」と語るところから始まる。「希望」とは、ホイットマンが見た民主主義への希望、ギンズバーグがそれが実現されていないことを憂いて涙したものである。「二人の無法者」のうち、一人は手錠をかけられた「私」、つまりエリック・ガーナーを思わせる。一方で、もう一人は英国法を破ることによって成立したアメリカである。「ひどい鞭」は、奴隷が鞭を打たれ労働させられた歴史をアメリカがもっていることを想起させる。ガーナーは一箱のタバコを不適切に売ったことで逮捕され、一人の警官は禁じられている窒息術をガーナーに行使し、複数の警官が歩道に彼を押さえつけた。ガーナーが繰り返し「息ができない」と訴えている映像は、拡散され、さながら病毒が浸透していくかのような負の印象を与える。その後、「息ができない」は抗議者によって歌われるスローガンとなり、標識やTシャツに印字された。「息ができない」は、次の引用の「呼吸からの歌であり、呼吸のための誓い」に反響する。

これは君のため、君の恐れ、
君の肌の白い熱、そして
いつか歌うかもしれない青い骨のため
君のための歌、過去のため
単に過ぎ去ったものではなく。夜明けのため
そして疲労、夢のためそして闇のため
この歌は君の闘いのためではなく、本当の
闘いのための歌。炎の歌であるが、燃えない。
呼吸からの歌であり、呼吸のための誓い。
君が私のドアをノックするときに私が歌う
その歌、君の口のなかで私の息子の名前を（Dungy 154）

「夜明け」とは、「過去のため」という繰り返される人種差別と暴力、その悪循環から解放されることだろう。「呼吸のため」とは、白人警察官による暴力によって呼吸ができなかった状態に加え、合衆国が背負ってきた多民族社会の背景、それに伴う人種差別や暴力の歴史全般を踏まえた、マイノリティの息苦しさを訴えるメッセージを含むものであるといえる。「呼吸のための誓い」の背後には、君が叫ぶことができなかった、訴えることができなかったその口、つまり暴力による言葉にできな

かった自由の権利、それを次の世代に伝えていく決意がうかがえる。この詩はガーナーの霊との対話であると同時に、希望をもって建設された「アメリカ」を回復するための抵抗を歌うと同時に、ギンズバーグの詩に通底する国家に対する指弾が表明されている。

おわりに

本章では、カリフォルニアのベイエリアで活躍する詩人による現代詩を通して、理想とかけ離れた「アメリカ」という非日常に対する抵抗について読み解いてきた。ギンズバーグの『吠える』と「カリフォルニアのスーパーマーケット」を通して、語り手はカール・ソロモンとホイットマンとともに希望を失いながら歩き、絶望を描くが、ギンズバーグの詩からは社会の変革への決意を読み取ることができる。レヴェルトフの「湾岸戦争時カリフォルニアで」からは、アメリカの名のもとで繰り返される外地での理不尽な戦争、社会不正に是正を求める抵抗が読み取れる。ダンジーの「言えないとわかっていること」では、水と政治問題が一致するカリフォルニアで、移民という政治問題と山火事、気候変動が連動することが描かれている。レーダーの「アメリカ、君の名を呼ぼう」には、未解決のアフリカ系への人種差別という現実とアメリカ的民主主義の理想との葛藤が対比されているものと読み解いた。本章での考察を通して、「非日常」はアメリカ現代詩において、詩人たちに、詩的回復力と抵抗を生み出すアンチテーゼとして存在してきた点を明らかにしてきた。本章の「非日常」という問題提起が二〇二〇年のコロナ禍で立ち上がったものであること、コロナ禍でブラック・ライブズ・

マター運動が全米に拡大し、合衆国におけるポストコロニアリズムの修正が起こった事実を記憶にとどめていく必要があるだろう。

註

＊ 引用文のうち訳者の註記がないものは筆者による訳である。

（1）ベイエリアの詩人たち（特に先導的立場のロバート・ハス）は、環境的変化という言葉の代わりに環境的堕落を用いている。これは環境の変化に対する人間の倫理的責任感の欠落を指摘するものである。

参考資料

Dungy, Camille T. ed. *America, We Call Your Name: Poems of Resistance and Resilience*. Sixteen Rivers Press, 2018.

Ginsberg, Allen. *Howl and Other Poems*. City Light Books, 1956.（アレン・ギンズバーグ『吠えるその他の詩』柴田元幸訳、スイッチ・パブリック、二〇二〇年）

Thoreau, Henry David. *Henry David Thoreau: Collected Essays and Poems*. The Library of America, 2001.

Tuckey, Melissa. ed. *Ghost Fishing: An Eco-justice Poetry Anthology*. The University of Georgia Press, 2018.

Whitman, Walt. *Whitman: Poetry and Prose*. The Library of America, 1982.

伊藤詔子『ＮＨＫカルチャーラジオ　文学の世界　はじめてのソロー　森に息づくメッセージ』ＮＨＫ出版、二〇一六年。

『総特集アレン・ギンズバーグ』（現代詩手帖特集版）思潮社、一九九七年。

ソロー、H・D『市民の抵抗』飯田実訳、岩波書店、一九九七年。
『ホイットマン詩集』長沼重隆訳、白鳳社、一九九二年。

第8章

身体の非日常
――『ダイエットランド』と『ファットガールをめぐる13の物語』を通して考える

日野原慶

はじめに――コロナ禍の身体感覚

ファット、つまり物質としての脂肪、状態としての太っていることに焦点を当てた現代のアメリカ小説を手掛かりに、人が身体を伴って生きるという営みの、非日常性について考える。それが本章の目的だ。この文章を着想したことには、コロナ禍における私個人の経験が関わっている。本題に入る前にその経緯を少しだけ説明したい。

息苦しさ、けだるさ、気持ち悪さ――自身の身体を通して感じる不調に、誰もがいつになく過敏になることを強いられた二〇二〇年、私はモナ・アワド（Mona Awad）という作家の『ファットガールをめぐる13の物語』（*13 Ways of Looking at a Fat Girl*, 2016）という作品の翻訳に取り組んでいた（加藤有佳織さんとの共訳）。ボディサイズにコンプレックスを抱くエリザベス。彼女の生きざまをたどるこの連作短編集は、重さと大きさの文化的・医学的規範から逸脱するとみなされる彼女の身体の変化、そして意識の変化を描く。内容については本章の後半で詳述するが、ルッキズムやボディ・イメージ、ボディ・ポジティヴなどをキーワードとするこの作品と、コロナ禍において人が自分自身の身体へと向ける意識のありようとがどう関連するのかは、一見はっきりとはしない。しかし私には、両者がどこかでつながっているように感じられた。

自分のものであるはずのこの身体なのに、自分のものではないような気がしてしまう――ボディ・シェイミングとボディ・ポジティヴ、つまり自分の身体を恥じることと、自分の身体を肯定して受け入れることとの間で宙づりになるエリザベスは、そのような感覚を抱く。日常生活を送る自分自身の身体が、知らぬ間にコロナ・ウイルスを宿しているのではないかと不安になり、時に呼吸の一つひとつにさえ注意を払うようになった私は、それと似たような感覚を覚えた。何よりも私の身近にあり、誰よりも私がよく知っているこの身体が、同時に手が届かない未知の領域に開かれているような感覚、とでもいえるだろうか。本書のテーマに即していうならば、それは、日常生活を送る自分の身体が、同時に常に個人の経験を超えた非日常へとつながっているかのような感覚だ。

このようにはじめはぼんやりと考えていた。しかし、ある記事を読んだことがきっかけとなり、よりはっきりと両者のつながりを意識することになった。アメリカ文学の分野で最もメジャーな学術誌の一つである『アメリカン・リテラチャー』（*American Literature*）の二〇二〇年第四号、コロナ禍の諸問題とアメリカ文学・文化とを関連づけた「パンデミック・リーディング」という特集に収められたカリ・ニクソンによる記事だ。そこで取り上げられているのは、腸チフスのメアリーとして知られる、二〇世紀初頭のニューヨークに生きたある女性をめぐるエピソードだ。本名メアリー・マローン、歴史に名を残す、いわゆるスーパースプレッダーの元祖として、コロナ感染拡大の初期には日本でもメディアで取り上げられた。

ニューヨークで料理人として働くなかで、周囲の約五〇人へと感染を広げ、三人を死へと追いやった無症状保菌者メアリー。彼女はこれまで、公衆衛生（public health）の敵、他者の健康を気にかけなかった（did not care）無責任な保菌者として語り継がれてきた（739）。記事の著者ニクソンは、この伝統に抗う。一九〇七年、ニューヨーク市の公衆衛生官ジョージ・ソーパーは、メアリーが感染源の保菌者であることを突き止める。彼はメアリーのもとを訪れてその事実を伝える。検体として排泄物を提供するよう要請する。メアリーはソーパーを追い返す。その瞬間のメアリーの思考のありようを、ニクソンは次のように再構築する。

しかし、近年の史実の再検討の結果を踏まえると、私には次のようにも思えてくる。細菌説が科学的事実であると広く認められるようになってからようやく一〇年といったところのその時代に、彼女がソーパーの言葉を真に受けなかったとしても、無理はないのではないかと。事実、チフスにかかった覚えなどない彼女にとって、細菌説というまだ確立したての学問が唱える、健康な保菌者などという聞きなれない概念が、馬鹿げたものに感じられたとしても不思議ではない。仕事場にとつぜん男がやってきて便器の中身を見せるよう要求したのだから、心底震え上がる彼女の姿すら想像できる。（739）

ここで浮かび上がるのは「菌をまき散らすことを問題だとは思わなかった（someone who did not *care* she was infecting others)」無責任な保菌者の姿ではなく、「それを問題だとはわかりつつ、［自身が感染源だとは］信じることができなかった（cared but did not believe）」健康な保菌者（healthy carrier）としてのメアリーの姿である。主観的には健康であった自身の身体が、チフスの温床と読み替えられてしまう細菌学の当時まだ新しかった知の枠組みを、メアリーは共有していなかった。共有していなかったのだとしたら、その枠組み自体を拒絶するのも無理はない、というのがニクソンの考えだ。

この見立てを受け入れるのだとすれば、誰もが健康な保菌者になりうることを突き付けられたコロナ禍における現代人の戸惑いは、驚きの程度は違うだろうが、腸チフスのメアリーが経験した戸惑いと共鳴するものであるともいえる。個人の身体は常に、当事者の主観的な身体感覚からは切り離された知識の枠組み――たとえば医学のような――のなかで観察され、分析され、解釈される可能性をはらんでいる。そしてその知識の枠組みは、専門家ではない個人の手が届かないところで常に更新される。あるときを境に、私たちの身体がコロナ・ウイルスの温床と読み替えられるようになり、日常生活を送る私たちからは遠く離れた「どこか」で、コロナをめぐる情報が、言説が、理論が、時々刻々とアップデートされていくのと同じように。

ニクソンの記事を読みつつ、私が強く思い浮かべたのは、太った身体のことだった。現代の公衆衛生の知の枠組みにおいて、太った身体には時に肥満症（obese epidemic）という病名が与えられる。規範を超えて太った身体は、「病んだ」あるいは「病むリスクのある」身体として否定的に受け取られる。それは特にアメリカにおいて顕著な状況であるが、その国にはまた、太った身体の過度な病理化（medicalization）を糾弾し、抵抗の声を上げる伝統もある。ファット・リベレーションと呼ばれるその運動は、太さと病とを結びつける医療の、知の枠組みそのものを拒絶する。本章で扱う『ファットガールをめぐる13の物語』も、あわせて論じるサライ・ウォーカー（Sarai Walker）による小説『ダイエットランド』（*Dietland*, 2015）も、そのようなファット・リベレーションの文脈に関連している。

身体とは外部から与えられるさまざまな定義がぶつかり合う場所である。その具体的なありようを、ファットな身体を通して見ていきたい。以下ではまず、カウンターカルチャーの影響のもとに開始されたファット・リベレーションと、現代におけるその一形態としてのファット・スタディーズの概要について説明する。そして、それらの運動・研究が、特に二〇〇〇年以降は、アメリカを中心とする欧米諸国で急速に広まった先述の肥満症（obese epidemic）の言説に対して批判的な立場をとっていることを明らかにする。最後に、それらの運動・研究と関連づけられる先述の二作品の内容に触れつつ、両者が一枚岩となってファット・リベレーションの主張を反復しているわけではないこと、むしろ、一つの主義に対する異なる応答をそれぞれのテクストに読み取れるのだということを論ずる。

ファット・リベレーションとは、単純化を恐れずにいえば、他者の定義を退け、本人が自身の身体を定義するという試みである。その期待を抱いて『ファットガール』を読む読者は、最終的に肩すかしをくらう。この作品は、その試みの尊さには共感を示しつつ、それがいかに難しいかということの方に焦点を当てている。そうすることで、人々の日常が見えにくくする、身体を生きることの複雑さを伝えている。

1．ファット・リベレーション

ジョナサン・エンゲルという研究者による『肥満大国――アメリカにおける肥満の歴史』（*Fat Nation: A History of Obesity in America*, 2018）という本は、アメリカにおける肥満（obesity）という「健康問題」の原因が、人々の日常生活における誤った選択（choice）にあり、それは最終的に国が負担する医療費の増大をも、つまり経済的なコストをもたらしうるのだ、という前提に依拠して書かれている。これは主に公衆衛生学（public health）の分野で取り組まれる肥満研究（Obesity Studies）で広く共有される前提でもある。

その本のなかで、著者エンゲルは、アメリカの現代の肥満問題への初期の警告の例として、雑誌『ネイション』の一九七四年八月一七日付の記事から引用をしている。

> 何百万人ものアメリカ人が、太るだけならまだマシな方で、最悪の場合は自身を死に至らしめる食生活を送っているのだと、いったいどのようにして気づかせたらよいものか？（qtd. in Engel 149）

ここで注目すべきは、「太る（fat）」という言葉と「死（dead）」という言葉の並びである。これは両者の間に、「病むこと（being ill）」という状態がなければ、成り立たない因果関係である。

この記事を掲載した『ネイション』が発行される少し前、正確には一九七三年一一月に、ファット・アンダーグラウンドという組織によって公開されたある文書は、そこで暗黙の前提とされているような「ファット＝病」という考えを批判するものである。文書のタイトルは“Fat Liberation Manifesto”——日本語に訳すならば「ファット解放宣言」となるだろうか。次にその一部を引用する。

> わたしたちは否定します。わたしたちが不健康だという誤った主張をする「エセ科学」を。それが、保険会社、ファッション業界、ダイエット業界、食品・薬品業界、医学・精神医学会の金銭的利害と結びつき、わたしたちへと向けられる差別の原因となり、根拠とされてきたのです。（qtd. in *Shadow on a Tightrope* 53）

目を引くのは、身体の太さを不健康と結びつける医学的解釈を、エセ科学（pseud-science）として拒絶する点。そして、そのエセ科学に依拠して太った身体に治癒を提供するというビジネスモデルを、金銭的搾取のシステムとして非難する点である。

このような大胆な主張に特徴づけられるファット・アンダーグラウンドを含む、初期のファット・リベレーションの状況について最も詳しく伝えてくれる研究としては、シャーロット・クーパーによる『ファット・アクティヴィズム——ラディカルな社会運動』（*Fat Activism: A Radical Social Movement*, 2016）がある。また日本語でこのトピックを扱ったほぼ唯一の研究書として、碇陽子『「ファット」の民族誌——現代アメリカにおける肥満問題と生の多様性』（2018）がある。ファットの解放を訴えるファット・アクティヴィズムの最も古い記録は、クーパーによれば、一九六七年六月にニューヨーク・セントラルパークにて開催されたファット・イン（Fat In）である。同年六月五日発行の『ニューヨーク・タイムズ』の記事が伝えるところによれば、五〇〇名もの太った人々、太りたいと望む人々がこのイベントに参加した。食べたいものを持ち寄って食べるというごくシンプルな行為から、ダイエット指南本や痩せたファッションモデルの写真を燃やすという少々過激なパフォーマンスまでもが、太っていることを悪とする社会へのプロテストとして展開された。

このイベントについてとりわけ興味深いのは、先述のとおり、食べるというありふれた行為がプロテストとして機能していたという点だ。人々が食べたいものを食べるという欲求を、どこかで抑圧しながら送る日常があったからこそ、ただ食べたいものを食べるということが、その日常を攪乱する非日常性を獲得したのだと考えられる。

本題からはそれるが、『ニューヨーク・タイムズ』の記事“Curves Have Their Day in Park; 500 at a 'Fat-in' Call for Obesity.”によると、参加者の一人は次のような言葉を残している。

みんなが太れば戦争はなくなるさ（中略）誰も徴兵検査をパスできないだろうからね。

このジョークには思わず笑ってしまう。だが、この言葉には同時代のベトナム反戦運動からの影響も読み取れるという点には注目したい。

2．ラディカル・セラピーとのつながり

その後、ルウェリン・ラウダーバックという男性によって設立されるＮＡＡＦＡ（当初の名称はNational Association to Aid Fat Americansだったが、一九八〇年代に改名してNational Association to Advance Fat Acceptanceとなる）が、アメリカで最初のファット・リベレーションの組織である。しかし、異性愛の男性中心的な価値観が根強いこの団体において、女性、レズビアン、フェミニストたちは隅に追いやられていた。そこで女性メンバーを中心とした組織として一九七三年に産声を上げたのが、先述のファット・アンダーグラウンドであった。「ファット解放宣言」の執筆者として名を連ねているジュディ・フリースピリット（Judy Freespirit）とアルデバラン（Aldebaran）がこちらの組織の中心人物であり、彼女たちはもともとロサンゼルスを中心としたフェミニスト・ラディカル・セラピーと呼ばれる別の運動のメンバーでもあった。

ラディカル・セラピーとは、心の不調を病理化して個人の身心の内部に原因を求める精神医学を批判し、個人を取り巻く社会・政治・環境にその原因を求める、そしてその変革を訴える運動であった。より広くは反精神医学（Anti-Psychiatry）と呼ばれる運動の一部であり、短期間ではあったが、『ラディカルセラピスト』（*The Radical Therapist*）という雑誌も発行しており、文化研究としては非常に興味深い事例だ。ファット・リベレーションに引き継がれた体形の病理化の批判という視点は、この大本の運動に由来するといえる。

そこからジェンダー／セクシュアリティの多様性に合わせた組織が派生し、いわゆるジン（zine）など小規模出版の雑誌や、アクティヴィストたちによるエッセイ集『綱渡りをする影』（*Shadow on a*

Tightrope: Writings by Women on Fat Oppression, 1983）や、中心的なアクティヴィストの一人、マリリン・ワンによる『ファット！ソー？』（*Fat!So?* 1998）など、書籍の出版などを通した活動があり、現在はさまざまなオンラインコミュニティが創設されるなど、本章では到底紹介しきれないほどの広範囲にファット・アクティヴィズムは拡大している。

3．ファット・スタディーズ――対概念としての fat / obese

ファット・リベレーションの一端を担うのが、ファット・スタディーズである。二〇一二年には同名のジャーナルも発刊され、現在も年三回の刊行が続いているが、この研究分野が政治性を前面に打ち出していることは、二〇〇九年出版の論文集『ファット・スタディーズ・リーダー』（*The Fat Studies Reader*）の序文からも明らかだ。「ファット・スタディーズ――革命への招待」（"Fat Studies: An Invitation to Revolution"）というタイトルのこの文章で、著者であるマリリン・ワンは、ファット・スタディーズが「知的な探求」であると同時に、「人が身体の重さどう捉えるかということについて、ある見方を支持したり、別の見方を覆したりする、その点において政治的でもある」と述べている（xviii）。

ワンは「ファット・スタディーズにとって必要不可欠な視点」の一つとして、ファットの病理化に対する批判を挙げる。

太った人たちをオビース（obese）と呼ぶことは、人間の多様性を医療化（medicalize）してしまうことだ。多様性を医療化してしまうことは、自然に生じているだけの差異に対する「治療方法」を探し求めるという、見当違いの試みに火をつける。体重の医療化は、ファットな人々への共感を生むどころか、社会のあらゆる領域でファットに向けられた偏見と差別に燃料をそそぐことにつながる。（xiii）

「肥満は慢性的な病である」と明言したＷＨＯ（世界保健機関）による一九九七年の報告書に端を発し、二〇〇〇年代の初頭にかけて、オビース・エピデミックの言説は主に欧米諸国において瞬く間に拡大した。オビースという医学の枠組みを用いた人の身体のカテゴリー化と病理化に、人文学の立場から抵抗することは、ファット・スタディーズの中心的な問題意識だ。

ファット・スタディーズの文脈では、ファットとオビースはニュアンスの異なるほぼ同じ意味の言葉などではない。むしろ、両者は対概念である。自然な状態としての太っていることと、病としての肥満という二項対立があり、後者を生み出す医学の知の枠組みを拒否することによって、前者を選び取る。そういう論理が、ファット・スタディーズを含む、ファット・リベレーションの運動の根幹にある。

4．正しいファット・ナラティヴ——『ダイエットランド』

先述の『ファット・スタディーズ・リーダー』の序文は、繰り返し革命（revolution）という言葉を用い、読者に強烈な印象を残す。ファットを主題とする文学作品で、同じく身体の捉え方をめぐる革命の重要性を主張するものとして、二〇一五年に出版された小説『ダイエットランド』を挙げることができる。自身がファット・アクティヴィズムに携わっているウォーカーによるこの小説が二〇一八年にテレビドラマ化された際には、革命に参加せよ（Join the Revolution）というキャッチフレーズが掲げられた。この作品における革命は、主人公プラムの内面の変化というかたちで描かれる。自身の身体をどう捉えるか、どう定義するかということに関して、彼女の考え方は大きく変わる。

一〇代の少女たちから熱狂的支持を受ける雑誌『デイジー・チェイン』。その名物編集長で、外見も生活も読者の理想を体現したかのようなキティの裏方として、プラムは働く。一見華やかな職に就きながら、彼女が共感するのはむしろ、理想どおりにはならない容姿や人生について、キティ宛に悩み相談のEメールを送ってくる鬱々とした読者たちの側だ。なぜならプラム自身が、太った身体にコンプレックスを抱いている。細さを良しとする社会での生きづらさを感じる彼女は、減量手術を受けることを目下の希望として暮らしている。そんな彼女が、かつて自身が入会していたバプティスト減量協会（Baptist Weight Loss）設立者の娘であり、母親が行ってきたことへの反省からフェミニスト団体カライオペ・ハウス（Calliope House）を主催するヴェレナに出会う。それをきっかけに、自身の身体の捉え方を、そして社会への向き合い方を変えていく。これが作品の中心にあるプロットだが、その背後で謎の組織ジェニファーによる、男性のみを狙った連続殺人がメディアを賑わす。このサブプロットが作品全体にどう関わるのかという点も読みどころの一つである。

物語の冒頭、プラム（本名はアリシア）は次のように語る。

本当のわたし。これからわたしがなるはずの女性。もうすぐ手が届く。しっかりとらえた、針にかかった魚だ、あとは釣り上げればいい。今度は絶対に逃さない。（15）

この引用における本当のわたし（real me）とは、胃を部分的に切除する減量手術を通して、彼女がなろうとする存在だ。そもそもどのような状態であってもわたしでしかないはずのわたしが、何らかの過程を通してわたしになる、わたしを獲得するというのは、それ自体が普遍的な物語の構造であるといえるが（Culler 111-112）、次の引用にもあるように、この小説において獲得すべきわたしは、厚い脂肪の奥に隠されている。

「あなたのなか、その分厚い脂肪の奥に、閉じ込められてる細い人の名前って？」
「他人ってわけじゃなくて。だって彼女はわたしだし。そのうち、その人になるってことだから」
「いいわ、でも名前くらいあげたっていいじゃない」
あきれ顔をつくろうとした、その瞬間、思い出した。バプティストプランをやっていた一〇代のころ、痩せたわたしを想像してアリシアと呼んでいたことを。

アリシアはわたしであって、わたしじゃなかった。

「アリシアって呼べばいいと思う」わたしは言った。「それが本名だから」（106）


厚い脂肪に埋もれているのがリアル・ミーだとすれば、脂肪それ自体はフェイク・ミー、つまり偽りのわたしということになるだろう。プラムにとってそれは、真の自分にたどり着く過程で、捨て去るべき不必要な対象だ。

物語の結末は、ファット・リベレーションの主張を正しく、忠実に反映したものであるといえる。そのぶん、予定調和的であるようにすら見えるが、次のような場面を通してプラムの内面の変化が描かれる。


「彼女は消えたって、そう伝えたくて」わたしはヴェレナに言った。

「わたしのなかの細い人。理想の女。隠されたわたし」

「アリシアのこと？」

「違う。アリシアはわたしが取り戻した。完璧な女性、痩せた自分なんて、ずっと、ただのまぼろしだったんだ。どこにもいなかった。だから名前もいらない」アリシアはわたし。アリシアはわたしだ。（292）

脂肪を含めたいままでどおりの自分が、真の自分なのだと、自らの言葉で明言することが、プラムにとってのファット・リベレーションである。

この非常に明快なファット・リベレーションのプロットにはまた、プラムが内面化していたオビースの言説から解放される過程が組み込まれている。彼女がかつて信奉していたダイエットプログラム、バプティスト減量協会。それを実践していたころのことを、彼女は次のように振り返る。

> ファット（fat）の代わりに、わたしたちは過体重や肥満（obese）と言うようになった。ダイエットとも呼ばなくなり、プランやプログラム、ヘルシーな食事という言葉を使うようになった。（48）

ここでプラムが受け入れたオビースの言説とは、現実世界のそれと同じように、死をその最終段階に置くものである。次の引用はプラムの言葉だ。

> 保険会社の体重チャートで、病的肥満を超えると、カテゴリーはあと一つ。死。低体重、平均、過体重、肥満、病的肥満ときて、最後に生命危機という並びだ。ここに到達したら、遺書を書き、棺桶を事前注文するよう要求される。（165）

ファット・スタディーズの論点でもあった、対概念としてのオビースとファットという関係性は、この小説において非常に明快に、オビース言説を受け入れたプラムが、自身をファットと名指すことができなくなるというかたちで、物語化されている。

「もしあなたがこれまで――」Ｆ－ワードを口にすることができなかった。ファットという単語。これだけは声に出さないと決めていた。その響き自体を憎んでいた。数ある言い換えの方がまだましだった。重め、大きめ、ぽっちゃり、むっちり、それに肥満でさえ。ドレスサイズ二桁のオンナと自分を表現したこともある。でも、ファットとは一度だって言えなかった。

「これまでまったく――」

「ファットじゃなかったなら、でしょ」

「そう、それなら、どうしてダイエットのことなんか気にするの？　なんであんな本を書いたのよ？」（88）

これに対して、物語の終盤では、プラムが「わたしはファットだ」と明言する場面がある。

「思うんだよ。ファットなのって、よくわからないけど、いいことなんじゃないかって」わたしは言った。ファットと声に出してみるのは爽快だった。いつも避けていた言葉、でもファックと同じように鋭くて、力強い――禁断のＦ－ワード、上の歯が下唇にめり込み、ひといきで吐き出す。ファット。（196）

ファットな女性としてカミングアウトすること（coming out as a fat woman）。これが物語後半で焦点が当てられる、プラムの認識の「革命」の証なのである。

ちなみに「ファットウーマンとしてのカミングアウト（coming out as a fat woman）」とは、クィア批評家のイブ・コゾフスキー・セジウィック（Eve Kosofsky Sedgwick）の言葉だ。他者は、太った身体に対して、何らかの定義づけを行い、何らかの物語を投影したいという欲望を抱く。このことについて、次のように彼女は語る。

> 驚くべきことに、この社会では、ファットな女性を目にした人がみな、まるでその本人が気づいていない何かを、自分は知っているんだと錯覚する。もしそれらの人々が知っているとされる何かが、当の女性がたくさん食べるくらいの単純なことだとしても、この理論上明快な（しかし、近年の研究が示すように、多くの場合、間違っている）見解が、まるで機密情報であるかのような高揚感を与えるのは、医学である。つまり医学が、同性愛の場合と同様に、単なる差異に原因を与え、単に行動と行動とを結びつけただけの仮説に、当人の「意志」（彼女は食事に依存している）、「歴史」（彼女は満たされてないんだ）、「知覚」（彼女はどういう外見をしているか自分で気がついてないんだ）を物語化して理解するという特権を付け足す。この特別な情報を、まだそれを知らない別の人と共有したいという欲望は、普通であれば良識のある市民であっても抑えることができない。（229-230）

医学（ファット・リベレーションにとってのエセ科学）を援用しつつ他者が紡ぎ出す単純化された物語。これを覆し、自身の言葉で、自身の身体を語ること。それがファットとしてのカミングアウトである。『ダイエットランド』は、そこにたどり着くまでのプラムの軌跡をたどる作品であるということができる。

5．屈折したファット・ナラティヴ――『ファットガールをめぐる13の物語』

太っているからこそ「人々がどれだけ残酷か（how horrible everyone is）」を知ることができた（197）。『ダイエットランド』の主人公プラムはそのように語る。モナ・アワドによる連作短編集『ファットガールをめぐる13の物語』の主人公エリザベスも、これと共鳴するかのような言葉を残す。冒頭の作品、「宇宙にさからうとき」の始まりで、親友メルと一緒にいる彼女は、物語の語り手として次のようにつぶやく。

宇宙はわたしたちに冷たい。理由はわかっている。（The universe is against us, which makes sense.）（10）

細さを規範とする社会で彼女が感じる生きづらさが、この一行に表されている。宇宙からは逃げようがない。

作品集の冒頭、エリザベスは高校生だ。その後、大学に入学し、中退をし、派遣社員として仕事をする。その間、言い寄ってきた何人かの、あまりまともではなさそうな男たちと付き合う。そのうちに夫となるトムと出会い、結婚をし、のちに離婚をする。かたや、メルとは疎遠になっていくが、年を重ねるにつれて、その都度、同性の友人ができることもあれば、嫌いな同性と出会うこともある。自身と同じく太った母親とは、つかず離れずの関係を保つが、トムと結婚をしたころに死別する――というように、エリザベスの日常が一三の短編を通してどちらかといえば淡々と綴られる。ただエリザベス本人にとっては、日常はまるで舞台上でたえず他者の視線を浴びているかのような経験であり、教室でも、試着室でも、スポーツジムでも、家にいても、彼女は自分の身体がどう見られているのかを気にかけてしまう。タイトルにも使われている looking という言葉が鍵となる作品集であることはいうまでもない。これは、ファットガールを「見ること」をめぐる物語なのである。

その点に加えて、エリザベスが自分の身体を見る物語でもあることが重要だ。他者が彼女の身体に向けるのと同様の視線を、鏡や写真を通して、彼女は自分自身に向ける。

今夜も、鏡と向き合い進歩を見定める。でも、受け入れるべき現実は昨日より増えたんじゃないかと思う。時々こういうことが起こる。どのぐらい増えたかは、たいてい照明の具合で決まる。明るさじゃなく、どうわたしに当たるか、どんな風に体のどこを照らしているかの問題だ。（113）

エリザベス自身のボディ・イメージが、彼女の人間関係に常に大きな影を落とす。その身体の大きさの変化、そして身体に向ける意識の変化を逐一、彼女の視線を通して読者は共有することになる。そうして、彼女の身体のなかの出来事は、淡々と続く日常などでは決してないことを理解する。

『ダイエットランド』におけるプラムの場合とは異なり、エリザベスの身体をめぐる物語は、ある重要な一点を除いて、社会に広く流通するダイエット・ナラティヴとよく似ている。研究者エレナ・レヴィ・ナヴァロは、現代の西洋文化に偏在するダイエット・ナラティヴに共有されるのが、捨て去るべき過去から、到達すべき未来へと「原因と結果が噛み合い、よどみなくまっすぐ流れる（follows a neat, linear chain of cause and effect）」時間性であると指摘する（18）。わかりやすくいえば、太った状態（不幸な過去）から、痩せた状態（幸せな未来）へと、食事制限やジム通いなどの日々の結果を生む努力（噛み合う原因と結果）を通して直線的に進むのが、理想的なダイエット・ナラティヴであるということだ。前者の状態を病と結びつける点において、それはオビースの枠組みを反復するものでもある。

トムとの付き合いが始まったころから、エリザベスのダイエットは始まる。オビースの言説を体現するかのように太ったまま亡くなる母とは異なり、彼女の身体は徐々に細くなっていく。模範的なダイエット・ナラティヴがよどみなく進んでいるかのように見える。しかし、興味深いことに、ダイエットに成功した後の彼女は、以下で確認するように、幸せな未来とはかけ離れた地点にいる。痩せることと幸せを切り分けることが、この作品独自のダイエット・ナラティヴへの介入の仕方であり、ファット・リベレーションへの関わり方である。

栄養をそぎ落とした食事、カロリーを消費するためだけの運動――これらに疑問を抱きつつ、痩せた後のエリザベスはそれをやめることも恐れている。日々ランニングマシンを漕ぎつづけることに感じる虚しさを、自身の胸の内を、ジムでの友人ルースに打ち明けることもできずにいる。

彼女の上着の襟元にすがって、そういう風には信じられないと打ち明けたかった。マシンに乗って走っていると、泥よりももっとひどい何かに飲み込まれていくような感覚になること。足元が不安定で、地に足をつけて走っている感じがしないこと。いまにも深淵へと落ちていきそうで、何もかも手に負えない気がしてくること。ここに座っている間、わたしの中の底なしの胃袋は決して満たされず怒っていること。痩せているといってもわたしとは髪の毛一本分くらいの違いなのに、ファットガール共同体の中でルースは完全に向こう側の人なのだ。（260）

ランニングマシンの上でいくら足を前へと踏み出しても、実際には前へと進むことはない。反対に、その場に沈んでいくかのような感覚がエリザベスをとらえる。「前進」が「停滞」に置き換わり、どこにも到達できないダイエット・ナラティヴが完成する。未来へとつながる直進的な時間性は、変化に乏しい単なる持続へと姿を変える。このようなかたちで、ダイエット・ナラティヴに亀裂を入れるかのような描写は、作品集の後半、特にスポーツジムが舞台になると繰り返し現れる。

ファット・リベレーションを前景化した物語であれば、どこかでエリザベスに転機が訪れ、ありのままの自身の体を受け入れるというプロットが用意されていたかもしれない。しかし、この作品集におけるファット・リベレーションは、彼女が捨て去った可能性としてのみ描かれる。夫トムの視点から描かれた「あの子はなんでもしてくれる」には、次のような場面がある。

彼はカウチに行き、妻のとなりに腰を下ろす。ついているのはシーズン10だ。そうだとわかるのは、唯一iTunesで買ったのがこのシーズンだからだ。彼女はどのシーズンよりも頻繁にこれを観る。最後、あるプラスサイズのモデルが勝ち残る。このファットガールが勝つのを初めて観た時――とは言っても、ノートパソコンでワールド・オブ・ウォークラフトをやりながら、ときどき顔を上げる程度だったが――彼でさえ心が揺さぶられた。むくわれたね彼女、社会にとってもいいニュースだ、と考えた。狂喜している姿を想像してベスに目をやると、彼は驚いた。救いようのない痛みに打ちひしがれたかのような表情が、彼女の顔に浮かんでいた。（178）

スクリーンのなかのプラスサイズモデルは、自身のありのままの身体を受け入れることで称賛を浴びている。茫然と画面を見つめるエリザベスは、それとは真逆の選択をした。ありのままであることを拒み、細くなるために努力することを選び、それを叶えた。叶えた結果、次のような感覚を抱いて日常生活を送ることになった。

今の彼女は腹がすいているか、腹が立っているか、心ここにあらずのどれかで、セックスどころではない。それにまだ「自分の体じゃないみたい（like a stranger in my own body）」だと言っ

ている。（188）

再び『ダイエットランド』からプラムの言葉を借りるとしたら、痩せて「本当のわたし（real me）」になるはずだったのに、ふたを開けて見れば「わたしじゃない誰か（stranger）」が自分のなかに住み着いてしまった。それがエリザベスのダイエットに与えられた結末だ。

細くなることでエリザベスが捨てた「脂肪がついた身体」は、憑りつくかのように彼女のもとに回帰する。トムのコンピューターに残る履歴をたどり、彼が視聴していた動画を目にした場面では、太った体が彼女の視線を釘付けにする。

「ベス」何かをたずねるかのように彼は呼びかけるが、彼女の耳には届かない。くぎ付けになった目の先にはファットガールたちがいて、何マイルもガゼルに乗って彼女が消し去ろうとした贅肉を見せつけながら、飢えと疲れと怒りで彼女がもう呼び起こせなくなってしまった快楽に溺れている。そして暗い部屋の入口に立ち、やさしい声で名前を呼ぶ夫の姿を、彼女もまた窓に見ているに違いないと彼は知っている。（194-195）

一方で彼女も、痩せれば痩せるほど、「脂肪がついた身体」に執着するようになる。一三の短編のうち試着室を舞台にしたものは三つあり、そのうち二つは、大きな身体に無理やり小さなドレスを合わせようとする彼女の様子を描くものだ（「それって欲張り」「フォン・ファステンバーグとわたし」）。小さなドレスを規範の象徴として読めば、これらの作品がその過度な締めつけを戯画化しているのだというのは難しくない。それ以上に異色なのは、ダイエットに成功した後のエリザベスが、自身の小さな身体にプラスサイズのドレスを合わせる様子を描く「アディション・エル」という作品だ。

ノックが続き、暗闇の中、わたしの体にドレスが重くぶら下がる。お客さま、お客さま、と呼びかけられるから、何か言わないと。だけど、声にならない。暗闇の水中を泳いでいたから。溺れそうだったから。わたしの体が途切れるところ。ドレスが始まるところ。何マイルも何マイルも何マイルも離れている。でも、暗闇だと、思っていたよりも近くに感じられる。危ういほど近く。目が慣れるまで待てば、もしかすると鏡の中のシルエットが見えるかもしれない。どれくらい遠いのかも。(246)

ここでは、ドレスと身体との間に大きく開いた隙間に焦点が当てられる。かつては彼女の身体がそこを埋めていた。いまはぽっかりとあいたその空白を、どうにかしてエリザベスは感じようとする。まるで、失われたかつての身体を、取り戻そうとでもするかのように。

おわりに――「わたし」と身体の隙間

しかし、そもそもエリザベスはなぜ痩せようとしたのだろうか。この点は一考の余地がある。自然に読めば、トムとの出会いがきっかけであったと簡単に結論づけることはできる。だが、トムの視点から語られた「あの子はなんでもしてくれる」には、次のような興味深い一節がある。


あなたのために頑張ったのよ、ねえ、と彼女はいつも言う。

僕のため？　と聞き返したくなる。

金柑食べろだとか、複合型のカーディオマシン使えだとか、彼自身が言った覚えはまったくないからだ。（193）


大前提として、トムは痩せる以前のエリザベスの身体を愛していた。そのことを彼女に伝えてもいた（113-114）。それにもかかわらず、エリザベスは痩せようとした。これを踏まえると、ここで彼女がもち出す「あなたのため」という言葉は、痩せたことに対する後付けの理由にすら見えてくる。

そして実際に痩せると、エリザベスは太った身体に目を奪われる。実のところは、求めているのは細さでも、太さでさえもなく、ただ、どこに自分の「本当の」身体があるのかを探しさまよいつづけているかのようにすら見えてくる。本当の身体――それは、痩せた先にある、とダイエット・ナラティヴであれば答えるだろう。ありのままがそれだ、とファット・リベレーションのナラティヴであれば結論づけるはずだ。どこにもない、という答えが『ファットガール』からは聞こえてきそうだ。

自分と身体との間にあるギャップ。それを忘れることで、自身の身体のなかで居心地よく生きていると思い込めるような、そして、それを見ないことで平凡な日常が続いている気になれるような、自己と身体との埋め難い隙間があること。ファット・リベレーションを意識しつつ、ダイエット・ナラティヴを書き換えながら、この作品はそれを伝えているようにも思われるのだ。

註

＊『ファットガールをめぐる13の物語』は、刊行済みの翻訳書から引用した。それ以外の引用は、本稿のために筆者が翻訳をした。

参考資料

Cooper, Charlotte. *Fat Activism: A Radical Social Movement*. HammerOn Press, 2016.

Culler, Jonathan. *Literary Theory: A Very Short Introduction*. Oxford University Press, 2000.

"Curves Have Their Day in Park; 500 at a 'Fat-in' Call for Obesity." *The New York Times*, 5 June 1967. *New York Times Time Machine*.

Engel, Jonathan. *Fat Nation: A History of Obesity in America*. Rowman & Littlefield, 2018.

The Fat Studies Reader, edited by Esther Rothblum and Sondra Solovay. New York University Press, 2009.

Freespirit, Judy and Aldebaran. "Fat Liberation Manifesto." *Shadow on a Tightrope: Writings by Women of Fat Oppression*, edited by Lisa Schoenfielder and Brab Wieser. aunt lute books, 1983, pp. 52-53.

Levy-Navarro, Elena. "Fattening Queer History: Where Does Fat History Go from Here." *The Fat Studies Reader*, edited by Esther Rothblum and Sondra Solovay. New York University Press, 2009, pp. 15-22.

Nixon, Kari. "An Ethics Debate for the Ages: American Individualism." *American Literature*, vol. 92, no. 4, December 2020, pp. 737-743.

The Radical Therapist, edited by Jerome Agel, Ballantine Books, 1971.

Sedgwick, Eve Kosofsky. *Tendencies*. Routledge, 1998.

Shadow on a Tightrope: Writings by Women of Fat Oppression, edited by Lisa Schoenfielder and Brab Wieser. aunt lute books, 1983.

Walker, Sarai. *Dietland*. Mariner Books, 2018.

Wann, Marilyn. *FAT!SO? : Because You Don't Have to Apologize for Your Size*. Ten Speed Press, 1998.

——. "Fat Studies: An Invitation to Revolution." *The Fat Studies Reader*, edited by Esther Rothblum and Sondra Solovay. New York University Press, 2009, ix-xxv.

アワド、モナ『ファットガールをめぐる13の物語』加藤有佳織・日野原慶訳、書肆侃侃房、二〇二一年（Awad, Mona. 13 Ways of Looking at a Fat Girl. Penguin, 2016.）

碇陽子『「ファット」の民族誌——現代アメリカにおける肥満問題と生の多様性』明石書店、二〇一八年。

第3部

非日常のなかの非日常

第9章　カート・ヴォネガットのSF小説『タイタンの妖女』と『猫のゆりかご』

平田美千子

はじめに

カート・ヴォネガット（Kurt Vonnegut, 1922-2007）は、SF作家というレッテルを貼られることを嫌った[1]。ヴォネガットによると、作品を発表しはじめた二〇世紀半ばにはまだ、SF（サイエンス・フィクション）は正当な文学ジャンルではないとして不当に低い評価を受ける傾向にあった。自分は真っ当な文学を書いているという自負があったヴォネガットにはその呼称が我慢ならなかったのだ。とはいえ、一九五〇、六〇年代の英米SF作家のリストでヴォネガットの名前が挙がらない例は見当たらない。少なくとも作家活動の前半期にあたるこの二五年ほどの間にヴォネガットが発表した作品には、SF色が濃いものが多いことは事実である。

ジョージ・ルーカス監督によるスペースオペラの大作『スター・ウォーズ』の映画シリーズ第一作『スター・ウォーズ　エピソード4／新たなる希望』が公開されたのは一九七七年である。七〇年代半ば生まれの筆者にとってSFは、主に映画そして漫画で楽しむものだった。五〇年代以降、SF映画は欧米で大ブームとなり、今日に至るまで多くの作品が絶え間なく世に送り出されてきた。そしてほぼ同時期に、この文芸ジャンルは日本の大衆文化にも大きな影響を及ぼしはじめる。一九五七年には「ハヤカワ・ファンタジイ」（一九六二年に「ハヤカワ・SF・シリーズ」に改称）の刊行が始まり、続いて一九七〇年には「ハヤカワ文庫SF」が創刊された。日本の少女漫画界においてSF作品の秀逸さでは群を抜いている萩尾望都は、[2]中高生時代に『SFマガジン』や「ハヤカワ・SF・シリーズ」で、アイザック・アシモフ、ロバート・A・ハインライン、アーサー・C・クラーク、レイ・ブラッドベリなどのSF作品を読みふけっていたという。[3]筆者が一〇代、二〇代のころは、小説でSFに親しむことはまれだったが、萩尾作品をはじめ、欧米のSF文化の影響を受けた日本のサブカルチャーを通して、いわば間接的にその恩恵に浴してきたことになる。このSF御三家と称されるアシモフ、ハインライン、クラークをはじめ、ブラッドベリ、フィリップ・K・ディックなどが、ヴォネガットと同時期に特に活躍したSF作家である。[4]

ヴォネガット作品のなかで最もSF的とされる『タイタンの妖女』（*The Sirens of Titan*, 1959）と『猫のゆりかご』（*Cat's Cradle*, 1963）が世に出た一九五〇年代から六〇年代前半まで、欧米のSFはどのような歴史をたどってきたのだろうか。このジャンルの作家・作品群は壮大であるため、その歴史を簡潔に説明することは不可能に思える。ここでは、SFの起源からヴォネガットのSF二作品の発表年代に至るまでのSFの歴史とその評論の書として名高い、ブライアン・W・オールディスの『十億年の宴』と、日本におけるSF作品紹介の老舗出版社、早川書房の編集部による『海外SFハンドブック』を頼りに、非日常を舞台にした文学ジャンルの系譜として、可能な限り手短にSFの歴史をたどってみたい。

1. 黎明期からヴォネガット登場までのSF史

メアリー・シェリーの『フランケンシュタイン』(1818) をSFの起源とするオールディスは、SF作品は、科学技術の問題だけでなく、「人間の内面の問題」(3) についても描いている場合に、普遍的な魅力をもつようになると述べている。『フランケンシュタイン』はまさにこの特徴を備えているのだ。[5] シェリーに続くSF黎明期の次の重要な担い手は、オールディスによれば、エドガー・アラン・ポーである (47)。ポーの短編小説は母国アメリカよりも先に欧州で高い評価を得ており、その文学的特質は世界屈指とされる。そのポーの短編小説の複数作品には、『フランケンシュタイン』がもつ普遍的な要素を含め、科学の未来を予想するような題材が用いられるなど、SF的特徴が見られる。その多くはポーの作品群のなかで傑作とは評価されていないとしても、ポーにSFと深い関わりがあったという指摘は興味深い。シェリーとポーにSFの始まりを見るオールディスは、SFはそれに先行する文学ジャンルのゴシック小説 (怪奇・恐怖小説) の形式を継いでいると述べている (12)。

SF作品で最初に商業的に成功した作家は、『地底旅行』(1864)、『月世界へ行く』(1965)、『海底二万里』(1870) などを発表したジュール・ヴェルヌであるとオールディスは指摘している (112)。そしてヴェルヌとともに「SFの父」と称されるのは、『タイム・マシン』(1895) や『宇宙戦争』(1898) を書いたH・G・ウェルズである。ウェルズがSF史上で果たした最も重要な役割は、SF的アイデアの創案であり、「彼によって世に出たあまたのアイディアは、以来数限りないほど繰り返し使われてきている」（137）。ウェルズの視点を借りて、読者は「現在の歴史が、遠い過去からはるかな未来への連鎖の中の、過ぎゆく一瞬にしかすぎないことを理解」（152）できるようになった。

一八七〇年代後半から火星の地表の地図が作られたことをきっかけに、火星や火星で生まれた生命体を題材にした作品が量産された。一九二〇年代には、「ターザン・シリーズ」の作者のエドガー・ライス・バロウズが火星ものだけでなく、『地底世界ペルシダー』（1922）を第一作とする地中の異世界を舞台にしたシリーズの発表を始めた。

実は「SF」が初めて文学ジャンルとして形を成すようになるのは、史上初のSF雑誌『アメージング・ストーリーズ』が一九二六年に創刊されてからという（水鏡子 221）。以来新しいSF雑誌が続々と創刊され、雑誌を中心にSF作品は急速にその発表の場を拡大した。そして、SFパルプマガジン『アスタウンディング・サイエンス・フィクション』（一九三〇年創刊。一九三八年にこの名称に改称）の登場とともに、SF黄金時代が到来する。

ところで、二〇世紀前半には、SFは大きく三つのタイプに分かれるようになった（水鏡子 221）。一つは『アメージング』誌が中心的に掲載した作品群で、「科学のさしだす未来を高らかに歌い上げる冒険ロマン、奇抜な宇宙論やガジェットを舞台設定に生かした（中略）大宇宙冒険活劇」（水鏡子 221）である。次に、オールディスが「バロウズの書いた冒険的ないし幻想的フィクション」（210）と呼ぶ、パルプ雑誌の系列の秘境冒険小説や怪奇幻想小説の流れである。そして残る一つが、「ウェルズの書いた分析的フィクション」（オールディス 210）または「英国のユートピア小説の系譜」（水鏡子

222）上にあるものである。

この三つ目のタイプには、SFのジャンルを超えた文学作品として、今日に至るまで評価が高い作品が多く見られる。オルダス・ハクスリーの『すばらしい新世界』（1932）は、「国家のスムーズな運営のために個性を犠牲にすることがどの程度まで許されるべきか」（オールディス 219）というテーマゆえに古びないSF小説だ。オラフ・ステープルトンの宇宙の大年代記『星の創造者』（1937）は、空想小説の傑作とされ、その他の作品と合わせて再評価されている（水鏡子 223）。C・S・ルイスは一九三〇年代から四〇年代にかけて火星・金星・地球を舞台にしたSF三部作を書いた。チェコのカレル・チャペックの『ロボット（R.U.R.）』（1920）と『山椒魚戦争』（1936）はSFの古典的傑作と称されている。ユートピアあるいはディストピア小説として忘れてはならないのが、ジョージ・オーウェルの『一九八四年』（1949）である。同じ系譜に、ヴォネガットの『プレイヤー・ピアノ』（1952）、ブラッドベリの『暗い謝肉祭』（1947）と『華氏451度』（1953）、そしてアンソニー・バージェスの『時計じかけのオレンジ』（1962）があるといえよう。

SF黄金時代の御三家は『アスタウンディング』誌でその才能を発揮した。ここではその代表作を挙げるにとどめる。アシモフの作品としては、『われはロボット』（1950）と『ファウンデーション』（1951）をはじめとする「銀河帝国興亡史」シリーズ、ハインラインは『夏への扉』（1957）と、ヒューゴー賞（ネビュラ賞とともにSFとファンタジーの文学賞としては最も知名度が高い）を受賞した『宇宙の戦士』（1959）と『異星の客』（1961）、クラークの作品としては、『幼年期の終わり』（1953）と、スタンリー・キューブリック監督の映画版の脚本と同時進行で執筆された小説版『2001年宇宙の旅』

（1968）を挙げておきたい。

一九五〇年代以降のSFにおける特筆すべき動きとしては、まず、SF作品の発表の場として新たに単行本の市場が確立したことが挙げられる（水鏡子 231-232）。雑誌に掲載された作品を単行本として再出版する、あるいは、出版社との契約によりはじめから単行本で作品を出版する、という選択肢ができたのだ。ヴォネガットは、作家活動の初期は短編をSF雑誌で発表していたが、『プレイヤー・ピアノ』をはじめ、初期SF長編作品はみな、後者のかたちの単行本で発表している。もう一点は、女性のSF作家によるすぐれた作品が登場しはじめたことである。日本においてアニメ映画化された『ゲド戦記』（1968-2001）の作者アーシュラ・K・ル＝グウィンは、『闇の左手』（1969）を発表し、初の「フェミニストSF」と高評価を得ている。七〇年代の「SFにおける最高の作品の大半は、女性によって書かれている」（オールディス 353）との指摘があることは注目に値する。

さて、『十億年の宴』において最後にページを割いて取り上げられているのが、『高い城の男』（1962）や『アンドロイドは電気羊の夢を見るか？』（1968）で知られるフィリップ・K・ディックと、ヴォネガットである。ディックとヴォネガットには共通して「特異な実存主義的ウィット」（297）があると述べるオールディスは、ディックの作品には安定感があるが、『タイタンの妖女』『猫のゆりかご』『母なる夜』以後のヴォネガットの作品については進歩が見られなくなったと手厳しい（363）。とはいえ、「ヴォネガットには賞賛すべき多くのものがある――すぐれたSF作家の大半と共通した彼の独創的なアイディアの豊富さも、けっして無視できない」（364）とほめて論評を終えている。

本章でヴォネガットの作品を取り上げる理由は、まさに、オールディスが指摘した「実存主義的ウィット」と「独創的なアイディア」という特徴にある。SF作家で評論家のコリン・ウィルソンは「実存主義としてのサイエンス・フィクション」というエッセイで、SF御三家に加えてA・E・ヴァン・ヴォークトを高く評価し、さらに、ヴァン・ヴォークトの「人間精神の特殊性——そして不合理さ——に対する、異常なほどの関心」(19)はヴォネガットの『タイタンの妖女』の巻頭部分でも見られるとしている。そして、ヴォネガットが「人間の価値」の重要性について作品のなかで繰り返し主張している、つまり人間の「実存」の問題をテーマにしている点を評価して、次のように書いている。

> サイエンス・フィクションの真の意味は、科学をあつかうことにある。すなわち、未来を予言し、われわれに未来について考えさせたり、未来を現実としてあつかわせたりする試みなのだ。(中略)サイエンス・フィクションの重要性は、客観性を保とうとする試みにある——脳を踊らせ生気を高める宇宙の神秘を伝えることだ。だから主観的・神経症的なサイエンス・フィクションはその名にそむいている。しかし既にわかっているとおり、ハインライン、ヴァン・ヴォート、ヴォネガット、バラード等の作家の興味深い試みが、サイエンス・フィクションを人間の精神と人間の潜在能力を探究するものにしてくれている。(27)

ヴォネガットのSF作品は、その独創的すぎるアイデアのために、時に科学の部分が良くいうと大らかな、悪くいうといい加減な設定になる傾向がある。しかし、人物たちの言葉や行動に表れる「人間くささ」は、ＳＦ設定の不完全さを補って余りある魅力となっている。その「人間くささ」は、たとえ不完全であっても「非日常」の環境を提示するＳＦ設定であるからこそ、いっそう引き立つとも、いえるのかもしれない。

2．ＳＦの「非日常性」と登場人物が直面する「非日常」

このコロナ禍のなか、「非日常」という言葉を見聞きする機会が増えたように思う。パンデミックの状況下でより意識的に頻繁に用いられるようになったこの言葉に、違和感を覚えることがたびたびあった。「非日常」とともに「日常を取り戻す」という文言もよく耳にする。はたして「非日常」は不都合なだけの異常事態で、「日常」は「取り戻す」べきものなのだろうか。

辞書には「日常」は「ふだん、つねひごろ」とある。より具体的にいえば、「なじみの事物や要素で構成される毎日の生活」ということになろう。これに対し、「非日常」の意味は、実は場合によりさまざまである。コロナ禍の「非日常」という言葉は、もっぱら「これまでと違って困った状況」という負のイメージで使われがちだが、民俗学や文化人類学では、「日常」は「褻（ケ）」であり、「非日常」の「晴れ（ハレ）」は主に「晴れ舞台」「祝いの席」「祭り」などの喜ばしい状況を指す。テーマパークなどのアトラクションを楽しむとき、「非日常」の空間を体感する、といったりもする。「非日常」は「日常とは異なる」というだけで、その意味は人により状況により異なるのである。

「日常」という言葉に対して、ポジティヴなイメージをもつ人は比較的平和な日々を過ごしてきた人、ということになる。逆に、「日常」がつらいものであった人にとっては、平穏に過ごしてきた人が「これまでと違って困った状況」として用いる「非日常」という言葉に違和感や苛立ちを覚えることもあるだろう。たとえば、飢餓や貧困、差別や暴力、内戦やテロリズムが日常と化している国や地域に暮らす人にとっては、そうした状況下にない生活を送ってきた人がコロナ禍で使う「非日常」に対して、「われわれの『日常』はあなた方の『非日常』に比べてより悲惨だ」と感じるかもしれない。

コロナ禍以後の未来をどう生きるかについて、各分野の第一人者が論考を寄せた『コロナ後の世界を生きる――私たちの提言』において、社会思想史が専門の酒井隆史は、「グローバリゼーション」と「国際的観光隆盛」がパンデミックの要因であり、「わたしたちは、このパンデミックが万人に平等に訪れるわけではないこと、すでにある矛盾――とりわけ階級分化――を激化させていることを知っている。（中略）第三世界には今回の感染症をエリートあるいは富裕層の病とみなす傾向があった」（239）と述べている。酒井はコロナ禍における世界規模の経済の停滞という「非日常」を「例外状態」とし、「アメリカ先住民にとって『世界の終わり』はすでに資本主義とともにはじまっていた。そういう意味では、かれらにとっては、この近代文明そのものが、常態としての『例外状態』だったのである」（241）と指摘して、それぞれの地理的・文化的・社会的立場によって、この「非日常」の影響と捉え方は異なることを指摘している。

あなたとわたしの「非日常」の認識には差がありうる。互いの「非日常」の捉え方に差があると感じたなら、実はその差は以前から社会にあって、たまたまコロナ禍という不測の事態がきっかけとなって顕在化したのではないか、そもそもこれまでの「日常」は、そのまま取り戻してよいものであっただろうかと、あらためて振り返り、考える好機となる。

文学における「非日常性」は、多くの場合、物語の展開に欠かせない。あえて「日常性」を題材にする作品は別として、文学にとって「非日常性」はむしろ「普遍」的要素である。なかでもSFは「非日常性」が作品世界の大前提となっている。作品の発表当時の読者にとっての「現代」と、作品内で描かれる架空の世界は、自然環境や社会制度、文化、価値観などの点において異なっている。なじみのないもので構成される世界は、「現代人」の読者にとっては「非日常」にほかならない。SFは「現代」をもとにその先の未来（時に同時並行的異次元空間の現在、もしくは過去）を予測、あるいは想像するものであり、その予測や想像上の環境において人はどのように生きるのか、を考える機会を作り出す。SFに親しむことで「非日常」の擬似体験を積み重ねれば、「非日常」への耐性を養うことだってできるかもしれない。同時に、他の人の立場や状況を想像する力も鍛えられるはずである。

オールディスによれば、評価が高いSF作品は、進化論的「環境小説」ともいうべきもので、「人間をその変化する環境と能力との関連においてとらえたもの」である（16）。また、「社会の疎外者を――それが皮膚の色、貧困、低い知能指数、その他どんな理由で疎外された人々であっても――再統合する道は、憎悪ではなく、心づかいを表現することにある」が、SFは科学的知見を取り入れることにより、「古い種類の道徳的判断を見当違いなもの」にして、「道徳的進歩」を可能にする（291）という。萩尾望都もSFの効用を次のように語っている。

「今いる場所がすべてじゃないんだ」と考えると、脳が活性化しますよね。日常生活を安全に平穏に過ごすための術も必要で、ルールや決められた行動や思考が安全域にあるんですけれど、不思議なことにそれだけでは人間は窮屈になってくる。ＳＦは自分の自由感覚を取り戻すのに一番よい扉なんじゃないでしょうか。(119)

本人が意図したか否かはさておき、ヴォネガットは結果として複数のＳＦ作品を世に出した。コーネル大学で生化学を専攻し、兄バーナードは科学者のエリート、その兄の勤め先のジェネラル・エレクトリック社の広報課で働いた経験をもつのだから不思議はないのかもしれない。しかし、もう一つ別の要因もここで視野に入れておきたい。ヴォネガットには、ジェネラル・エレクトリック社で働く前に、シカゴ大学に編入し、文化人類学を学んだ経験がある。人類学を学ぶ過程で「自分や家族やアメリカ社会について信じてきたもの――いや、ユダヤ教とキリスト教による文明――のすべては、時間、知識、道徳、法律、習慣に関する西洋的な価値観に基づくものだということ」を理解するようになった。以来、「文化相対主義者」という立場を表明するようになり、「自分のバックボーンとなっている文化がほかの人の文化と比べて優れてもいなければ、複雑なものでもないという考え方を身につけた」という（シールズ 123）。文化人類学由来の相対的視点と科学的発想の二つの要素の融合が、ヴォネガット独自のＳＦ作品を生んだのである。

ヴォネガットのＳＦ第一作とされる『プレイヤー・ピアノ』の舞台設定は「第三次世界大戦後」の未来である。ただ、登場人物たちはさらにＳＦ的展開、つまり彼らにとっての「日常」が破壊されるような「非日常」に追いやられるわけではない。いわば「非日常のなかの日常」をどう生きるか、という構図になっている。『タイタンの妖女』は、地球外生物の存在が認められ、惑星間の移動や他惑星への移住が可能な「未来の世界」が舞台である。物語の設定が読者にとって「非日常」であるうえに、主要人物たちが急激な環境や状況の変化によってその生存や自己認識の危機的状況に追いやられる「非日常」が二重に組み込まれている。『猫のゆりかご』の時代設定は作品発表当時の「現代」だが、「アイス・ナイン」というSF的発明品が存在する架空の「現代」である。現実とは異なる、という意味での「非日常」の世界において、「アイス・ナイン」によって水と水分を含むあらゆる物体が固形化し、世界の破滅が訪れる「超非日常」に登場人物たちは直面するのである。このように、『タイタンの妖女』と『猫のゆりかご』においては、「非日常」のなかの「非日常」が描かれている。

3.『タイタンの妖女』と『猫のゆりかご』――「非日常」を生きるために必要なもの

『タイタンの妖女』は、題材、物語の構成、独特の語りのスタイルという点において、統一性を欠くといった批判もあるが(6)、その魅力の一つは、人物たちの自己の弱さへの対峙のありようだ。マラカイ・コンスタントの未熟さ、アンクになってからの素直さとやさしさ、ラムファード夫人のビアトリスがビーになってからの強さ、ウィンストン・ナイルズ・ラムファードの未熟さと恨み、トラルファマドール星人サロのけなげさなど、みな、痛ましくもいとおしい「人間くささ」を見せている。作品の語りから、苦しみを経験しながら生きるものへの、やさしいまなざしを感じ取ることができるのである。

この作品で最も主体的に「非日常」に関わりがあるのは、愛犬カザックとともに自家用宇宙船で時間当曲率漏斗（「クロノ・シンクラスティック・インファンディブラム」と読む）にとびこみ、永遠に波動として、そのらせん状の内部に囚われてしまったラムファードである。自ら時間等曲率漏斗という「非日常」の環境にとびこみ、そこで生きざるをえなくなったことだけでなく、他の主要な人物たちをおよそ好ましくない「非日常」の環境に追いやった張本人が、ラムファードである。主人公はコンスタントだが、物語を制御する軸となっているのは、黒幕の役を担うラムファードなのだ。

ラムファードの人物像は、一九三〇年代の大不況と第二次世界大戦時にアメリカ合衆国大統領を務めたフランクリン・デラノ・ルーズベルトがモデルのようだが（Sumner 55）、登場人物のなかで最も複雑だ。諏訪部浩一は、「ラムファードの『未成熟』とされる『人間的』な部分こそが、物語を駆動している」（56）と指摘しており、「未成熟」な根拠として、自分を「被害者」（57）とみなす一方で、「『加害者』としての『罪意識』の欠如」（59）が見られる点を挙げている。たしかに、トラルファマドール星人による地球に対する「陰謀」に利用された、という点では「被害者」である。しかし、「被害者」意識があるならなおさら、同じような苦しみを他人にも味わわせるという行為はいっそう罪深い。火星に帝国を作るために、地球から一五万人以上もの人間を騙して送り込んだうえに、記憶を削除し頭蓋にアンテナを取り付け、いわば人間を意のままに動かせるロボットにした。その帝国に忠実な彼らすべてを地球攻撃に駆り出し、全滅するよう仕向けた。自分の理想のために大量殺戮を実現し、逆恨み的に執拗な執着をコンスタントやビアトリスに対して示し、追い詰める。非情の極みともいうべきラムファードの冷血ぶりは、「世界に重大な変化をもたらそうとするものは、ショーマンシップと、他人の血を流すことに対するにこやかな熱心さと、その流血のあとに通常やってくる短い悔悟と戦慄の時期に持ちこむべき、もっともらしい新宗教とを持たなければならない」(『タイタンの妖女』248)という言葉にもにじみ出ている。読者からすれば、ラムファードは非情すぎて共感できないし、シニカルになってしまう事情は理解できても、お高くとまった貴族然とした態度のためにますます共感し難いとの指摘もある(Reed 72-73)が、自尊心の強い人間が陥りやすい過ちを体現している点で、むしろその痛ましさに共感ができるようにも思える。

『タイタンの妖女』の物語は、軸となる人物のラムファードとその他の重要人物との関係性と人間性のコントラストで構成されている。[7] なかでもコンスタント(のちにアンク)とは、最もわかりやすい対称性を示している。二人は互いに優越感と劣等感がせめぎ合う複雑な感情を抱えている様子で、それは初対面の際の張りつめた空気からも読み取ることができる。どちらも莫大な富を所有し容姿にも恵まれた稀有な好運の持ち主だが、ラムファードはそのうえに格式ある家系の生まれも加わり、劣等感とはほど遠く見える設定である。しかし、一族内の婚姻のありようをはじめ、富と権力があっても自由がない特権階級層の風習を恨む心理が垣間見え、自分にはない自由を享受するコンスタントへの嫉妬心は相当のものだろうと想像できる。

この二人の物語内での境遇もまた、面白い対比をなしている。コンスタントは記憶、つまり時間的連続性を奪われ、ラムファードは物理世界における実体、つまり空間的連続性を失っている。コンスタントは火星に送られたときに、一切の記憶を削除され、アンクとなる。アンクとなってからも何度も人工的な記憶の初期化を強いられる。ラムファードは時間当曲率漏斗に囚われ、電子的な点としての存在となり、事実上、生物としての身体感覚を失っている。しかもその記憶や意識は、消滅することなく永遠に閉じられた時空にありつづける運命にある。

小説の発表はいまから六〇年以上も前だが、現代人にとって、記憶や身体感覚の喪失は、より身近なものとなっている。アルツハイマー型認知症や脳疾患による高次脳機能障害、そして最近ではコロナ感染による記憶障害などで、誰もが「記憶」を失うリスクと無関係ではない。身体感覚の喪失でいえば、筋萎縮性側索硬化症（ＡＬＳ）などの疾患や障害による身体の不自由、特定の政治体制や社会情勢下の拘束や監視といった身体の不自由がありえるし、現在はまさに、感染症の予防のために移動や外出が制限され、ますます脳内や電子空間に閉ざされたバーチャルな世界がわたしたちの生活を侵食している。人が生きていくために、記憶あるいは実体はなくてはならないものなのか、どちらかを失っても幸福を追求できるのだろうか、といった人間の実存に関する問題が、コンスタントとラムファードの対比を通して浮かび上がっている点は興味深い。

コンスタントは、タイタンにおいて長い年月をかけてビアトリスと交流を続けたのちにようやく、「人間の目的は、どこのだれがそれを操っているにしろ、手近にいて愛されるのを待っているだれかを愛することだ」（『タイタンの妖女』445）という信念にたどり着く。アンクとなる前は、他人への気遣いや思いやりとは縁のない人間だったが、タイタンにおける生活では、これといった欲もなく、家族を気遣い、世話を焼くのだ。コンスタントとラムファードの最後は対照的だ。ラムファードは、最後まで自分の目的のためだけに生きたのち、トラルファマドール星人への恨みと永遠の孤独を抱えて消滅してしまう。一方、コンスタントは、復活したサロの気遣いのおかげで、平穏で幸福な心理状態で人生を終えることができた。

ラムファードとコンスタントのどちらにも、人間性に未熟な点があった。どちらも他人を不当に傷つけ、死にまで追いやった罪を背負っている。それなのに、二人の人生の終わりはなぜこうも対照的だったのか。コンスタントがタイタンにおける晩年の最後の一年にビアトリスに抱いた「愛」は、性的な関係性のそれではおそらくなく、家族に対して抱く情愛だったのだろう。そのなかには相手に対する敬愛の念や思いやりという感情が不可分に含まれていたはずである。ヴォネガットは、人が混沌を人間らしく生きるために必要なものは「愛よりも少し軽い」親切心や「思いやりとか寛容」といったもので、「人は愛することはなくとも、人々に対し温かく接することはできる」と語っている（『現代作家ガイド6　カート・ヴォネガット』72）。強い情念としての「愛」でなくても、自分以外の人を気遣うことができれば、人生は良きものになる、というテーマが『タイタンの妖女』を貫いているのではないだろうか。(8)

コンスタントだけでなく、ビアトリスもサロも、最後に寛容さや思いやりを示し、穏やかな心理状態で物語における役割を終えることになる。ビアトリスは亡くなる直前、コンスタントに「だれにとっても一番不幸なことがあるとしたら（中略）それはだれにもなにごとにも利用されないことである」、「わたしを利用してくれてありがとう」と言う（『タイタンの妖女』441）。利用されたことを最後まで許せなかったラムファードと、利用されたことに感謝するビアトリスはいかにも対照的だ。サロは、ラムファードが「まだ実のところは驚くほど偏狭な地球人であること」を知りながらも彼を愛しつづけ、無償で彼の計画の手助けをした。身体のすべての部分が機械でできているサロをながらく「生き物」と認めていたはずが、ついに冷静さを失ったラムファードが、サロを「機械め」と罵った後でさえ、彼に最大限の友愛の情を示そうとした。唯一自分とカザックが実体化できるタイタンに、元妻とその家族を送り込んだラムファードは、もしかしたら彼らとの関係の改善を望んでいたのかもしれない。しかし、結局それは叶わず、ラムファードは人間関係の構築にことごとく失敗し、心理的にも物理的にも孤独のなかに取り込まれてしまうのである。

「非日常」の状況下における人物それぞれの気遣いや思いやりのありようが描かれている点が『タイタンの妖女』の一つの魅力となっている。では『猫のゆりかご』において展開される「非日常」からは、何を読み取ることができるのだろうか。それは端的にいうと、「非日常」の状況下であっても宗教は不要である、というメッセージではないだろうか。

ヴォネガットはインタビューやエッセイなどで自分は無神論者だと明言している。そのヴォネガットが『タイタンの妖女』において、火星帝国との凄惨な核戦争のあとで人々の間に「慚愧の念」（『タイタンの妖女』250）が広がりはじめていたころ、ラムファードに「徹底的に無関心な神の教会」という新興宗教を作らせたのだから、どうもきなくさい。しかも、その教義には「宗教」にはそぐわない思想が含まれる。たとえば、「人びとをいつくしめ、そうすれば全能の神はご自分をいつくしまれる」（『タイタンの妖女』256）、「ちっぽけな人間には、全能の神を助けたり、喜ばせたりすることはなにもできない。そして、運のよしあしは神の御業ではない」（『タイタンの妖女』257）というものである。神は人間に無関心で、神と人の間に感情のやりとりはない、ならば人にとって神はいないも同然である。ニコラス・ウェイドは、「宗教」という言葉はさまざまな意味で用いられるためその定義は難しい、と前置きをしたうえで、進化論的観点から宗教を定義すると、「宗教とは、感情に働きかけ、人々を結束させる信念と実践のシステムである。そのなかで、社会は祈りと供犠によって超自然的存在と暗黙の交渉をし、指示を受ける。神の懲罰を怖れる人々はその指示にしたがい、自己の利益より全体の利益を重んじる」（18）ものだという。「進化論的観点から」とは、原始社会から宗教が存在しつづけてきたのはその必然性があったためであり、生物学、社会科学の立場からその社会的役割に目を向ける、ということだ。この定義をもとにすれば、「超自然的存在と（の）暗黙の交渉」がない「徹底的に無関心な神の教会」は宗教ではない。

人々がこの宗教らしくない「宗教」を信仰する理由は、おそらく時空を行き来するラムファードが知ることとなった未来の情報を「予言」として詳細に伝えることで、「予言」が完璧に的中するためである。指導者に「超能力」があるように見えれば、その「宗教」は確実に、急速に信者を増やす。神が人間に尊厳性を与えるのではなく、人間に「尊厳性を与えるのは――とにかく地上でなにかの役に立つ尊厳性を与えるのは――もっぱら人間の業です」（『パームサンデー』323）と喝破するヴォネガットは、神が不在の、宗教ではない「宗教」を描くという辛辣なユーモアを『タイタンの妖女』において披露しているのである。

『猫のゆりかご』のボコノン教はどうだろうか。作品発表当時、一九六〇年代初めのアメリカは、歴史的大事件を立て続けに経験する。一九六一年ソビエト連邦との宇宙開発競争を象徴するアポロ計画の開始、一九六二年キューバ危機、出版年と同じ一九六三年八月公民権運動のワシントン大行進、一一月、J・F・ケネディ大統領暗殺、そしてその翌年からのベトナム戦争への本格的介入。核の脅威と不安定な政情や社会への不安が国民の間に広がるとともに、カルトや新興宗教がより多くの信者を集めるようになっていた。そしてそう遠くない未来には、一九六九年のマンソン・ファミリーによる一連の猟奇殺人事件、一九七八年に起きた人民寺院による政治家・報道関係者・教団脱退者を巻き込む大量殺傷事件と死者九〇〇名以上を出した集団自殺事件（ボイル 35-46, 83-95）のような、カルト集団や教団が引き起こす殺人・暴行・性的虐待などの重大な犯罪を含む数々の衝撃的な事件にアメリカ社会は震撼させられることになる。ヴォネガットはそうした時代の空気を感じ取り、『猫のゆりかご』において警告を発したのではないか。

作品の冒頭に載せられたボコノン教の聖典『ボコノンの書』の一節は次のとおりである。

> 本書には真実はいっさいない。
> 「〈フォーマ（無害な非真実）〉を生きるよるべとしなさい。それはあなたを、勇敢で、親切で、健康で、幸福な人間にする」
>
> ――『ボコノンの書』第一の書第五節
> （『猫のゆりかご』4）

「徹底的に無関心な神の教会」の教義に似て、宗教らしさとは正反対の内容である。しかも、「嘘の上にも有益な宗教は築ける」（『猫のゆりかご』21）という、語り手兼主人公のジョン改めヨナの言葉や、サン・ロレンゾの支配者パパ・モンザーノの主治医であるフォン・ケーニヒスワルト医師の「一つボコノン教徒に同感できる考えがある。宗教は、ボコノン教も含めて、みんな嘘っぱちだということさ」（『猫のゆりかご』278）という言葉はこの一節の内容を肯定している。

ボコノン教の教義は嘘で成り立っている。人類史上、宗教と科学は対極的な関係でありつづけてきたが、「宗教＝非真実」ならば「科学＝真実」と単純にはいってしまわないところが『猫のゆりかご』の面白さである。パパ・モンザーノは死の間際に、国民に嘘ばかりを教えるボコノンは許せない、国民には本当のこと、科学を教えるようにとヨナとフランクリン・ハニカーに指示を出しながら、「科学は、じっさいに使える魔法」と言ったり、「自分はボコノン教の教義に従うものだ」と言ったりする（『猫のゆりかご』276-277）。「魔法」の定義は科学にはそぐわないし、「本当のこと」に価値を置くのであれば、嘘で成り立つボコノン教を信奉するというのは矛盾している。また、自分の「最重要問題は、真理」（『猫のゆりかご』76）であるという「アイス・ナイン」の発明者のフィーリクス・ハニカー博士は、「絶対に真であることを一つでもあげてみろ、何もあげられないだろう」（『猫のゆりかご』77）と言っている。科学は真理を追求してきたが、いまだ人類は絶対の真理を一つも見つけられていない。結局、科学的真理と人間にとっての真実、どちらも完璧にはなりえない。だから常に考えつづけなければならない。

宗教らしさとは正反対の教義をもつボコノン教は、そもそも宗教なのだろうか。先述のウェイドの定義から、「神の懲罰を怖れる人々はその指示にしたがい、自己の利益より全体の利益を重んじる」のが宗教だとすると、神聖なのは神ではなく人間であり、「自分自身であること」、つまり全体より個人を優先させる思想があるボコノン教は、宗教ではない（『猫のゆりかご』268, 336）。サン・ロレンゾの実力者の息子でホテルを経営するフィリップ・キャッスルは、自分はボコノン教徒だと言い、まだ信者になっていないヨナに対して「あんたもだ。そのうち、わかる」と言う（『猫のゆりかご』224）。教義を知らなくても、ボコノン教徒である、と言いきれるということは、ボコノン教は特別な思想を唱えるものではなく、人が合理的・理性的にものごとを捉えようとすればたどり着ける一般的真理のこと考えることもできるだろう。

ボコノン教は、「人はすわって考えなくちゃならん」と説く（『猫のゆりかご』231）。なぜ自分の頭で考えなくてはならないのか。自分で考えることをやめ、特定の思想や他人の判断に全面的に頼る姿勢が行き着く先は、「アイス・ナイン」による世界的破滅の後に生き残った人々がとった行動である。ボコノンの言葉をうのみにした末の大量自殺。自分で考えよ、というのは厳しいようだが、それが自らの命に責任をもつ、「自分自身である」ということなのである。

「ヴォネガットの倫理は一貫して科学的精神を重んじ、神や死後の世界ではなく人間の生命を中心に据えるものだった」（中山・永野 138）との指摘があるが、「科学的精神」とは、「真理」が常に修正されうることを認め、いかなる知も絶対視しない姿勢をいうのだろう。ヴォネガットの「無宗教主義」は、実存主義を足場に、絶え間ない思考の重要性を説いているのである。

おわりに――ＳＦの「非日常性」のリスク

ＳＦの創作には科学についての最新の理解が不可欠なばかりでなく、未来における応用や革新的な開発を想像する独創性が求められる。そのうえ、予見した未来に現在が追いつき、その想像や予測の妥当性が明らかになる瞬間、つまり答え合わせの機会が必ず訪れる。物語がどれほど面白くても、のちにその予測が的外れだったと判明すれば、作品世界の臨場感や現実味が失われてしまう危険性があるのである。

二一世紀の読者は、『タイタンの妖女』で描かれる火星やタイタンの表面環境は、現実とはかけ離れていることを知っている。火星の表面は大気が薄いだけでなく、温度の寒暖差は人体が耐えうる限度をはるかに超えているし、地表に届く有害な宇宙線の問題もある。酸素補給薬の「戦闘呼吸糧食」（『タイタンの妖女』144）のみでは生存は不可能なのだ。また、『猫のゆりかご』の「アイス・ナイン」が水分を含んだ物質を固形化する仕組みを厳密に検討しはじめると、物語の展開そのものを否定することになりかねない。

ヴォネガットはSFのリスクと可能性の両方をよく理解していた。『タイタンの妖女』については、「『強烈なほど非現実的にすることで、読者が不条理な前提を受け入れ、そのまま読み続ける』ようにし、『奇怪なもの』を作り上げた」（シールズ 225）。『猫のゆりかご』の「アイス・ナイン」については、執筆時に結晶学者と知り合い、その実現可能性について尋ねてみたらしい。答えは「不可能」だった[9]。それでも「その他もろもろの科学の発達も元来はほとんど同じくらいひどい考えから生まれてきた」（『ヴォネガット、大いに語る』167）という考えから、このアイデアを小説にした。

SFは読者にとってのいまとつながる未来を描こうとする。しかし実際には、予想された未来は訪れない場合が多い。現実はより複雑で、予想がつかない偶然の要素により、まったく異なるコースをたどりうる。ＳＦは、創作上のこうしたジレンマから逃れられない宿命を背負ったジャンルなのである。

註

＊　外国語文献からの引用については、「参考資料」に翻訳書の記載がある文献からのものは翻訳書の訳および訳文掲載ページを、翻訳書の記載がない文献からのものは筆者による試訳および原著掲載ページを記載する。

（1）たとえば、「サイエンス・フィクション」にて「ずっと頭の痛いことに、私は『サイエンス・フィクション』というラベルを貼られたファイル［の引き出し］の住人ということになっているが、できれば逃げ出したいものだ。特に、まじめな批評家の多くがしょっちゅうそのファイル［の引き出し］を小便用便器と見誤るものだから」（32）と述べている。また、『国のない男』においても「わたしは『ＳＦ作家』と呼ばれたくなかったので、何がまずくて、自分はまともな作家扱いされないんだろうと思ったものだ」（27）と書いている。

（2）代表作『ポーの一族』（1972-）とともに初の長編ＳＦ作品『11人いる！』（1975）で第二一回小学館漫画賞を受賞したほか、火星を題材にした作品『スター・レッド』（1978-79）で第一一回星雲賞のコミック部門、『銀の三角』（1980-82）で第一四回星雲賞コミック部門をそれぞれ受賞、そして『バルバラ異界』（2002-05）で第二七回日本ＳＦ大賞を受賞し、ＳＦ作品で複数の賞の受賞歴がある（『別冊ＮＨＫ１００分de名著　時を紡ぐ旅人　萩尾望都』167-169）。

（3）『私の少女マンガ講義』（118）および『別冊ＮＨＫ１００分de名著　時を紡ぐ旅人　萩尾望都』（167）を参照。

（4）二〇一五年に出版された『海外ＳＦハンドブック』において、アシモフ、ハインライン、クラーク、ブラッドベリ、ディック、ヴォネガットは、「必読作家・必読書100選」の「必読作家」二〇人のうちの最初の六人として紹介されている。また、同書の「オールタイム・ベストSF」にはアシモフ以外の各作家の作品がランクインしている。

（5）この主張には異論もある。コリン・ウィルソンはSFの起源について「シラノ・ド・ベルジュラックやメアリー・シェリーにこじつける必要はない」とし、SFはジュール・ヴェルヌによって作り出されたと述べている（16）。

（6）ウィリアム・ロドニー・アレンは、『タイタンの妖女』は一貫性に欠ける（35）としつつも、のちに『スローターハウス5』でも用いられる「時間の連続的一方向性の否定」（37）という技法が初めて取り入れられた作品として、その功績を認めている。そのうえでこの作品を「新しい技法を用いた点で価値ある失敗」（41）と評している。

（7）諏訪部は、『タイタンの妖女』におけるラムファードを中心とした各人間関係は、基本的に「支配」「被支配」の対比をなしていると議論している（48-57）。

（8）『タイタンの妖女』の功績として、ピーター・J・リードは、『プレイヤー・ピアノ』と比べ、「より人間的温かみを描き出すことに成功」（65-66）しており、「この小説の力点は、存在の不条理を主張することではなく、不条理な宇宙のなかで生きる生命に何か意味を、尊厳を、人間の温かさを与える可能性なのである」（74）と述べている。また、グレゴリー・D・サムナーは「ヴォネガットはSFの自由さを効果的に利用し、壮大な問題を扱った。時間の主観性、悠久の宇宙空間においては人間の関心ごとなど取るに足らないこと、友情や人と人との繋がりから生じるごくごく小さな行動をいとおしむ必要性。運命に弄ばれながらも、強さと自らの内に意味をみいだし、家庭の作り方や愛し方を学んだ男の物語としてうまくできている」（57）と論評している。

（9）「アメリカ物理学会での講演（一九六九年ニューヨーク市において）」（167）。元は当時のジェネラル・エレクトリック社の研究主任のアーヴィング・ラングミュアのアイデアで、会社に訪れたH・G・ウェルズに作品の題材として提案したが、ウェルズは興味を示さなかった（シールズ 248-249）。

参考資料

Allen, William Rodney. *Understanding Kurt Vonnegut*. University of South Carolina Press, 2009.

Reed, Peter J. *Writers for the Seventies Kurt Vonnegut, Jr.* Warner Books, 1972.

Sumner, Gregory D. *Unstruck in Time: A Journey through Kurt Vonnegut's Life and Novels*. Hunter, 2011.

Vonnegut, Kurt. "Address to the American Physical Society, New York City, February 5, 1969." 1974. *Kurt Vonnegut: Novels & Stories 1963-1973*. Sidney Offit ed. The Library of America, 2011, pp. 781-789.（カート・ヴォネガット「アメリカ物理学会での講演（一九六九年、ニューヨーク市において）」『ヴォネガット、大いに語る』飛田茂雄訳、早川書房、二〇〇八年、一五九～一七四頁）

——. *Cat's Cradle*. 1963. *Kurt Vonnegut: Novels & Stories 1963-1973*. Sidney Offit ed. The Library of America, 2011.（『猫のゆりかご』伊藤典夫訳、早川書房、二〇一〇年）

——. "Science Fiction." 1965. *Kurt Vonnegut: Novels & Stories 1950-1962*. Sidney Offit ed. The Library of America, 2012, 781-784.（「サイエンス・フィクション」『ヴォネガット、大いに語る』飛田茂雄訳、早川書房、二〇〇八年、三一～三七頁）

——. *The Sirens of Titan*. 1959. *Kurt Vonnegut: Novels & Stories 1950-1962*. Sidney Offit ed. The Library of America, 2012.（『タイタンの妖女』浅倉久志訳、早川書房、二〇一九年）

ウィルソン、コリン（Colin Wilson）『ＳＦと神秘主義』大瀧啓裕訳、サンリオ文庫、一九八五年（原題 *Science Fiction Essays* (1979)）。

ウェイド、ニコラス（Nicholas Wade）『宗教を生みだす本能――進化論からみたヒトと信仰』依田卓巳訳、ＮＴＴ出版、二〇一一年（原題 *The Faith Instinct: How Religion Evolved and Why It Endures* (2009)）。

ヴォネガット、カート（Kurt Vonnegut）『国のない男』金原瑞人訳、ＮＨＫ出版、二〇〇七年（原題 *A Man without a Country* (2005)）。

――『パームサンデー――自伝的コラージュ』飛田茂雄訳、早川書房、二〇〇九年（原題 *Palm Sunday* (1981)）。

オールディス、ブライアン・Ｗ（Brian W. Aldiss）『十億年の宴――ＳＦその起源と発達』浅倉久志・酒匂真理子・小隅黎・深町眞理子訳、東京創元社、一九八〇年（原題 *Billion Year Spree: The History of Science Fiction* (1973)）。

小谷真理・ヤマザキマリ・中条省平・夢枕獏・ＮＨＫ『別冊ＮＨＫ１００分de名著　時を紡ぐ旅人　萩尾望都』ＮＨＫ出版、二〇二一年。

酒井隆史「危機のなかにこそ亀裂をみいだし、集団的な生の様式について深く考えてみなければならない」『コロナ後の世界を生きる――私たちの提言』村上陽一郎編、岩波新書、二〇二〇年、二三三～二四六頁。

シールズ、チャールズ・Ｊ（Charles J. Shields）『人生なんて、そんなものさ――カート・ヴォネガットの生涯』金原瑞人・桑原洋子・野沢佳織訳、柏書房、二〇一三年（原題 *And So It Goes: Kurt Vonnegut, a Life* (2011)）。

水鏡子「年代別ＳＦ史――一九五〇年以前」「年代別ＳＦ史――一九五〇年代」『海外ＳＦハンドブック』早川書房編集部編、早川書房、二〇一五年、二二一～二三四頁。

諏訪部浩一『アメリカ文学との邂逅　カート・ヴォネガット――トラウマの詩学』三修社、二〇一九年。

巽孝之監修『現代作家ガイド６　カート・ヴォネガット』彩流社、二〇一二年。

中山悟視・永野文香「無神論者の教え――ヴォネガットの宗教批判とヒューマニズム」『現代作家ガイド6　カート・ヴォネガット』彩流社、二〇一二年、一三三～一四一頁。

萩尾望都『私の少女マンガ講義』新潮文庫、二〇二一年。

早川書房編集部編『海外ＳＦハンドブック』早川書房、二〇一五年。

ボイル、ジェイムズ・J（James J. Boyle）『戦慄のカルト集団』大島直子他訳、扶桑社、一九九六年（原題 *Killer Cults* (1995)）。

第10章

カート・ヴォネガット『タイムクエイク』における既視感の（非）日常

中山悟視

はじめに

新型コロナ・ウイルス感染症によって、われわれの生活はさまざまな不便や困難を伴うものとなった。これまでさまざまな感染症の世界的な流行、いわゆるパンデミックがわれわれの生活を脅かしてきたが、その歴史を振り返ると、常にわれわれは病原体を敵視してきた。感染症や疫病の「根絶」を願い、多くの罹患者・死亡者が出れば「敗北」したと嘆いてきた。恐るべき敵を撃退する力を手に入れるために、微生物学や医学といった分野におけるたゆまぬ努力が続けられており、われわれは「予防接種」や「抗生物質」などの武器で伝染病と闘ってきたのだ。

伝染症との格闘の歴史を踏まえれば、このたびの新型コロナの拡大に抵抗しようと、人類がウイルスと全面戦争を行っているかのように表現され、ウイルスを敵視する自然征服的な態度が表面化することも当然なのかもしれない。しかし、二一世紀のわれわれに課されているのは、これまでの人間中心主義的な考えを脱して、ウイルスとの共生にこそ取り組んでいくことにほかならない[(1)]。ところが、このコロナ禍にトランプ大統領が中国を感染源として名指しすることで、さらに不穏な空気がもたらされた。トランプ大統領が、新型コロナ・ウイルスを中国と安易に結びつけて繰り返し発信したことが、「アジア人差別」を助長することになったのだ。

この「チャイナ・ウイルス」発言が呼び起こしたヘイト感情の高まりは、カート・ヴォネガット（Kurt Vonnegut, 1922-2007）が大江健三郎との対談で紹介した一つのエピソードを想い起こさせる。

昔、私の伯母で中国人が嫌いだという人がいました。そうしたら私の伯父が言いました。「そんなに沢山の人をいっぺんに嫌うなんてひどいよ」。（『現代作家ガイド』73）

このエピソードは、「憎しみ」を生み出してしまう「愛」のような極端な言葉ではなく、むしろ「思いやり」や「寛容」といった言葉こそが重要である、と語るなかで披露された。そして、この挿話は十数年後に『タイムクエイク』（*Timequake*, 1997）のなかで、より詳細なかたちで再現されることになる。

トラウトの物語で思いだすのは、わたしの死んだ大叔母エマ・ヴォネガットが、中国人は大きらいだと言ったときのことだ。ケンタッキー州ルイヴィルで《スチュアート書店》を経営していた、大叔母の娘婿カーフュート・スチュアートが、そんなにおおぜいの人びとを一度に憎むのは邪悪なことだよ、と大叔母をたしなめた。(2)

ヴォネガットの伝記的事実に即したこの余話は、『タイムクエイク』の主要登場人物であるキルゴア・トラウト（Kilgore Trout）が書いた第二次世界大戦下の原爆投下をめぐる短編小説への注釈である。トラウトの短編で描かれる敵国日本、「黄色いチビ野郎（little yellow bastards）」への三度目の原爆投下は、戦争という非日常的な場で醸成された憎悪の感情そのものだった。コロナ禍という非日常が生み出したやり場のない怒りは、病原菌を敵視するだけでは収まらず、アジア人を憎悪する感情をアメリカ人にもたらしてしまったのだ。

ヴォネガットの小説の多くは、非現実的あるいはフィクション性の高い物語のなかに現実が巧みに描き込まれ、フィクションと現実の境界線は曖昧に描かれる。人間より人間らしい機械や、機械のような人間が登場し、管理する側の人間が管理される側に取って代わられてしまう。一見狂ったような振る舞いをする人間のなかに正気が見出され、社会的地位のある人間のなかに狂気が見出される。ヴォネガットの小説は、常識と非常識、正気と狂気、日常と非日常といった対立するものの境界線が、曖昧になる瞬間を映し出すのだ。

日常生活に非日常的な出来事が入り込むことで、あるいは逆に、異常な場面に日常的な出来事が入り込むことで、現実と非現実（日常と非日常）の境界線が曖昧となる、そうした要素は、ヴォネガット小説の面白さとして好意的に読まれる反面、リアリティに欠けるとか、荒唐無稽であるといった、ネガティヴな評価・判断の要因ともなってきた。しかし、二一世紀の現在、われわれが直面する非日常的な状況にあって、ヴォネガットの小説を読み直して気がつくのは、非日常的な瞬間は、われわれの日常と隣り合って存在しているという事実ではないだろうか。コロナ禍の生活様式は、コロナ以前の生活から見れば、とても日常的とみなせるものではない。それにもかかわらず、われわれはそれを「ニュー・ノーマル」と呼ぶことでかりそめの日常を乗り切ろうと躍起になっている。そればかりか、ニュー・ノーマルな生活様式は、アイロニー的で時にはユーモアすら感じさせる差異を伴う事態を引き起こす。まさにコロナ禍は、われわれに非日常を突きつけるとともに、日常の有難さを痛感させ、その奇跡的な日常を取り戻したいと思わせるのだ。

そこで、本章は『タイムクエイク』を中心に、ヴォネガット小説に描かれる異常な・非日常的な出来事が、「既視感」としての日常と対置されていることに注目し、日常の非日常性、非日常の日常性について考察していくこととする。普段の生活のなかで見慣れてしまった光景やありふれた情景は、習慣化によって生気を失ってしまった日常であり、そうした日常は、「異化」あるいは「非日常化（defamiliarization）」によってわれわれの目の前に差し出されることで、再び生気を取り戻すことになる。ヴォネガットが描く非日常性は、いかに日常を前景化していくのか、検討していきたい[3]。

1. 既視感の日常

ヴォネガットの小説は、多くの場合SF的な仕掛けによって、われわれを非日常的な世界へと導いてくれる。『スローターハウス5』（*Slaughterhouse-Five*, 1969）や『タイタンの妖女』（*The Sirens of Titan*, 1959）では、火星やトラルファマドール星人といった宇宙空間や地球外生命体、さらには時間旅行まで描かれ、『スラップスティック』（*Slapstick*, 1976）では、重力の変化といった大きな仕掛けが物語の展開を支え、『猫のゆりかご』（*Cat's Cradle*, 1963）では、アイス・ナイン（Ice 9）という不思議な物質によって世界の終わりが描かれる。その一方で、ヴォネガット作品は、われわれに差し迫った現実の問題を提示する。『プレイヤー・ピアノ』（*Player Piano*, 1952）が描くのは機械に管理される未来世界だが、それは現実のテクノロジーを戯画化したものであり、われわれはそこに近づきつつある現実、あるいは、よりリアルな現在のありさまを認めることになる。しかも、非現実的な様相は、現実の出来事と隣り合わせに語られる。『スローターハウス５』では、作家のリアルな戦争体験が時空を往来するビリー・ピルグリム（Billy Pilgrim）の姿と重ねられ、『猫のゆりかご』では、（原爆投下という現実の）世界の終わりを書こうと取材する作家が、もう一つの（アイス・ナインによってもたらされる）世界の終わりを目撃することとなる。

以上のように、ヴォネガットの小説作品は、多くの場合ＳＦ的なフォーマットに則って書かれ、ＳＦ的な想像力が物語を駆動する大切な役目を果たしてきた。このような仕掛けが最も効果を上げている例の一つに、『タイムクエイク』の「時間震」を挙げることができる。時間震は、時空の揺れによって歪みを発生させ、およそ一〇年にわたる時間を巻き戻してしまう。時間震が起こると、われわれは過ぎ去ったはずの一〇年間をもう一度経験しなければならなくなる。この異常な・非日常的な出来事が、『タイムクエイク』の物語展開を支配する。ヴォネガットの小説は、こうしたＳＦ的な仕掛けによって、目の前の日常をつぶさに描くリアリズム的なものからは遠ざかることとなり、われわれは非日常的な世界を読むこととなるのだ。

　ところが、時間震によって繰り返すことになる一〇年が、本当の意味での「日常」を表象することに、われわれは気がつくことになる。なぜなら、日常とは過去を基準にそれまでと変わりのない（usual）生活や、毎日の繰り返しのような（everyday, daily）生活を送ることにほかならないからだ。見慣れた（ordinary）景色やなじみのある（familiar）光景は、過去に経験したからこそ認識できる日常なのであり、時間震によってもたらされる一〇年間の繰り返しは、変化のない日常が一〇年間続くきわめて穏やかな状態といえよう。「ノーマル」とは、違和感なく受け入れられるようになってようやくノーマルと呼ぶことができるものなのだ。したがって、いまわれわれが直面している「ニュー・ノーマル」は、〈まだ経験していない〉あるいは〈まだ慣れていない〉という意味で新しいのであって、決して過去のものに〈取って代わりうる〉という意味ではない。『タイムクエイク』で繰り返される一〇年は、誰もが経験した「過去の一〇年」にわたる生活をただ繰り返すという点において、まさに日常を表象しているのだ。

　映画やアニメなどでもなじみのある次元ジャンプやタイムリープでは、別の次元に移動した人物は、意思をもって行動することができるため、歴史を変えてはいけないといった行動の制約や、パラレルワールドをめぐる問題が取りざたされるのだが、『タイムクエイク』における時間震がもたらすのは、有無を言わせず繰り返すしかない一〇年である。したがって、一〇年巻き戻された人物たちは、「既視感」とともに一〇年を「自動操縦のように」過ごすことになる。この一〇年間の過ごし方は自由意志をもたない無感覚な状態なので、異常な事態に思えるが、この「既視感」を伴う行動こそが、日常の姿を表しているのだ。

一〇年の「既視感」を伴う「繰り返し」が、ありふれた光景となり、それに慣れきってしまった人々は、時間震から一〇年後、今度は翻って、突然その日常から解き放たれることになる。

トラウトが、地の果て同然の西一五五丁目周辺だけでなく、広い全世界を見まわしても、自由意志が跳び込んできたことに気がついた最初の人間のひとりであったことは間違いない。トラウトにとって、それは非常に興味深い出来事だが、他の大勢の人たちにとってはそうではなかった。他の人たちは、過去一〇年間の過ちと不運と虚しい勝利の容赦ないくりかえしのあと、トラウトの言葉をかりれば、「いまなにが起きているか、つぎになにが起こるかを、ちっとも気にかけなくなって」いた。（563）

ほとんどの人が、そのときすでに「時間震後無感覚状態（PTA＝ポスト・タイムクエイク・アパシー）」と呼ばれる症状に陥って、繰り返しの日常に慣れきって変化や非日常に無感覚・鈍感になっているのだ。

時間震以前の日常が戻ってきたにもかかわらず、突然の変化に対応できず事故が多発する。それはすでに一〇年の繰り返しが日常と化してしまい、舞い込んできたものの方こそが本当の日常であるはずなのに（ただ、元の状態に戻っただけのはずなのに）、彼らは即座に対応することができない。日常とは、かくも曖昧なものなのだ。

2. 身体の日常性

『タイムクエイク』は、ヴォネガットの分身キルゴア・トラウトを物語の主要な人物として描き、トラウト作の物語が多く紹介される。トラウトは、ヴォネガットによる他の小説作品にも登場する売れないSF作家で、『ローズウォーターさん、あなたに神のお恵みを』(*God Bless You, Mr. Rosewater,* 1965)、『スローターハウス5』、『チャンピオンたちの朝食』(*Breakfast of Champions,* 1973) において重要な役割を果たしたが、以後の作品では後景に退いていた。その後、『ガラパゴスの箱舟』では、語り手の父親として再び表舞台によみがえったが、どの作品においても、常に奇人・変人として描かれてきた。『タイムクエイク』におけるトラウトも、生涯を通じて三〇〇を超える短編小説を書きながら、誰にも見せずにゴミ箱に捨ててしまう作家として登場し、時間震の後の出来事に対して、その他大勢とは明らかに異なる反応を示すこととなる。

ふたたび自由意志が跳び込んできたとき、アカデミー周辺でトラウトがあれほど理性的なヒーローになれたのは、わたしに言わせれば、トラウトがわれわれ大多数の人間とちがって、既視感の人生と、オリジナルの人生のあいだに、たいした相違を見いださなかったからだ。

われわれ大多数の人間にとって大惨事だったのに比べて、トラウトがどれほどリプレイからわずかな影響しか受けなかったかは、彼が『自動運転中のわが一〇年間』に書いた通りである――「わしは人生がクソの山であることを教えられるのに、タイムクエイクを待つまでもな

かった。自分の子供時代と、十字架と、歴史の本から、すでにそれを知っていた。」（559）

トラウトにとって、この時間震による〈繰り返しの日常〉は、「戦争や経済の崩壊や、伝染病の流行や、津波や、テレビ・スターたちや、その他いろいろとおなじく、敬意を払う価値のないもの」（559）であり、〈従来の日常〉との間に重大な違いなどないのである。

そのなかでもアルバート・ハーディ（Albert Hardy）に関するエピソードは、トラウトの物語が示す日常の異常性を示す事例の一つだ。この物語は「頭は股間にぶらさがり、生殖器は首の上に生えていて、まるで『ズッキーニそっくり』に見える」（545）男の話で、アルバートの両親は、彼の陰部をズボンで覆い隠すために、「逆立ちで歩かせ、足を使って」食事をさせて育てた。この物語の重要性は、時間震の後、トラウトがその物語の結末を書くことを一〇年間凍結させられていたにもかかわらず、何の前ぶれもなくデジャヴの一〇年が終わると、すぐに元の日常に戻れたことと関係している。

一〇年間の停止状態のあと、ふたたび自由意志が跳び込んできたとき、トラウトは既視感から無限の機会への移行をほとんど継ぎ目なしにやってのけた。時空連続体のなかで、リプレイはふたたびトラウトをその瞬間まで運んできた。トラウトが、ちんぽこのあるべき場所に頭があり、頭のあるべき場所にちんぽこがある、イギリスの一兵士の物語を書きはじめた時点まで。なんの前ぶれも物音もなく、リプレイは停止した。（561）

一〇年間の繰り返しが唐突に終わったとき、トラウトを待っているのは、この物語の結末を書くことだった。つまり、止まっていた日常が再び動き出し、トラウトは物語の続きを書くことになる。この物語の主人公、イギリス兵士アルバート・ハーディは、第一次世界大戦に加わり、砲弾に吹き飛ばされてバラバラになる。

アルバート・ハーディの認識票は見つからない。ばらばらになった彼の遺体は、他のみんなと同じように、首の上に頭をつけて復元される。彼のちんぽこはもどってこない。率直に言えば、彼のちんぽこはいわゆる徹底的捜索の対象にはならなかったのだ。

アルバート・ハーディはフランスの無名戦士の墓で、不滅の火のもとに、「ようやく正常なかたちで」（"normal at last"）埋葬されることになる。（548）

アルバートは「ようやく正常なかたち」で埋葬されるのだが、この「正常」とは、「あるべきだった場所」に置かれ、「他のみんなと同じように」回収されたアルバートの身体のことを示している。しかし、アルバートの埋葬が「正常」に行われたことに、違和感を覚えずにはいられない。〈異常な身体〉をもつ男がわれわれに想起させるのは、ノーマルと異常・非日常との境界線と、その曖昧さにほかならない。正しい身体は、ノーマルと規定する基準・標準（norm）に当てはめて、正常と判断されるのであり、その基準から外れるものは、異常・異物となる。アルバート・ハーディは、埋葬されて初めてノーマルと認められる、きわめてアイロニカルな身体をもつ存在なのだ。

繰り返しの一〇年という「既視感の日常」を過ごした後に、トラウトが書き上げる物語の一つが、ノーマル・日常とは何かを問いかけるアルバート・ハーディの身体であることは示唆的だ。時間震というSF的仕掛けがもたらすはずの非日常的時空間は、「既視感」によって日常的時空と化し、繰り返しが終わって戻ってきた元の日常が、異常事態となって事故を招く。そして、この差異の曖昧な〈既視感の日常〉と〈本来の日常〉にまたがるように描かれることになるアルバート・ハーディの異形の身体は、小説『タイムクエイク』そのものを表象していると考えられるが、それについては後述することとする。

3．可視の日常、不可視の非日常

アルバート・ハーディの異常な身体と正常な埋葬は、きわめてアイロニカルだ。ヴォネガットが描くこうした日常と非日常が表裏一体となった世界は、もう一つのヴォネガット小説の特徴であるユーモアあるいはアイロニーによってさらに彩られる。このアイロニカルでユーモラスな要素は、目に見えない敵（ウイルスや微生物といった微視的なものを含む）に闘いを挑もうとする、われわれのどこか滑稽な姿を想起させる。見えないものと闘うこと、つまり何と闘っているかがよくわからない滑稽さに加え、相手側からは闘う意志を得られないなかで示される好戦性には、アイロニーを感じざるをえない。ヴォネガット作品に見出されるのは、常識が示す非常識、正気が示す狂気といった、まさにこうしたアイロニカルでユーモラスな状況なのである。

見えない敵との闘いの例として、巽孝之が引き合いに出しているように、『ガラパゴスの箱舟』は、ダビデとゴリアテの隠喩、微生物との闘いに敗れる人間の姿を描いている。

若いメアリーが自分の繭である寝袋から顔を出してみると、朽ちかかった倒木や、淀みない水の流れが見えた。彼女が横たわっているのは、幾歳月もの死と廃物とが作りだした、かぐわしい腐植土の上だった。もし、あなたが微生物であるか、それとも木の葉を消化することができるなら、そこには食べ物がいっぱいあった。しかし、百万と三十年前の人間にとっては、なんの朝食のごちそうもそこにはなかった。(*Novels 1976-1985*, 725)[4]

「人間と微生物との皮肉な関係」(『恐竜のアメリカ』137)を示唆する箇所として引用されるように、『ガラパゴスの箱舟』には、たくましい微生物と人間のか弱き身体が対照的に描かれている。さらに、ガラパゴス諸島にある孤島サンタ・ロサリア島に漂着した人類の進化をめぐる本作品は、不妊をもたらすウイルスが蔓延することで人類が滅んでしまう未来を描き出していく。

肉眼では見えないある種の微生物が、人間の卵巣の中のすべての卵子を食いつくしはじめた。始まりは、ドイツのフランクフルトで毎年開催されるブックフェアでのことだった。会場にいた女性たちは、微熱を経験し、熱は一、二日で下がったが、時には視野のかすみを訴えた。そのあとの彼女たちはメアリー・ヘップバーンと同じく、子どもの生めない体になってしまった。

この病気の予防法は、ついに発見されなかった。やがて、この病気は世界各地にひろがることになる。（682）

つまり、『ガラパゴスの箱舟』は、ある種の微生物との闘いに敗れた後の人類についての物語なのだ。もう一つ例を挙げれば、『スラップスティック』は、「緑死病（The Green Death）」や「アルバニア風邪（Albanian Flu）」という二つの奇病によって劇的に人口が減少する未来を描いている。緑死病という謎の奇病が中国由来の感染症であることや、アルバニア風邪というインフルエンザが多くの命を奪っている点に、現在的なパンデミックとの類似性を見出すことができるが、『スラップスティック』が描く奇病は、予言的というよりはむしろ一九五七年に実際に大流行した、これまた中国由来の「アジアかぜ」に基づいて想像されたものであろう。本章の文脈で注目したいのは、この緑死病が、身体を小さくする技術を開発した中国人が体内に入ることで起こる奇病である点だ（*Novels 1976-1985*, 156）。つまり小さくなった中国人こそが病原体であり、この目に見えない敵によってマンハッタン島は、「死の島」（20）という異名で呼ばれることになったのである。[5]

『タイムクエイク』一二章では、トラウトによる化学元素をめぐる物語が紹介される。語り手であるヴォネガットは、自分がエイズやＨＩＶ陽性でないのは、「やたらとファックしない（I don't fuck around）」（519）からだと述べ、若い人のようにむやみに他人と接触せずに、社会的距離を保つ老人であることを主張している点は、現在的な立場から見ると非常に興味深いが、それに続いて紹介されるトラウトの物語は、エイズなどの新しい病気が急速に広がった理由にまつわるものとなっている。この物語は、人間の残虐性を非難するために集まった「化学元素の代表たち」（519）の話で、炭素や窒素、カリウム、カルシウム、酸素がそれぞれに、人間に悪用されたことへの不平をぶつけるというトラウト作品らしい奇妙な物語である。化学元素たちは、人類が重ねてきたおぞましい行為の被害者であり、自分たちを罪から、あるいは人間の身体から解放するために、「より強力な抗生物質」（520）を作ることで病原体を強化し、人類にとって致命的な病気を増やそうと画策する。さらにここでは、化学元素や病原菌といった見えない敵との闘いが、人類の残虐行為と並置される。このように、ヴォネガット小説のアイロニーとユーモアは、日常と非日常の境界線が曖昧なヴォネガット・ワールドを彩る重要な要素となっているのだ。

4. 非日常の身体と小説の身体

『タイムクエイク』の評価は、その小説形式の是非をめぐる議論だともいえる。本作は、トラウトを中心とする「虚構」と、書き手ヴォネガットと語り手「ジュニア」による「回想録」の「非常に特異な混合物」（Freece, 700 拙訳）で、それはフィクションとパブリックスピーチが相補的であった作家の最後の作品にふさわしい（Morse, 167）とする好意的な評価も散見されるが、いずれにしても、ヴォネガットがこれまでに著してきた小説やエッセイや公の場での講演が散りばめられて構成された風変わりな作品である。『タイムクエイク』がいみじくも「一般的な小説とは見るからに異なる、奔放な装い」（諏訪部 313）と表現されていることも踏まえて、日常と非日常をめぐる問題を、『タイムクエイク』における小説形式をめぐる問題に接続してみたい。

上述したとおり、アルバート・ハーディの異形の身体は、小説『タイムクエイク』の形式を体現している。ヴォネガット最後の長編小説となった本作は、小説と自伝的エッセイが混然一体となったスタイルに特徴があるが、この小説形式にも、非日常性の問題を垣間見ることができる。小説の題材に自伝的内容が入ることは珍しいことではないが、『タイムクエイク』における自伝的要素は、われわれが一般的・常識的に認識するフィクションと自伝的事実の境界線を消失させるものといえる。この問題は、諏訪部浩一の議論でも確認できるように、「西洋の『近代小説』とは異なる『約束事＝制度』のもとに発展した『小説』の一つのあり方」であり、「西洋近代小説の『制度性』を露呈させる『私小説』的な作品」として捉えることができるだろうし、さらにはこの「露骨に風変りな」『タイムクエイク』は、一般的な「批評的基準を揺るがす」可能性を有しているのだ（諏訪部 318-319）。

だからこそ、さらにここで検討したいのは、『タイムクエイク』の形式と小説『フランケンシュタイン』に描かれるフランケンシュタイン博士による怪物創造の類似性である。語り手ヴォネガットは、小説後半四六章でトラウトをフランケンシュタイン博士になぞらえ、五一章以降ではさらに具体的にメアリー・シェリーの小説『フランケンシュタイン』のエピソードを紹介していく。ここに、〈異形の身体〉としての『タイムクエイク』を読む可能性を指摘したい。

『タイムクエイク』における『フランケンシュタイン』への言及は、トラウトが、繰り返しの一〇年が終わった後に無気力状態に陥った武装警備員ダドリー・プリンスを救い出す場面に現れる。

トラウトは霊感にうたれた！　自分でも信じていない自由意志という概念を売りこむのをやめて、彼はこういった――「あんたはひどい病気だった！　だが、もうすっかりよくなった。あんたはひどい病気だった！　だが、もうすっかりよくなった！」

この真言は功を奏した！

（中略）

トラウトは、高校卒の資格認定証すら持っていないのに、現実のフランケンシュタイン博士になったのだ！（605）

ここで、トラウトはフランケンシュタイン博士が怪物に命を吹き込んだように、「精神的な死後硬直」からダドリー・プリンスをよみがえらせることに成功するのだ。

あらためて考えてみれば、フランケンシュタイン博士は、「さまざまな死体からとってきた各部分をつぎはぎして、人間の形にこしらえ」（615）、怪物を創り出すことに成功した。『タイムクエイク』という小説は、時空の揺れによって一〇年間の繰り返し人生を余儀なくされるSF的なガジェットもさることながら、セルフ・パロディやパスティーシュといったメタフィクション的要素によっても特徴づけられる。

わたしの釣りあげた大魚、腐臭を放つそれは、『タイムクエイク』という題名だった。いまからそいつを『タイムクエイク1』と考えることにしよう。そして、この本、いちばんましな切り身と、ここ七カ月ほどの感想や体験談をまぜて作ったシチューを、『タイムクエイク2』と考えることにしよう。（485-486）

小説としてまとまらなかった原稿（『タイムクエイク1』）をもとに再構成した作品（『タイムクエイク2』）が、実際に出版された『タイムクエイク』ということになる。異臭を放つ出来損ないの小説を再度調理して作ったシチュー、と表現されるように、この小説はフランケンシュタイン博士が怪物を作ったときと同じように、すでにあった材料を切り貼りして出来上がっているのだ。切り貼りされる内容は、ヴォネガットがこれまで著した小説やエッセイ、さらには兄弟や家族への言及といった自伝的要素、また、自分以外の作家による文学作品への言及と多岐にわたる。『タイムクエイク』は、こうした過去のさまざまな遺物を、寄せ集めてつなぎ合わせて作られた、いわばモンスターのような作品ということになるだろう。ヴォネガットが生み出したこのモンスターは、フランケンシュタイン博士の作り出した怪物や、アルバート・ハーディと同じように、日常性と非日常性の境界を脅かす存在と考えることができるのだ。

おわりに――日常の非日常性、非日常の日常性

ヴォネガットは、最初に書いた『タイムクエイク1』の一部に加え、自伝的な要素、ヴォネガット自身の他の小説からの一節や抜粋、さらには自分以外の文学作品からの引用といったものまでをミッ

クスすることで、かのフランケンシュタイン博士が作り出した怪物さながらの小説・文学テクスト『タイムクエイク』を作り出し、さらには、トラウトにアルバート・ハーディという異形の身体をもつ人物の物語を書かせ、そのテクストも『タイムクエイク』の一部分として取り入れた。見るからに風変わりな『タイムクエイク』は、一般的な規範からは逸脱した非日常的な身体による、基準や制度といった「日常的なもの」への抵抗なのであり、それは諏訪部の指摘するヴォネガットとトラウトによる「連帯」(325) とも通底する可能性を指摘できるだろう。

非日常が日常に絶妙に溶け込み、その間の差異が曖昧になることで、われわれは日常がいかに非日常的に・奇跡的に存在しているかを知ることになる。ヴォネガットは、かつてバトラー大学の卒業式で次のような助言を学生に与えたことを『タイムクエイク』のなかで思い出す。

わたしの伯父のアレックス・ヴォネガットは、ノース・ペンシルヴェニア通り五〇三三番地に住む、ハーバード出身の生命保険の外交員で、わたしにとても重要なことを教えてくれました。物事がほんとうにうまくいっているときに、それを見逃さないようにしなくてはいけない、と。

叔父が言ったのは、大きな勝利でなく、ごく単純な出来事です。たとえば暑い昼下がりに木陰でレモネードを飲むときとか、近くのパン屋からいい匂いが漂ってきたときとか、獲物がかかるかどうかを気にせずに釣り糸を垂れるときとか、隣の家でだれかが一人でとてもうまいピアノを弾いているのを聞くときとか。

アレックス叔父は、そんな至福の瞬間にはかならず声に出してこう言え、とわたしに教えました。「これがすてきでなくて、ほかになにがある？」（496-497）

叔父の助言は、小さな幸せの瞬間に気がつくことの大切さだ。大それたことでなくてよい、ほんのささやかなもの、すなわちごくごく普通の〈日常的な瞬間〉のことをいっているのだ。そんな叔父の言葉は、〈ありふれた日常〉のありがたさを、〈ありふれた日常〉は奇跡的に・非日常的に成立していることを、教えてくれる。非日常を描くゆえに非現実的に捉えられがちなヴォネガット小説は、目の前のありふれた日常の重要性を照らし出しているのだ。

註

（1）新型コロナ・ウイルスを敵視することへの是非については、『コロナ禍をどう読むか』を参照。多分野の専門家たちによる横断的な対話は、本章を考えるうえで大いに参考になった。

（2）*Novels 1987-1997*, p. 494. 以下『タイムクエイク』からの引用は同書により、カッコ内にページ数を示す。訳文は浅倉久志訳を参照しつつ、一部改訳を施した。

（3）「異化」については、廣野由美子（92-94）およびダルコ・スーヴィン（Darko Suvin）による議論を参照されたい。以下はSFと異化効果について述べた「序」からの抜粋である。「SFの場合、《場》なり《登場人物》は、⑴「模倣的」もしくは「自然主義的」フィクション特有の経験的時間・場所・人物とは根本的に、あるいはすくなくともかなり異なっているが、⑵しかし、にもかかわらず、作者の時代の認識上の規範（たとえば宇宙論、人類学など）に照らして考えると、まったくありそうもないわけではない、とわかるしくみになっている――まさにこの点でＳＦは、他の「空想的」ジャンルつまり経験的現実による裏づけのない虚構物語の集合体とは一線を画す。だから実に、その根本において、ＳＦとは念の入った撞着語法である。現実的な非現実、そこにつどう人間化された非人間、世俗的な〈他界〉……。このことはＳＦがきわめて有効な《異化作用》（estrangement）の空間――ただし潜在的な――であることを意味している」（Suvin 2）、訳文は大橋洋一訳。

（４）『ガラパゴスの箱舟』からの引用は同書により、カッコ内にページ数を示す。訳文は浅倉訳を参照しつつ、一部改訳を施した。

（５）『スラップスティック』からの引用は同書により、カッコ内にページ数を示す。訳文は浅倉訳。

参考資料

Freese, Peter. *The Clown of Armageddon: The Novels of Kurt Vonnegut*. Univesitätsverlag Winter, 2008.

Morse, Donald E. *The Novels of Kurt Vonnegut: Imagining Being American*. Praeger, 2003.

Suvin, Darko. *Metamorphoses of Science Fiction: On the Poetics and History of a Literary Genre*. Ed. Gerry Canavan. Peter Lang AG, 2016.（ダルコ・スーヴィン『ＳＦの変容――ある文学ジャンルの詩学と歴史』大橋洋一訳、国文社、一九九一年）

Vonnegut, Kurt. *Novels and Stories 1963-1973*. Ed. Sidney Offit. The Library of America, 2011.

―. *Novels 1976-1985*. Ed. Sidney Offit. The Library of America, 2014.

―. *Novels 1986-1997*. Ed. Sidney Offit. The Library of America, 2016.

ヴォネガット、カート『ガラパゴスの箱舟』浅倉久志訳、早川書房、一九九五年。

――『スラップスティック』浅倉久志訳、早川書房、一九八三年。

――『タイムクエイク』浅倉久志訳、早川書房、一九九八年。

奥野克巳・近藤祉秋・辻陽介編『コロナ禍をどう読むか――16の知性による8つの対話』亜紀書房、二〇二一年。

諏訪部浩一『アメリカ文学との邂逅――カート・ヴォネガットトラウマの詩学』三修社、二〇一九年。

巽孝之『恐竜のアメリカ』筑摩書房、一九九七年。

巽孝之監修、伊藤優子編著『現代作家ガイド6　カート・ヴォネガット』彩流社，二〇一二年。

廣野由美子『批評理論入門』中央公論社、二〇〇五年。

終　章

難破する想像力と非日常

辻　和彦

はじめに

本書の各章でここまで論じられてきたように、英語圏文学における「日常」と「非日常」の位相は、多様に捉えることができ、またそうであるからこそ、それらの鏡の表裏のような強固な関係性が透視できるわけである。終章ではあらためてそうした関係性を、横断的に把捉してみたい。

一九世紀アメリカ人作家マーク・トウェイン（Mark Twain, 1835-1910）は一八七四年にある短編を執筆し、翌年に短編集『マーク・トウェインの新旧短編集』（*Mark Twain's Sketches, New and Old*）に収録して、世に送り出した。「よい大人たちのためのお勉強になる寓話」（"Some Learned Fables for Good Old Boys and Girls"）である。

森の小動物たちが太古の文明を調査するため、水辺の未開の地の果てに科学調査隊を派遣するという、この短い物語は、一九世紀の科学観、また当時注目を集めていたダーウィニズムを皮肉る、単なる一つの寓話としてとどめるには、惜しいように思える。むしろ動物と人間の関係性、あるいは生命観に関してトウェインがどのように考えていたかについて思考する際、一つの重要なファクターとなりうるものであろう。しかしながら、本章の出発点としてまず検討したいのは、トウェインはこの話を執筆する際、ナサニエル・ホーソーン（Nathaniel Hawthorne, 1804-64）のある短編集を念頭に置いていたのではないか、という疑問についてである。

つまり、一八五二年に出版された『少年少女のための不思議議な本』（*A Wonder-Book for Girls and Boys*）ならびに翌年出版された続編『タングルウッドのお話』（*Tanglewood Tales*）の二冊が、トウェインのイマジネーションに強い刺激を与えた可能性があるとまず仮定し、検証してみたい。それが、一九世紀アメリカ文学作家たちがいかに「難破」という「危機」的状況を、それぞれの想像力の源泉にしていたのか、という本章の議論を始めるのに、最もふさわしい糸口であると思われるからである。また「難破」という主題や、「水辺」という舞台設定が、どのようにその時代の「日常」や「非日常」の意識と関わっていたかという点についても、示唆を得られる可能性があるからである。

1. 児童文学のなかの非日常

もちろん残念ながら、『少年少女のための不思議議な本』ならびに『タングルウッドのお話』がトウェインへ具体的にどのように影響を及ぼしたかについては、伝記的な裏づけが存在しない以上、直接的にそれを証明するのは難しい。だがこの両短編において、ホーソーンのイマジネーションが、その基盤に置いたギリシャ・ローマ神話の制約は受けつつも、主人公たちが試練を受ける「危険」な「非日常」へとたびたび向かい、そこへの挑戦と脱出を幾度も描こうとしていることは興味深いといえるのではないだろうか。

というのは、トウェインの「よい大人たちのためのお勉強になる寓話」においても同様に、小動物たちは「知られざる未踏の世界」へ何度も挑戦していくわけであり、初代の探検隊を率いたウシガエル博士（Dr. Bull Frog）や、その後に続いた探検隊のバッタ卿（Sir Grass Hopper）などに至っては、無念にも帰らぬ人となっている。まさに命の危険をはらんだ最果ての「危険な場所」にこそ、究極の風刺、皮肉、暗黒の笑いの発見があると設定する、トウェインのイマジネーションの源泉の一つが、ホーソーンの『少年少女のための不思議な本』にあるかもしれないと考えることは、必ずしも的を大きく外しているわけではないと思われる。また、楽しい冒険譚を通して、児童へキリスト教的道徳観、ないしはアメリカ的美徳を教え諭そうとするホーソーンの啓蒙主義そのものを、トウェインが「危険な非日常」とみなし、パロディー化しているという大胆な解釈もあるいは可能かもしれない。

このように考えてみると、アメリカン・ルネサンス期の作家たちが一九世紀後半以降の新しい作家たちへ託したバトンには、こうした「危険な場所」にまつわるイマジネーションが、多分に含まれているように考えられる。たとえば先に触れた、『少年少女のための不思議な本』『タングルウッドのお話』の双方には「海」という「危険な非日常」がしばしば描かれている。船旅はたびたび悲劇を招き、物語に波乱を呼び込む。

これらの物語のなかでは、たとえばゴルゴン、海の老人、巨人アトラス、ミノタウロス、魔女キルケー、ゴールデン・フリースを護る龍などの支配する場所が描かれ、また実際に登場するのではなく、登場人物たちによって言及されるのみではあるが、美しい歌で人を惑わして誘い込むといわれる、ギリシャ神話の怪物「セイレーン（Siren）」についても触れられる。

以下の引用は『タングルウッドのお話』に収録されている「キルケーの宮殿」（"Circe's Palace"）からである。

「甘すぎるよ、まったく」エウリュロコスは頭を振って言った。「でもセイレーンの歌ほどではないな。あの鳥みたいな貴婦人たちは、われわれを岩の上に来させようと誘惑することを望むのだ。だからわれわれの船は難破してしまうかもしれない。そしてわれわれの骨は岸辺で波に洗われ、白くなったまま放置されるわけさ」。（Hawthorne , *Wonder* 104）

セイレーンを含むこれらの「危機」は、いずれも海のなか、もしくはそこを通過する旅の過程で出会うものである。

また後のホーソーンの代表作『緋文字』（*Scarlet Letter*, 1850）では、主人公ヘスター・プリン（Hester Prynne）の夫ロジャー・チリングワース（Roger Chillingworth）が、乗船した船が難破したのだろう、ということで、死亡したものだと一時的にみなされていたことを思い起こすと、一八四〇～五〇年代のホーソーンのイマジネーションのなかでは、海と危険がたやすく同一視される、という一つの定型表象があったのかもしれない。こうした考え方は、実際に船旅が現代に比べてはるかに危険な時代であった、という事実が背景にあるのはいうまでもないが、同時に、イギリス植民地から国家になって日が浅いアメリカ合衆国という国家の不透明かつ不安定な運命を描く際に、「危険な海」のイメージは作家にとってメタファーとして、非常に使いやすいものであったとも考えられる。

2. セイレーンの政治学

さて、こうした一九世紀アメリカにおける「危険な海」のイメージを現代において考えるにあたって、たとえばスターバックス・コーヒーのロゴ・デザインは見過ごすことができないのではないだろうか。

スターバックスのロゴはギリシャ神話のセイレーンをモチーフとして作られたものであり、そもそも店名のスターバックスそのものが、ハーマン・メルヴィル（Herman Melville, 1819-91）の『白鯨』（*Moby Dick*, 1851）に登場する一等航海士に由来するものであることは広く知られているとおりである。また『白鯨』第一〇一章「酒瓶」（"The Decanter"）には、セイレーンについての言及がなされている。

だが、まだある。一八一九年に同じ一族は自身の捕鯨探検船を艤装し、はるか日本海付近まで試行の旅に行かせたのだ。その船は（中略）よくしたもので「セイレーン」と名づけられたのだが（中略）立派な実験航海を成し遂げた。そしてそれゆえに、あの大きな日本海の鯨漁場がよく知られるようになったのである。この有名な航海において、セイレーン号はナンタケッ

ト出身のコフィン船長に指揮されていた。(Melville, *Moby Dick* 494)

このような描写がある以上、店名のみならず、ロゴ・デザインもこの本に由来する可能性は否定できない。

しかしながら現代のトレンドやポップ・カルチャーの只中に、元来不吉なものであるはずの神話の怪獣が居座り、時に古くさいものの代表格のような扱いを受けるはずの文学古典の登場人物が、やはり都市のストリートで店名として連呼されるこの状況を、単なる偶然と片づけてしまうのは、あまりに惜しいように思われる。

むしろ巨大な資本主義社会のなかでチェーン・ビジネスとして固く守られ、コーヒー代さえ払えば、そのなかで平穏も、くつろぎも、Wi-Fiコネクションすらも享受できる空間が、実は神話の怪獣の巣窟であり、野蛮な、現代においては特に唾棄すべき「鯨取り」たちが跳梁跋扈（ちょうりょうばっこ）する「危険な海域」であると、このコーヒー店創業者たちが理解していた、と想像した方が、この二一世紀の世界に、アメリカン・ルネサンスの潮流の果てを見出す作業に、大いに貢献できるように思われる。

いずれにしても、アメリカン・ルネサンス期の難破、もしくは遭難のイメージが、今日、世界中に、流行の象徴のように林立しているのを見ると、あらためて、文化表象というものの強力な伝播性について感嘆せずにはいられないが、このイマジネーションの原点である『白鯨』の結末も、やはり遭難で締めくくられていることに注目すべきだろう。

最後に語り手イシュメイル以外誰も生き残れないこの物語を、セイレーンのモチーフと重ねるスターバックス創業者たちの感覚は、あらためて大変鋭いものであるといわざるをえないが、それはともかく、国を二分することとなる南北戦争が始まる前に、メルヴィルの空想力のなかに、ホーソーンと同様、巨大な難破のイメージが刻印されていることは重要ではないだろうか。さらに同時期の作家たちを見ると、この難破、もしくは遭難のイメージが、メルヴィルやホーソーンに限られているものではないことに気づかされる。

ヘンリー・ワーズワース・ロングフェロー（Henry Wadsworth Longfellow, 1807-82）の一八四二年の詩「ヘスペラス号の難破」（"The Wreck of the Hesperus"）を筆頭に、アメリカン・ルネサンスには難破、遭難のイメージがあふれている。

ヘンリー・デイヴィッド・ソロー（Henry David Thoreau, 1817-62）はセント・ジョン号難破の悲劇を目撃し、その凄惨な場面を、死後である一八六五年に出版された『コッド岬』（*Cape Cod*）において、詳細に描写している。

また代表作である『ウォールデン』（*Walden; or, Life in the Woods*）第八章「村」（"The Village"）では、ソローは以下のようにセイレーンについて言及している。

多くの場合、私は見事にこれらの危険から逃れたが、それは、かのむち打ち刑のごとく両側から誘惑を受ける人に忠告されるように、勇敢かつ慎重過ぎないようゴールに突き進むやり方か、あるいは、「竪琴に合わせて神への賛辞を声高らかに歌い、セイレーンの声をかき消して、危機から脱し続けた」ギリシャ神話のオルフェウスのように、高尚な想いにふけるか、いずれ

かの方法であった。（Thoreau, Vol. 2, 187）

しかしながら、こうした同時代の作家に劣ることなく、難破、遭難のオブセッションに取り憑かれていたのが、エドガー・アラン・ポー（Edgar Allan Poe, 1809-49）である。そもそもメジャーデビュー作の「壜のなかの手記」（"Manuscript. Found in a Bottle," 1833）から、彼は水難の物語に惹かれつづけ、それを作品化してきた。巨大な渦潮に捕らわれる過程を克明に描いた「メエルシュトレエムに呑まれて」（"A Descent into the Maelström," 1841）がその代表作だと思われる。

また彼の数少ない中編の一つ、『ナンタケット島出身のアーサー・ゴードン・ピムの物語』（*The Narrative of Arthur Gordon Pym of Nantucket*, 1837）は海洋冒険譚であり、難破した主人公たちがカニバリズムに踏み入ってしまう、という場面が広く知られている。

一八一六年のメデューーズ号の遭難事故以来、西洋社会においてカニバリズムは潜在的に一つの恐怖の源泉となっていた。ポーはおそらくそこに目をつけたのだろうが、このエピソードは、『白鯨』の一四年前に公表された海洋冒険譚の先駆的小説であるこの物語がその全体にまとっている、アメリカン・ゴシック・ホラーの暗黒が真に迫る一つの頂点ともいえる場面であるとともに、その後の影響力ということを考えると、作品から切り離して単独で十分重要といえる。

ピムの名はカニバリズムの代名詞ともなっており、特にくじ引きで犠牲者を決めるシーンで、主人公ピムが心のなかで感じる野性の衝動は、現代の読者にも大きなインパクトを与えるものである。以下は、『ピムの物語』の第一二章からの引用である。

私は私の力を振り絞り、オーガスタスにくじを渡した。彼もまたすぐにくじを引き、同様に開放された身となった。今や、私は生きるか死ぬかであったが、その可能性はまさに五分五分であった。この瞬間、野生の虎の獰猛な力が私の胸に宿り、私は、哀れな仲間のパーカーに対して、最も強く、最も残忍な憎しみを抱いたのである。（Pollin 1: 135）

このような作品中の「野生の虎」のイメージは、二〇〇一年に出版され、二〇〇二年にブッカー賞を受賞した、ヤン・マーテル（Yann Martel, 1963- ）の『ライフ・オブ・パイ』（*Life of Pi*）のなかでも、効果的に利用されている。この物語は二〇一二年にアン・リー（Ang Lee, 1954- ）が監督を務めて映画化され、「3D写実コンピューター・アニメーション映画」として高く評価され、第八五回アカデミー賞で監督賞など四部門を受賞した。

この作品に登場する虎は、リチャード・パーカー（Richard Parker）と呼ばれているが、この名前はポーの『ピムの物語』の先ほどのシーンにおいて、くじ引きに負けてカニバリズムの犠牲者となった登場人物の名前である。このことは、物語の結末のどんでん返しへ向けた強力な伏線となっているので、原作者ヤン・マーテルが、偶然ではなく意図的にこの名前を用いていることは間違いなく、ポー作品の影響が見て取れる(1)。

また、このカニバリズムの場面は、一八八四年に起こった実際の海難事件との奇妙な一致がしばしば指摘される。イギリス船籍のヨットが遭難した際に起こった、この実際の「カニバリズム」については、ホラーストーリーの類として語られることが多いのであるが、同時にこの一致は、ポー作品のもつ予言性の具体例として挙げることもできるかもしれない。またその一八八四年の海難事件にまつわる裁判は、「ダドリー＝スティーブンス事件（R v Dudley and Stephens）」として「コモン・ロー（common law）」の世界では非常に重要な判例となっている。現在の国際司法を支える一つの大きな柱に、ポーの作品が奇妙にもからめて語られることについては、先ほどの『ライフ・オブ・パイ』の例とともに、興味深いと思われる。

このように考えると、一八四一年に出版され、世界初の探偵小説といわれる「モルグ街の殺人」（"The Murders in the Rue Morgue"）の冒頭に掲げられたエピグラフにおいて、水難の象徴的存在であるセイレーンが登場していたことが思い出される。

> セイレーンがどんな歌を歌ったのか、アキレスが女たちのなかに身を隠したときにどんな名を名乗ったのか、いずれも難問には違いないが、まったく推測できないものでもない。
>
> トーマス・ブラウン卿（Mabbott 2: 527）

またポーが一八三八年に発表した「ライジーア」（"Ligeia"）は、そもそもタイトルがギリシャ語でセイレーンを指している言葉であり、先ほど示したポーの難破へのオブセッションを示すもう一つの例ともいえる。

いずれにしても、ホーソーン、ソロー、メルヴィルといった同時代の作家たち以上に、ポーが難破のイマジネーションに取り憑かれていたことは確かである。

3．一九世紀後期からの危険領域

さて、それではそうしたイメージのバトンが確実に先を走る作家たちから託されたうえで、一九世紀後半から二〇世紀初頭に作家活動を続けたトウェインは、どのようにそれらのイメージを捉え、自己の作品に投影させたのだろうか。

彼の代表作である『ハックルベリー・フィンの冒険』（*Adventures of Huckleberry Finn*, 1885）には、ミシシッピ河上の難破船に主人公ハックが乗り込むシーンがあり、よく知られている。第一二章から第一四章までがそれにあたる。下図は該当部に添えられたイラストである。

この場面は、ならず者たちを難破船に取り残すという二人の共犯性を通じ、浮浪少年ハックと逃亡奴隷ジムの仲が深まっていくという、物語の重要な分岐点でもあるのだが、トウェインという作家個人の研究においては、「難破船」を重要場面に用

ミシシッピ河の難破船（Twain, *Huckleberry* 107）

いるという点で、それ以上に重大な意味をもつと考えられる。
たとえば、彼の生前未発表作品群のなかには、「大いなる闇」（"The Great Dark," 一八九二年に執筆）や「魔法の大海原」（"The Enchanted Sea Wilderness," 一八九六年に執筆）といった海洋冒険譚があるが、どちらもストーリーの後半で主人公たちは難破し、悲惨極まる運命をたどることになる。

河と海という二つの世界にまたがってはいるものの、トウェインもまた、アメリカン・ルネサンス期の作家たちと同じく、難破に取り憑かれていた作家であったといえるだろう。彼は実人生でも、一八五七年に蒸気船のボイラー爆発事故で弟ヘンリーを亡くしているので、そうした水上の被災について、特別な思い入れをもっていたのであった。

このように考えると、冒頭に挙げた「お勉強になる寓話」において、トウェインが小動物たちの科学遠征が行われる場所を、以下のように海のイメージを散りばめた場所として描いていることが、非常に示唆的であるように思える。

……これらの背の高い化石の胸のあたりに、これまで注視されてきたような字体で銘が刻まれていたからだ。「海賊キャプテン・キッド」などと……（141）

「ここには、原始の海を泳いでいたオウムガイの化石があった」（142）

この作品のなかにおいてすら、彼が水難のオブセッションを取り入れていることは間違いなく、トウェインがホーソーンから受け継いだものが、鮮明に見えてくる論点といえるのではないだろうか。

二〇世紀中盤に入ると、やがてレイチェル・カーソン（Rachel Carson, 1907-64）の『潮風の下で』（*Under the Sea Wind*, 1941）や、ジョン・スタインベック（John Steinbeck, 1902-68）の『コルテスの海』（*The Log from the Sea of Cortez*, 1951）に見られるような考え方、たとえばのちの「ガイア思想」（一九六〇年代）や「ディープ・エコロジー」（一九七〇年代）などにも影響するような、環境主義の視点の誕生により、海は人間に牙をむく敵ではなく、また必ずしも不条理かつ圧倒的な暴力で人間を打ちのめすものでもなく、「母なる自然」として、人を包み込むエコシステムとして、文学上においても捉えられるようになるに至る。

もちろん巨大暴力装置としての海の描写が現代文化から消えたわけでもなく、遭難のシーンが小説や映画からなくなったわけではないのだが、アメリカ合衆国という国家に迫る危機として、あるいは人類そのものの運命への危機感を象徴する災いとして、水難が描かれるよりも、美しさや癒しの象徴としての海が描かれることが多くなったことは、事実といえるのではないだろうか。

冒頭で触れた、あるいはトウェインの「お勉強になる寓話」に影響を与えたかもしれないホーソーンの『不思議な本』は、冒険者たちが踏み込む海域を「危険な場所」として描き、人智を超えた「怪物」が登場する遭難の場として提示している。この理由で、これらの話は、まさに海洋冒険譚というジャンルに分類できると考えられる。

しかしながら、時として地球が一つの生命体であるというガイア思想、もしくはその影響を受けた思想の影響力により、一九世紀アメリカ作家たちの水難への恐怖の視点は、今日必ずしも、多様なメディアや言説の表面上に見られるわけではない。

4. 華美なる晩餐と赤い水

だが、ここで思い出すべきなのは、メルヴィルの短編「独身者たちの楽園と乙女たちの地獄」("The Paradise of Bachelors and the Tartarus of Maids," 1855) である。「独身者たちの楽園」("The Paradise of Bachelors") と「乙女たちの地獄」("The Tartarus of Maids") という「対」になった「二つ折り絵」("diptych") の両短編は、前者はロンドンのテンプル法学院近辺での華美なディナーの様子を描き、後者はニューイングランドの製紙工場における乙女たちの悲惨な労働状況を描写することにより、今日の「グローバリゼーション」を先駆的に描いているともしばしば指摘される。だが、後者の方は、注意深く読むと、興味深いことに、この乙女たちを苦しめ、搾取する工場が、「赤い水」によって、つまり水車という「水の力」によってエネルギーを与えられていることを、メルヴィルが丁寧に描いていることに気づかされる。以下の引用は「乙女たちの地獄」の終盤部からである。

「これが私たちの工場全体を可動させているのですよ。これらすべての建物のどの部分においてもです。女性たちが働いている場所もそうですよ」

私は視線を投げかけ、紅川の濁った水が、人間たちに利用されてもなお、その色を変えていないことを見て確認した。

「あなた方は白紙だけ作っているのですよね。他の種類の印刷物は作らずに？　ただ白紙だけですよね？」

「そうです。製紙会社が他にどんなものを作るというのですか？」

若者はあたかも私の常識を疑っているように、私を見た。

「まったく！」私は混乱して、吃った。「ただ私はあんまり奇妙に思ってびっくりしたのですよ。赤い水が青白い頰、いや違った、紙に変わるなんて、と申し上げたかったのです」（Melville, *Apple-Tree* 197）

したがってこの人為的に作り出されたはずの地獄は、水によって駆動しているわけであり、そこにいる乙女たちの生命が水によって苛まれている以上は、この短編は水難のメタファーに満たされた物語であると断定し、「遭難ナラティヴ」として捉えることも、可能ではないだろうか。つまり一九世紀アメリカン・ルネサンス期以降のアメリカ文学作品に顕著に見られる、こうした遭難ナラティヴが、必ずしも直接的に水難を描くだけではなく、かたちを変幻自在に変えて存在しつづけていくことになる、一つの先駆的な例として、この「独身者たちの楽園と乙女たちの地獄」を規定できるかもしれない。

5．非日常／日常

もしこの一対の短編が、やはりバタフライ理論を想起させるような現代世界経済の流れを先駆的に描いた話であるならば、ホーソーンからトウェインに見られる遭難のメタファーは、現代もどこかで、たとえば街角のスターバックスのロゴ・デザインのなかで、隠れたアイコンとして刻まれているのではないだろうか。

いずれにしても、一九世紀から今日に至るまで、アメリカ作家たちがどのようにして「難破」という「非日常」を描き、いかに過去ならびに同時代の「危機」的状況を、それぞれの想像力の源泉にしていたのか、という問題の背後には、彼らの「日常」がまさに「板子一枚下は地獄」であったことを想起させるものがあり、きわめて興味深い。そしてその非日常／日常の二重性の特質は、本章のみならず、本著全体を貫く主題でもある。

現代社会を軽快に鳥瞰したうえで、本著全体の議論の切り口を示す「はじめに」を経由し、その次の第1章で浜本隆三は、「ソローが森の生活という非日常から学んだことを明らかにしながら、コロナ・ウイルスがもたらした非日常について」思考をめぐらせた。ソローの「ものごとの表面をつらぬく洞察力」を重視した姿勢を評して「現代を生きるわれわれにとっても意義深い」と述べる浜本は、「実在が幻想の影にかすむこの時代に、一つ確かなことは、コロナ・ウイルスによって政治、経済、社会、そして科学の、疑わしさ、不確かさ、もろさが浮き彫りにされた」と主張する。まさに古典文学と現代社会が交差する瞬間を捉えているといえるのではないだろうか。

第2章で新関芳生は、『王子と乞食』における「事実と虚構との境界が意図的に曖昧にされているという特徴」に着目し、「非日常の虚構のかたちでしか、絶対君主による平和な統治はもたらされない」可能性を指摘している。作家トウェインのダブルネスが、非日常／日常という関係性においても顕れていることを、見事に言い当てているともいえるだろう。

第3章において林千恵子は、「ノン・ネイティヴが北米先住民の物語にこうあってほしいという願望や強い固定観念があり、真偽に関係なく、それにはまった作品が高い人気を博す」と語り、ヴェルマ・ウォーリスの紡ぎ出す文学作品のなかに、「負の側面からも逃げずに」いれば「誇るべき歴史があり、語るべき物語がある」はずだというメッセージを見出す。まさにその非日常／日常が容易に判別できない「主流社会からは見えない先住民の現状」に焦点を当てた手法こそ、本書全体の理念にふさわしいというべきだろう。

菅井大地は第4章で、「ビッグ・サー」という地域を通して非日常／日常を見出し、「近所付き合いだけで、コミュニティ・スピリットはない」この地域だからこそ、また「そこに住まう者ですらも逗留者にすぎないことを意識させる場所」であるからこそ、「日常と非日常は容易に反転し、かつ相互に連関しながら〈生と死〉の営みを継続させる」という結論にたどり着いている。慧眼というべきであろう。

第5章において辻和彦は、マーク・トウェインの七〇歳の誕生日会を皮切りに、アメリカン・イコンになった彼の偶像的側面と実像との関係性を論じ、彼と彼を取り巻く「アメリカ」をめぐる文脈において、非日常／日常がどのように巧妙に取り組まれていたかという問題に光を投げかけた。

第6章において坂根隆広は、『ワインズバーグ、オハイオ』のなかに、非日常／日常を見出すと同時に、その視点から『グレート・ギャッビー』における「ニックという語り手は、おそらくアンダーソンの描く『グロテスク』な存在からそう遠くはない」と看破する。

高橋綾子は第7章において、ダン・レーダーの詩と、エリック・ガーナー窒息死事件やファーガソン事件の背後に、非日常／日常の意識を探り当て、「『希望』とは、ホイットマンが見た民主主義への希望、ギンズバーグがそれが実現されていないことを憂いて涙したもの」であると論じる。「暴力による言葉にできなかった自由の権利、それを次の世代に伝えていく決意」をアメリカ現代詩における「『非日常』に対する抵抗」の彼方に見出そうとする高橋の視点には、このジャンルを知り尽くした人間だけがもつ、確かな着眼が存在する。

第8章において日野原慶は、『ダイエットランド』と『ファットガールをめぐる13の物語』を取り上げ、「自分と身体との間にあるギャップ」に徹底して注目する。「求めているのは細さでも、太さでさえもなく、ただ、どこに自分の『本当の』身体があるのかを探しさまよいつづけているかのようにすら見えてくる」という「ダイエット・ナラティヴ」の非日常／日常。その向こう側に存在するかもしれない新しい可能性を模索する本章には、多くの読者が好印象をもたれたことだろう。

第9章で平田美千子が、「ヴォネガットはSFのリスクと可能性の両方をよく理解していた」とまとめるように、作家たちにとって非日常／日常を描くことは、常に想像力が現実の軌跡から「外れる」可能性と向き合わねばならないことを意味する。鋭い指摘であることは間違いない。

第10章において中山悟視が『タイムクエイク』を分析した果てに見出した「〈ありふれた日常〉は

奇跡的に・非日常的に成立している」という達観には、本書の関係者全員が同意できる、新しい非日常／日常の類別／同一視が存在する。本書の議論における、実質的な終章が中山論文であるともいえるかもしれない。

おわりに

本書の議論全体をこのようにあらためて振り返ってみると、非日常／日常を簡単に識別できるという瞬間こそ、人類の歴史のなかで稀な時間であると述べても、あながち極論ではないように思われる。人間が生きる社会や環境は、巨視的な歴史のなかでは、戦争、飢餓、迫害、弾圧などに暴力的に振り回され、平和と称せられる時代や状況においても、他との比較や競争で、個々の人間は非日常にたやすく追いやられる。あるいはどのような外的要因がなくても、平凡な日常のなかにおいてすら、人間は自発的に自らを、追い込むことがあるのである。

日常とは何だろうか。非日常とは、日常にどのように対峙／扶助するものなのだろうか。

本書の議論はここで終わりとなるが、むしろこの問いはここから始めるべきであろう。私たち著者にとっては今後も背負い続けなくてはいけない十字架であり、そしてここまでお付き合いくださった読者の方々にとってもおそらく同様であろう。

註

＊ 本章の要旨は、二〇一四年五月二三日に、日本ナサニエル・ホーソーン協会第三三回全国大会シンポジウム「旅する十九世紀アメリカ作家たち――自然、風景、いきもの」（於：かでる2・7北海道立道民活動センター）にて口頭発表したものであり、またその後にその趣旨を論文化し、近畿大学文芸学部紀要『文学・芸術・文化』第二七巻第一号、一〇三～一一四頁（二〇一五年九月）に「難破する想像力――十九世紀アメリカ文学作家達の危険領域」という題で掲載していただいた。このたび本著へ収録するに際して、元の論考を大幅に修正、加筆した。なお、本章の引用文は、筆者自身が日本語に翻訳したものである。

（1）『ピムの物語』においては、この場面よりもっと前の箇所に、主人公が飼っているニューファンドランド種の犬"Tiger"が登場していた。このことを再度吟味するならば、そもそもこのもう一つの「虎」表象も、今回取り上げた場面への周到な伏線である可能性も考えられる。

参考資料

Carson, Rachel L. *The Sea Around Us*. Oxford University Press, 1951.

Dery, Mark. *I Must Not Think Bad Thoughts: Drive-by Essays on American Dread, American Dreams*. University of Minnesota Press, 2012.

Hawthorne, Nathaniel. *A Wonder Book, and Tanglewood Tales*. Ohio State University Press, 1972.

——. *The Scarlet Letter*. James R. Osgood, 1878.

Jones, Gavin. *Failure and the American Writer: A Literary History*. Cambridge University Press, 2014.

Longfellow, Henry Wadsworth. *The Wreck of the Hesperus*. E.P. Dutton, 1889.

Mabbott, Thomas Ollive, ed. *Edgar Allan Poe: Tales and Sketches*. 2 vols. University of Illinois Press, 2000. [Published as

Collected Works of Edgar Allan Poe, Vol. 2-3. 1978.]

Martel, Yann. *Life of Pi*. Canongate, 2002.

Melville, Herman. *The Apple-Tree Table and Other Sketches*. Princeton University Press, 1922.

——. *Moby Dick; or, The Whale*. Harper & Brothers, 1851.

Pollin, Burton R., ed. *The Collected Writings of Edgar Allan Poe*, 5 vols. Gordian, 1981-1997.

Steinbeck, John. *The Log from the Sea of Cortez*. Viking, 1962.

Thoreau, Henry David. *The Writings of Henry David Thoreau*. 20 vols. AMS, 1968.

Tuckey, John S., ed. *The Devil's Race-Track: Mark Twain's Great Dark Writings*. University of California Press, 1966.

——, ed. *Mark Twain's Fables of Man*. University of California Press, 1972.

——, ed. *Mark Twain's Which Was the Dream? and Other Symbolic Writings of the Later Years*. University of California Press, 1968.

Twain, Mark. *Adventures of Huckleberry Finn*. Oxford University Press, 1996.

——. *Mark Twain's Sketches, New and Old*. The American Publishing Company, 1875.

あとがき

本書は、コロナ・ウイルスが引き起こしたパンデミックの渦中に、「非日常性」という切り口でアメリカ文学の作品について論じた初めての文学論集である。非日常がもつ意味、日常と非日常が入れ替わる事態がもたらす可能性など、幅広い角度から考察をめぐらせている。

アメリカ文学は「旧世界」とされるヨーロッパと異質な政治・社会空間で成立した独自性を有し、その意味で非日常性とはアメリカ文学にとって親和性のあるテーマであるといえるが、これまでこのテーマの切り口からのまとまった考察がなかったのは不思議なことのように思える。

だが、本書に寄稿された各論考に目を通すと、アメリカとアメリカ文学には非日常があふれており、むしろ非日常が日常世界をかすめている様子を描く作品も少なくないことに気づかされる。

本書では、作品世界において表現される日常と非日常との関係性を、それぞれ「日常のなかの非日常」「非日常のなかの日常」「非日常のなかの非日常」という三つの部に分けて、日常と非日常の関係性と、その関係がもつ意味について考察している。

各論考の概説は、「はじめに」および「終章」を参照いただきたい。とりわけ本書には、一〇人のアメリカ文学研究者がコロナ禍を経験するなかで、「非日常性」というテーマで考えたことや感じたことを踏まえつつ、その感性を尊重して論考の執筆に取り組んだ、個性的な論文がそろっている。ぜひ、気になる論考のページを開いてみてほしい。文学研究の論考は、作品を読んでいることを前提に記されている。知っている作品の論考から読んでもよいし、気になるテーマの論考を参考に、その作家の作品を開いてみるのもよいだろう。きっと「いま」を考えるうえで示唆的な考察やヒントが見つかるはずである。

本書の企画はコロナ・ウイルスの蔓延が深刻化しつつあった二〇二〇年の春、編者の間で文学研究者としてこの状況で何ができるかについて議論を交わすなかで具体化したものである。思えば文学作品には非日常を描いた作品が多数ある。「事実は小説より奇なり」とはいわれるが、作家の想像力もなかなかすごい。アメリカ文学に非日常を探ると、この災禍と対峙できる知恵が見つかるのではないか。このような希望のもとで、拙い編者のもとに八名の頼もしい執筆陣がそろい、示唆に富む論集を完成させることができた。

本書の出版に先立ち、このテーマで専門家が集う学会でシンポジウムを組み、貴重な意見を得る機会がもてたことは幸いであった。二〇二一年七月一〇日に、日本アメリカ文学会関西支部とASLE-Japan／文学・環境学会による合同開催企画として行われたシンポジウム「非日常性のアメリカ文学」では、浜本隆三の司会のもと、執筆陣から林千恵子、新関芳生、中山悟視、坂根隆広が登壇した。また二〇二一年一二月一一日には、日本アメリカ文学会東北支部例会シンポジウムとして行われた「コロナ禍で読み直すアメリカ文学」において、執筆陣からは中山悟視、浜本隆三、辻和彦が登壇した。

登壇の機会にご尽力を賜った、日本アメリカ文学会関西支部支部長の里内克巳氏、同支部前支部長の西谷拓哉氏、ASLE-Japan／文学・環境学会代表の小谷一明氏、日本アメリカ文学会東北支部支部長の伊達雅彦氏に、この場を借りて心より御礼申し上げる。

また、本書の出版に関心をもち、提案した企画をすぐに検討してくださった明石書店の大江道雅社長、本書の企画に期待を寄せて、オンラインで開催された本企画のシンポジウムにも出席してくださった元明石書店編集部の武居満彦氏（現講談社編集部）、および本書の編集を手掛けてくださった小山光氏に、心より感謝申し上げる。

通常の「あとがき」はここで終わるべきものであるが、この紙面から顔を上げると、目の前にはいま、本書を手にしている読者それぞれの、日常／非日常が限りなく広がっているはずである。本書には、きっといま目の前に広がる日常／非日常を生きるための、さまざまなヒントが詰まっていたものと思うが、なかでも編者がお気に入りの引用（第10章より）を、最後にいまいちど添えて本書を閉じることにしたい。

たとえば暑い昼下がりに木陰でレモネードを飲むときとか、近くのパン屋からいい匂いが漂ってきたときとか、獲物がかかるかどうかを気にせず釣り糸を垂れるときとか、隣の家でだれかが一人でとてもうまいピアノを弾いているのを聞くときとか。

アレックス叔父は、そんな至福の瞬間にはかならず声に出してこう言え、とわたしに教えました。

「これがすてきでなくて、ほかになにがある？」（『タイムクエイク』496-497）

二〇二二年七月八日　編者記す

マ行

ヤ～ワ行

サ行

タ行

ナ行

ハ行

さくいん

ア行

カ行

著者紹介（五十音順）

坂根隆広（さかね たかひろ）
関西学院大学文学部准教授。主な業績：『チャールズ・ブコウスキー——スタイルとしての無防備』（諏訪部浩一監修、三修社、2019年）。

菅井大地（すがい だいち）
愛知学院大学教養部専任講師。主な業績："Pastoral as Commodity: Brautigan's Reinscription of Hemingway's Trout Fishing"（*The Hemingway Review*, Vol. 36, No. 2, 2017）。

高橋綾子（たかはし あやこ）
兵庫県立大学環境人間学部教授。主な業績：『アンビエンス——人新世の環境詩学』（思潮社、2022年）。

中山悟視（なかやま さとみ）
尚絅学院大学人文部門准教授。主な業績：『ヒッピー世代の先覚者たち——対抗文化とアメリカの伝統』（編著、小鳥遊書房、2019年）。

新関芳生（にいぜき よしたか）
関西学院大学文学部教授。主な業績：「幻視の王政との闘い——*A Connecticut Yankee in King Arthur's Court*におけるmonarchismを再考する」（関西学院大学人文学会『人文論究』第71巻第1号、2021年）。

林千恵子（はやし ちえこ）
京都工芸繊維大学基盤科学系教授。主な業績：「極北の化学物質汚染——狩猟採集民の自然観を理解する」（伊藤詔子・一谷智子・松永京子編著『トランスパシフィック・エコクリティシズム——物語る海、響き合う言葉』彩流社、2019年）。

日野原慶（ひのはら けい）
大東文化大学文学部准教授。主な業績：『現代アメリカ文学ポップコーン大盛』（共著、書肆侃侃房、2020年）。

平田美千子（ひらた みちこ）
近畿大学経営学部専任講師。主な業績：「『タイタンの妖女』における時空の喪失者たち——「記憶」と「身体」の喪失が生み出すヒューマニズム」（日本比較文化学会『比較文化研究』No. 148、2022年）。

編著者紹介

辻　和彦（つじ かずひこ）

広島大学大学院社会科学研究科修了。近畿大学文芸学部教授。博士（学術）。主な業績：『終わりの風景』（共編著、春風社、近刊）、*Rebuilding Maria Clemm: A Life of "Mother" of Edgar Allan Poe*（Manhattanville Press, 2018）、『その後のハックルベリー・フィン――マーク・トウェインと十九世紀アメリカ社会』（渓水社、2001年）他。

浜本隆三（はまもと りゅうぞう）

同志社大学大学院アメリカ研究科博士後期課程単位取得退学。甲南大学文学部専任講師。主な業績：『アメリカの排外主義――トランプ時代の源流を探る』（平凡社新書、2019年）、『文学から環境を考える――エコクリティシズムガイドブック』（共著、勉誠出版、2014年）、『マーク・トウェイン　完全なる自伝』（第一巻）（共訳、柏書房、2013年）他。

非日常のアメリカ文学
——ポスト・コロナの地平を探る

2022年10月31日　初版第1刷発行

編著者　辻　和彦
浜本隆三

発行者　大江道雅
発行所　株式会社 明石書店
〒101-0021　東京都千代田区外神田6-9-5
電　話　03（5818）1171
FAX　03（5818）1174
振　替　00100-7-24505
https://www.akashi.co.jp

装　丁　明石書店デザイン室
印刷・製本　モリモト印刷株式会社

（定価はカバーに表示してあります）
ISBN978-4-7503-5480-4